Asha 著

星宇

The Universe of Stars

一個來自宇宙、探索內在真相的療癒故事

【推薦序】

安度萬重山

新時代之母、中華新時代協會創辦人／王季慶

當我暱稱「新時代的小魔女」Asha 終於完成了這本她心愛的書，而希望我為她寫幾句時，我還真有點不知如何下手呢！

因為，如我曾毫不隱瞞地告白的，我是第一號麻瓜，所以書中種種，完全在我的五感之外，無法由我的左腦去判斷。但與 Asha 相交以來，我肯定她給過的與我個人有關的訊息，都非常美妙地實現了，使我重拾對凡間的愛！所以，在情感上，我們近乎母女之情，真心互愛、互重。

很有趣的一點是，當 Asha 替我解讀任何問題時，每每都是連接上我自己的高靈、指導靈或親友的靈魂，從來不是從她的高靈、指導靈的立場傳話，因此我聽起來也較容易了解意會，不致於像天語似的。至於牽涉到日常生活中的一些選擇與決定，她會要我自己問心而不加以干涉，這也是很好的做法。

至於 Asha 和指導她的高靈們共同精心創作的這本書，內容超乎我能理解，更無從置喙。就如看《阿凡達》一般，是另外時空發生的戲劇？或是……？我只能羨慕讚嘆其豐富的想像力，化成遨遊穿梭於多重次元和宇宙之間的鮮麗活潑的各種角色，及超越時空的變幻布局，去享受其藝

術境界，並慢慢玩味交織其中的意涵與暗示——如 Asha 說的，「在愛的能量中，喚醒人類的真善美」，以那樣的角度，我感受到其中的意趣。彷彿我們活在三度空間中，卻隨時受到萬法的關注，在祂的眼皮子底下，大作雷霆萬鈞的夢。一覺醒來，滿天雲霧已散，末日並未降臨！就我而言，寧信我們都是受到恩寵的孩子，在無條件的信託和天真的嬉戲中，已安度萬重山！

善惡和二元性一直是地球歷史上爭戰的主題，本是地球舞台的基本設定，以便各階段的人類去扮演各自選定的角色，直到真正覺醒過來，便可以離開輪迴，去嘗試其他次元的存在。因此，並非黑暗與痛苦不存在，而是我們根據自己的經驗，學習智慧、體會愛，領悟我們並非外緣——天災人禍——的受害者。所謂「眾生畏果，菩薩畏因」，當我們明白自己已在「無形界」參與製作了一齣又一齣的大戲，才能相顧一笑泯恩仇！

這本書不止意象豐富，文采也美。書中更不時有閃閃發光的慈悲、智慧之語，像每一章一開始的導言，都是如此。對在靈性道路上行走的人，是吸引人的路標；不同階段的人，也可以在其中照見自己的影子，尤其會對通靈體質的人有所鼓勵和啟發。

【推薦序】

寬容便能擁有創造力與自由自在

電影《父後七日》、《龍飛鳳舞》導演／王育麟

第一次遇到Asha，是在一九九八年我的第一部劇情片《棉花炸彈》的拍片現場，她是文化大學影劇系的學生，來幫忙演出某個神通廣大立委的貼身助理。

戲份不多，自然對Asha沒法有太多印象。之後聽說她遠赴法國學戲劇，此後全無消息。

大約是二〇〇六年吧，她回來台灣，我們碰面聊了一下，感覺眼前這位是飄在半空中的仙女，當下的地球現實對她來說似乎不具備什麼意義。

二〇〇七年年底，忙著《父後七日》的前製，要跟Asha搶王莉雯（《父後七日》女主角）的時間，這才知道原來她正與莉雯忙著一個舞台劇演出，Asha身兼編導演員，忙得不可開交。

這時候開始對Asha有些認識了。從法國回來這些年，除了繼續戲劇相關工作之外，她花很長時間做身心靈方面的靈修，開始有一些通靈事蹟傳出，走上探索自我神性的旅程。

關於指導靈、宇宙訊息等等這些詞彙，以及與此相關的奇人奇事，許多朋友都視之為笑話，我想，這多少可以掩飾內心的不安與疑惑。

至於我自己呢？非常尷尬，我是一直處在麻瓜與非麻瓜之間，關於光、愛、第五次元、通

靈、外星人等等，這些我全相信，但又全都弄不清楚。

但是我始終明白，每個人的一生就是一個探險歷程，就是一齣戲，無知，但對萬事萬物保持一種寬容的態度，便能擁有創造的能力與自由自在。

耐下心來，先不作判斷，在莉婷的「小說」裡，我可以隱約感受到一種神奇的魔力！

而我相信過了二〇一二，我們每個人，不管願意不願意，相信或不相信，遲早都會擁有這種力量。

【推薦序】

精采動人的生命樂章

中國廣播公司節目主持人／丁美倫

看完 Asha 這本《星宇》後，發現我們每一個人的生命其實並不孤單，整個宇宙生命中總有一股力量在支持著我們、看著我們，帶領我們經驗所有的苦痛與快樂。我們真的臣服、相信與感恩，改變內心的評斷跟恐懼，才能完成自我療癒；當我的心夠安靜、接受度夠開放，靜下心來就會發現，宇宙高靈所要傳達的訊息，常常就在我們的生活周遭。

Asha 一直用一種不帶個人自我意識的方式，傳達她所收到的宇宙訊息。如果你本身對靈性學習有興趣，這本《星宇》一定會讓你對生命功課有更深體會；但如果你跟我一樣是個靈性學習的門外漢，Asha 這句話送給你：不管自己升起的或外人加諸在你身上的煩惱，都需要你用輕鬆無懼的心觀照它。只有沉著地觀照著，相信現象是宇宙與自身的樂章，在這精采動人的樂章中，自己可以選擇哪些成為生命的節奏。

歡迎你和我一起進入 Asha 的《星宇》世界！

【推薦序】

療癒和蛻變的力量

內地身心靈界領軍人、《靈性煉金術》等書譯者／阿光

Asha 是我有幸遇到的、最純淨的能量和訊息華人管道，她所傳導的訊息無比精準實用，而她所傳導的白合體之光，更是協助我在短短幾個月之內發生了深入骨髓的療愈和蛻變。我對靈動通透的 Asha 和她背後慈悲的高靈們充滿了感恩！在閱讀這本書的過程中，我感覺到高靈的能量透過字裡行間傳遞出來，而書中，Aventa 在面對和整合自己的黑暗過程中所歷經的痛苦，以及從中所獲得的蛻變和力量，讓我感同身受！

這不是一本只包含上面脈輪的光與合一之愛的書，這恰恰是我喜歡它的地方。因為整合了下面脈輪中的黑暗，所以它完整而充滿力量。這種充滿力量的愛，令我真正感動！向每一位真正在探索內在真相的朋友推薦這本書，願它為你帶去療癒的能量和蛻變的力量！

目錄

【作者序】

有關宇宙的祕密

如果生命安排我將所看到的世界跟大家分享，我願意用兩百分的熱誠，把我所收到的宇宙訊息，在這本書中不增不減的帶給各位。這本書是我在懷孕期間，帶領我的存在請我與外界完全斷絕聯繫一個半月，每天除了接受存在們的教導外，一天一個半小時，就我與七位不同頻率的存在創作了這本書。

為何是不同頻率的存在呢？參與的有三位已經超脫輪迴得道、也是主要帶領我一路上學習的高層指導靈們（高靈），他們分別是**白長老**、CD和Satina。而其他四位分別是：

第一位是陪伴著我從十八歲到三十五歲的指導靈（祂寫完這本書，便已完成祂的任務，而到更高層次了）。祂沒有給我名字，但是我知道祂在人類經驗中，曾經當過義大利、西班牙和非洲人，僅此三次地球經驗。

祂是人類的時候，曾當過演說家、戲劇小說家，也當過宗教修行者，所以這本書祂是負責主要故事架構；祂編織的故事中，請讀者單純把它認為是一個故事，不用多加思索與誰對號入座，當中的真實自然會留在人的生命智慧中，如果涉及頭腦的分辨，你將不會觸及宇宙的真知。

第二位是我的靈魂。祂是個有點嚴肅、很有紀律的存在，但是在「有趣的事」方面，祂給我這個肉身非常多的自由空間去成為我。幾年前我跟祂更深入連結的時候，總覺得我應該搞錯了，因為我是如此的熱愛無拘束、無紀律的生活方式。

祂也一再的跟我確定，祂就是本質的我，並且簡單跟我描述，靈魂會選擇各種不同狀態的肉身，去擴大肉身的局限而與靈魂接近。在我小小的身體裡以為，祂是嚴肅有紀律的，但更多的是，宇宙各種靈魂的純透度，是無法用肉身感官所看到的去評斷或形容，因為祂是你小小眼睛看出去的祂，不是真的祂。

在這本書中，我的靈魂透過我，描述一個祂在宇宙中結識的另一群存在，那些存在就是書中的絕對純真人類，他們在另一個很相近地球密度的時空中真實的存在著，而我的靈魂擔任轉述者，我擔任將這些故事寫下來的那一個身體。

第三位是帶領我經驗人類很多複雜情緒的指導靈，祂的名字是阿 FA（法）。祂跟我說，將來會越來越多人有敏感體質，有許多不適應地球的情況產生。藉由訓練我的過程，祂把部分資料放在書中，祂願意協助有這類問題的朋友，免於驚恐或認為自己是精神分裂而自我放棄。

第四位就是生前與我相當親近的外婆，現在也是我其中一位指導靈。她在本書擔任訊息純粹度的把關，並且在書寫過程協助釋放我前世的恐懼記憶。

在某一世中，自己這種與神對話的能力，因為遭忌妒，被某些熟識的人出賣後，接著受到嚴刑拷打、丟入水中致命而死的恐懼，一直干擾著我臣服在更大的宇宙安排裡。藉由這本書，外婆將我身上所投射出去的記憶訊息，藉由女主角 Aventa 傳遞出來。外婆說，這是我看出去的世界，不是別人的真實世界，寫這本書是要我學習為自己的生命負起全責，自己的恐懼、憤怒，都跟自己有關，非關他人；外婆一再警醒我，用更謙卑的心去分享這本書。

而過程中我也問到，前世發生的事情若是真的，我做了什麼而創造出被忌妒、出賣然後死亡呢？這時候七位存在的主導者白長老很慈悲的告訴我：「為了今天的你，為了更深的宇宙智慧，因為你從沒死亡過，也沒經歷過出賣，更沒經歷過嚴刑拷打，這些都是你在那一世中、在那個身體裡所缺少的符號。」這個符號代表：我從來就不是各種元素裡賴以生存的存在，我只是透過這些戲劇符號的瞬間經驗，去進入更高的我。而現在被療癒的，是我們曾經無法放棄的肉身記憶。

如果每一個靈魂在死亡那一刻已做好「放下一切」的準備，那將不會有這輩子的療癒行為。你在療癒的，是你熱愛自己在地球的精采戲劇劇碼，不是真實靈魂的療癒；你正在療癒的，是你當下願意讓自己創造出來的世界，你是這個世界的責任者，不是他人。當你看透了這些事情的真相，怎麼會有前世印記？更如何有過去的牽絆呢？

從我個人的角度看來，這本書要傳達的是：一個與靈界溝通的使者，以她對生命的愛和體悟，提升自己的心，擴大對生命的愛。關於無形世界，不管對方是神、是外星人或是人類心中的魔鬼，都是宇宙原始之初，是「一」。

期望這本書帶給人們的是：在探索未知後，為自己的生命藍圖解開一層層多餘的防衛和恐懼。卸下這兩者後，人類或許可以純然接受光明與黑暗兩者，接納自己的不完美和無知；轉身後，有更大的宇宙正為我們創作、編織一首首美麗樂章。在此書中，神正與我共舞著！

這是各種頻率的存有共同創造出來的一本書。這本書會有多少人看到它，會有多少力量去展現，我無從得知；但它伴隨著我和寶寶，真切的給了我許多喜悅。我由衷的感謝這些存有的教導，讓我看到自己的各種局限。

最後，我給了這本書一個最適合的名字——《星宇》，因為它有著許多宇宙的祕密，也是我先生和我第一個馬上決定給寶寶的名字。

千千萬萬個感謝！

Asha

楔子

結束了八年的長程旅行，Aventa 搭乘著歐洲航線飛往亞洲的飛機。機上的她有些悲傷，也有些茫然。

自己為何選擇離開歐洲？那個她深愛的國家，曾經滿足她藝術夢想的地方……這次她連行李都打包運送回亞洲了。

Aventa 是個戲劇演員，在巴黎知名的學校學習表演藝術。為了生活，各種可以學習表演與賺取生活費的機會，她都不放過。夢想曾經是她唯一的目標，如今，一些事故使她不得不放棄在巴黎的總總。

在機上的 Aventa 手裡拿著一條項鍊，這是有一次在一場演出結束後，有個小男孩送給她的五芒星項鍊。小男孩跟她說：

「我喜歡妳的黑頭髮、黑眼睛，妳是中國人嗎？這個五芒星項鍊是我祖母親手做的，祖母說，這是宇宙的保護密碼。她跟我說，當我感覺到孤單，或是得一個人獨自面對生活的時候，握著它，它就會給予無限的能量。」

Aventa 回憶起當時，她回答小男孩：「是的，我是中國人，我出生在台灣，謝謝你這來自宇宙的無限支持。」

有好幾年，她每次上台演出的時候，都會握著這條項鍊，給自己加油打氣。前幾年在巴黎演出的時候，因為自己是外國人，老是會擔憂自己的口音與忘詞。有好幾年的時間，她每周都會去矯治醫生診所接受發音訓練；每回上台前猛看著劇本，深恐因為她忘詞，影響整個團隊；也好幾次在排練的時候，導演停下所有的排練過程，要她對著大家重複一個句子一千遍……好勝的她總咬著牙度過這些磨難。

在不算短的時間裡，這條項鍊支持她往前走，再苦、再孤單都必須往前邁進，每向前跨一步，離夢想的距離便會縮短一些。

看著手上的項鍊，Aventa哭了，想起她曾經到蒙馬特聖心堂，在上帝的面前，許下了偉大的夢想！她跟上帝說：讓我成為法國最優秀的演員，把每個生命淋漓盡致的展演出來吧！

此時在飛機上的她並不確定，回到家鄉後是否有機會再重新開始她的藝術夢想，即使她隱約感覺到，回家並不會如同在巴黎一樣自由、生活一樣無拘束。

家鄉的人與歐洲的朋友們似乎也不太相同，但是她無法清晰的比較出他們的不同。她只知道，在家鄉要很用力的說自己的想法，才能讓身邊的人理解一點點；在歐洲似乎不用多說什麼，包含藝術的態度與對生命的觀點，那是一種自由解放的獨立思考氛圍，你想怎樣就會有怎樣的人回應你。

Aventa把項鍊放在心口，默唸著：「宇宙應當沒有國家的分別界限，請繼續支持我無限的力量。我知道我很悲傷，或許我再也走不出夢想，或許老天給了我無限的欲望，卻沒給我足夠的才華或機運，去顯化我的夢想、我的愛，但請支持我，即使在我最無助的時候！」

這時候，Aventa 漸漸地睡著了……又開始重複這令她窒息的噩夢！她的雙手在抖動，神情十分痛苦……這是一個令她困擾的夢。

★

Aventa 離開巴黎，不是因為夢想艱難而放棄。她遇到了生命的轉折，讓她無法自私的往自己的夢想前進，而需要緩下腳步，離開跟自己欲望有關的環境，好好放下所經歷的事。

事情發生在幾個月前，在 Aventa 巴黎的公寓裡，有一個親密的女室友，因為情感的問題被她其中一個男友刺殺了四十二刀。回家的時候，房子已經被警察封鎖了，Aventa 的東西也都在裡頭沒辦法領取。

她站在公寓外，門口縫隙有室友的血跡。

她很安靜地待在門口非常久，不知道該怎麼辦。

前一天晚上，她因為跟室友意見不合，有一些摩擦——她們在爭辯米蘭昆德拉的《不朽》裡頭的一些價值觀與內容，甚至針對彼此的生活方式也大吵起來。室友不滿她活在藝術世界，完全不聞不問別人的需要與感受，咆哮著說：「妳是法國人的狗嗎？妳並不是法國人，妳演著聖女貞德，妳有立場可言嗎？中國戲曲妳一竅不通，不是嗎？」

Aventa一言不發，室友所說的每一句話她都聽進去了，只是無法當場明辨這是否屬實。她真的自私到不顧其他人嗎？她真的只在乎法國而忘記自己是誰了嗎？

Aventa站在被警察封鎖的命案現場，這幾句話一直在她耳邊迴轉。她還有話想跟室友說，沒料到一切都來不及了。即使她還是生氣室友老是喝醉後胡亂咆哮一番，或是帶著一個接一個的男人回家共眠，甚至連Aventa的男友她都引誘……即使室友很瘋狂的將整個屋子亂丟一通，Aventa卻不願意說任何傷害她的話。

對Aventa來說，室友是個多變的戲劇主角，是要細細品嘗、進而深入愛上的角色；就像對於每一個角色，Aventa都會投入無限的愛，並且漸漸地不再以自己的價值觀來批判，因為她是個「角色」。換成其他人，早就被要求搬離開了。

站在門口的Aventa突然感覺，心中有一把火都未曾對著室友說：「妳連我的戀愛對象都要一併摧毀嗎？如果不活在自己的藝術世界中，我怎能任由自己所愛的人，滿足妳的一夜激情呢？」想到這裡，Aventa心裡竟然有股非常邪惡的聲音：「妳死了就不會再傷害其他人了！」她退後了幾步，轉身離開現場。

事件發生到現在已經三個多月了，幾乎每晚，室友總會來到她夢裡面。夢裡的室友是開心輕盈的，她百思不解，因為對她來說，似乎無法輕易原諒室友。

在巴黎這段時間，Aventa培養出咬著牙不認輸的意志力，如果她心一軟，對室友的離開感到痛心與後悔，她內心那股支撐力應該會徹底崩潰——那交雜了多少不捨和慈悲的假象！對一個讓人無法控制和忍受的戲劇角色，Aventa 沒有勇氣坦承自己的不舒坦，和自己被傷害的痛苦，她只能欺騙自己，善待室友才是智慧與慈悲。

室友在世的時候，會跟 Aventa 說所有她發生過的事情，抱著 Aventa 痛哭，幾次歇斯底里的大吼大叫，Aventa 並沒有規勸她學習內省。這次的悲劇也是因為室友的瘋狂舉動惹毛了對方。雖然 Aventa 夢裡看到的她是喜悅的，但那偽裝的慈悲卻為 Aventa 帶來了很深的罪惡感。

★

這是已經持續幾個月的夢境了，Aventa 又再度從夢中驚醒。她看著四周，確定機上的人沒有被她打擾，於是躺回椅子上，在半夢半醒間，回憶著當時的情況。

案發後幾星期，警察抓到兇手定案後，Aventa 終於可以回去家裡收拾衣物，也答應將室友的遺物運回家鄉。當她到達屋外時，發現封鎖條早就被撕毀；打開門進去，整個屋子亂七八糟的，有小偷潛進去行竊。

這時候，法國的房東出現在他們身後，規定要在兩小時內收拾好離開，他要請油漆工將這裡清潔後轉租給新的房客。Aventa 一群人慌亂的把室友的遺物一堆堆的放進大塑膠袋中，還好室友鍾愛的鋼琴沒被搬走。

所有的東西並沒有被好好妥善對待。看著這一切發生的事故，Aventa不明白，她的夢想對生命措手不及的種種事故，有無直接的幫助呢？戲劇讓人明白人生，或許可以讓Aventa有很深的體悟，可以更冷漠的看著每個人正在發生的種種故事，而不至於大驚小怪；但是Aventa很清楚，這是頭腦的解釋，而她的心、她的身體卻正在不停地顫抖。

她當下明白，人永遠都在一齣戲中去挑戰自己，挑戰生命的無奈與脆弱，挑戰擁有與失去的恐懼。舞台戲劇只是展演一小部分的人生，再精采，都只是像雞毛毯子搔過她的手心。

這時候她的心很痛，身體無法控制地顫抖著。

她的夢想就像一根雞毛毯子，又再度搔過她的手心，無足輕重。

她覺得她應該回家了。或許，去在乎應該被在乎的生命，她就可以在真實人生中演戲，不再欺騙自己了；她也發現，所有她定義的善良與慈悲，都是因為自己的脆弱。而這次的意外，她應該擔負一部分責任：如果早一點將她內心不舒坦的部分勇敢表達出來，室友應該就會收斂她那猖狂的火爆個性。

的確，這齣真實戲下得太重。即使一部精采的舞台劇本，身為演員的她會再三咀嚼，從表面頭腦認知到深入角色精義中的過程，是有緩衝空間的；但謀殺的意外令所有人措手不及，即使沒有死亡這回事，一個屋子遭竊都足以嚇壞人，更何況客死異鄉，身後遺留之物還無法被妥善照顧，對室友的家人而言，這是多大的悲痛啊！

事後，Aventa有耳聞，室友的媽媽在祭堂上因過度悲慟，也心臟病發離開人間。

從事發到偵查的幾個月間，Aventa完全沒有勇氣去與室友的家人見面，室友的男友試著打電話聯繫Aventa，她一概不接，就像室友一樣消失在這混亂的現場，人間蒸發。即使有一次在路上與這位男友巧遇，Aventa也假裝自己並不認識這個人，點了個頭便搭上計程車。

這件事讓Aventa想暫時完全忘掉自己是誰，忘掉自己身在巴黎，忘掉自己的夢想，更忘掉所有跟室友相關的人事物。這樣的佯裝不是為了推卸責任，她需要保護最後一道防線，不能崩潰，更不能大哭，那會失去活著的最後意義。

所有最優秀的演員對所飾演的角色都是完全投入與熱愛的，更何況全然愛上劇本。室友的經歷就是一齣活生生的悲劇，是不容許在劇本之外延伸出那冗雜的枝枝節節，精采的片段總在某個時間點就該結束。

就像她搭上這班回家的飛機，她並沒有設想自己人生的下一階段計畫。這齣戲在搭上飛機的那一刻便不可能再有下一幕，Aventa如此決定。

回家後，Aventa在小鎮裡開了一家小雜貨店，裡頭有賣香菸，有提供青少年的電玩。店的生意很好，她很喜歡跟青少年聊天說話，也會下廚燒飯請年輕人吃，在適當時間請孩子們回家做功課，也會跟來買香菸的老菸槍說些大自然與歐洲之行曾經給她的啟示。這時候的Aventa更接近人，每天的生活沒有什麼新奇大變化，不離群索居，接近真實生活。她就是一個雜貨店的老闆娘，一個懷念父母親與歐洲所有一切的平凡女人。

她與她的青梅竹馬 Tom 找了塊非常清幽的山坡，築構了一間簡單的平房。兩個人從小便是無話不說的好朋友，即使 Aventa 離開台灣到歐洲這麼久的時間，Tom 會在電腦上與她持續保持很密切的聯繫。

Tom 內斂深藏不露，靜定如宇宙一般，是 Aventa 一生中最珍貴的朋友，總會在她最無助徬徨的時候，給予她支持。

01 靛藍寶寶來了

三位外星朋友自稱靛藍寶寶，發出靛藍色的光流，與人類用第三眼感應溝通。靛藍寶寶代表的是純真，如蔚藍海洋般厚實，同時帶著慈悲廣大的愛，來到地球尋找宇宙任務的執行者，直率不做作是他們的的風格。因為是第一次被分派到地球，所以他們與Aventa相遇的方式驚嚇到對方，但這卻不是他們預期的。

清晨接近六點鐘，Aventa獨自在她的小花園裡，正拾起一些枯枝落葉，準備放進小火堆中當成小暖爐的烤材。Aventa撿拾樹枝的同時，天空顏色從灰藍色轉成寶藍色，由淡色轉呈深色；手中的樹葉因為頓時染上寶藍光澤，而更顯出樹枝的厚實感。

太陽漸漸升起，應該說太陽早已在它該在的位子，只是灰藍色的天空並不明顯襯托出初陽；但這瞬間，寶藍色的色調卻滿足了初陽的微金黃光，顏色很明顯的分出太陽與天空色澤。

在這塊土地上，並不是那麼常出現寶藍色的天空，倒是在沒多久前，才因為大地震而引發了許多的污染和灰色的色調。大地背叛了這塊樸實的土地，在這空氣中，可以讓人隱約感受到，瀰漫著的悲傷與無奈的氣氛，正無法避免的緊裹著人們的身心。

Aventa 把一堆樹枝枯葉很快地丟入火堆中，在火光中，Aventa 隱約地看見幾個從她眼裡竄出的寶藍色光團，她目不轉睛地注視著火堆，想確定是否是自己眼花。

她再定神看了一次，寶藍色的光團迅速變成三個人形般的小男童。

Aventa 還是四處張望，她從不疑惑有肉眼看不到的無形世界存在，因為從小就聽過無數來自上帝的訊息；不過這倒是第一次，看到精靈般的小男童出現在正在燒著的火堆中。

對 Aventa 來說，上帝就是個信仰，是個訊息師，祂只告訴我們該如何導正心念，好好生活，從不創造神話，也不會給 Aventa 多於她肉眼所見、知識所不及的奇妙鬼影子；至少現在的她深信上帝所給的指示——祂帶給我們的應該是平靜，而不是科幻小說的素材。

可是這三個精靈越變越清晰，從寶藍色再轉成更深的靛藍色，而天空又回復到原本的灰藍色。這三隻藍色小精靈越變越硬——用「硬」來形容，是因為他們從不太固定的形體到有形體，的確是變硬，而且顏色變深。

他們正從火堆裡走出來，快掩蓋住火光了。

Aventa 動也不動地看著一切發生，忘記了上帝跟她的默契。她停滯住，能量似乎緊緊地將她綑綁住，於是她昏了過去！

上帝創造出這個景象，讓她嚇昏整整三天三夜。當她醒來時，是 Tom 守在床邊並照顧著她。

Aventa 持續好幾天不願意多談所發生的事情。

她記得，在她昏過去之前，這三個小精靈的確很踏實的正握著她的手，摸著她的頭和腳底板。她知道是他們靠近導致自己昏厥，不是她使勁掙脫害怕而失去意識。若說是嚇昏，她還可以接受，但是如果硬要說是因為拒絕他們靠近而瘋狂失控，Aventa 會對這種說法升起不滿的念頭，因為她知道她認識他們很久了，只是沒有熟到可以馬上跟他們對話，或輕輕說聲「哈囉」。

Aventa 記得，在她七歲的時候，上帝曾經在半睡半醒間跟她透露，有一天會藉由她的聲音告訴這世界：有些來自宇宙的外星朋友，會在二〇一二年的某一天告訴她宇宙的真理，還有正在地球發生的大蛻變；而這些外星朋友就像海洋的顏色，會告訴她很多很多故事，會讓 Aventa 在愛的能量中喚醒人類的真善美。上帝告訴她，這是個宇宙的小故事，卻蘊藏著所有生命的真理；上帝告訴小 Aventa，美麗的故事會在無意間發生，在最平凡的寧靜中創造出不平凡。

Aventa 躺在床上，回想上帝曾經給她的語言。三十五歲的她一直認為，那些語言是上帝對她靈魂的呢喃細語，將她對父親的思念轉成夢幻般的與神對話；它們像童話，伴隨著 Aventa 未來的生命，這樣日子會好過些、踏實點。

對 Aventa 來說，這是她頭一遭看到無形世界的朋友幻化成物質實像，著實地摸著她身上的每一處；她不是作夢，更不是錯亂，她張開眼睛看著腳底板，的確有些不同的痕跡——有個星星的符號標誌，若隱若現的浮在右腳底板中心的一公分處。

人體周圍有道小微光暈，叫做氣場，Aventa 第一次看到有個星星漂浮在氣場上面，這個星星符號的基本組成色調是淡藍色的，並帶著些許金黃色光芒。

Aventa只是再度確定，真的有三個古怪精靈，在她昏厥過去的時候抓著她的腳板，並嵌入這個東西；她一臉驚慌地看著她的右腳板，一度摒住呼吸，強力鎮靜自己。

她在內心吶喊著：「天啊！上帝，您不是一直會引領我生命真理的方向嗎？現在我的右腳底板正踩的是您的頭、您的臉龐！」她心想：「我心目中的上帝形象，如今卻在我的右腳底，像個大印刷品直接烙印在腳板中！這是褻瀆上帝，還是我已經無可救藥到將惡魔引來生命深處而不自知？」

這時，鄰居Tom走進來，端著一大盆花水，準備替她沐浴。這是個特殊的沐浴儀式，是Tom的祖先所傳下來的，專門針對需要褪去病痛的女人調配的一種花草精華，可以除掉身上的穢氣與情緒的起伏。

是否有無法抵抗的事件正在發生呢？Tom看到Aventa的眼神裡有很多困惑，以及孩童般既期待又害怕的表情。

Tom認識她很久了，她的生命經歷令他敬佩，他像個護花使者般百般照料她。與其說是好朋友，倒不如說是一種非關愛情的靈魂伴侶關係，因為Aventa的心只要發出一聲擔憂，Tom就像個守護者一樣，準備千萬種良丹來提振她。

Tom常自嘲：「Aventa就像住在我內在的陰柔能量，當我有莫名其妙的焦躁時，便可以知道，Aventa肯定因為身上的靈媒體質而承受不住外在的混亂；唯有在完全潔淨的環境中，她才可以完全體現她靈魂的美麗。而我是上帝派來守護她的。」

Tom 發覺，這是 Aventa 頭一次昏厥將近三天，想必是有不尋常的事情正在發生。

Tom 看到她的雙眼，並不是被挖空能量，也不是被能量侵犯的不舒服狀態，而是一種新氣象，一種新的芬芳，正在她身子周圍醞釀、綻放著。她現在就像個純真小女孩，每一天看到她，她的神情又更輕盈一些、更無暇了一點。

Tom 知道她不願意多說，默默為她準備一種女神迎接誕生的小嬰兒用的沐浴精華，有菊花、甘草、蠟菊、天竺葵和櫻花，加上特別調製的果油，還放上檀香與乳香磨製而成的香灰。把這些草藥放在一起，會產生深層潔淨的效果，令人平和與敞開，這精華稱為「和平使者的愛」！

Tom 的生命狀態充滿智慧與靈感，總會輕易地知道 Aventa 現在發生什麼事情、需要什麼樣的精華來提升身體穩定性。

今天是第五天了，Aventa 還是無法把當天的事情告訴 Tom。

長久以來，她下意識的抗拒這位智者總在身邊默默督促著她，開放給這個神祕的大宇宙，讓自己更順應天生的使命，去成為宇宙通靈者；因為 Tom 認為，她是上帝在眾人中挑選出來的寵兒，Aventa 從來無需質疑上帝的到來。

這麼多年來，他看到 Aventa 為了這個天生通靈體質，恐懼於千奇百怪的能量困擾。表面上，Aventa 總是說她信任上帝的存在，也信任愛的源頭源源不絕的接引著她，可是 Tom 卻清楚的觀察到，Aventa還在抗拒被更深更遠的靈性真理穿越，將真理奉獻給世人，因為她已經習慣把自己放在最卑微、最涵蘊、最謙卑的位子。除了覺得自己不配扮演傳訊者以外，更多的是，她看到自己內在的黑暗會被光明照射的太赤裸，赤裸到她連去撿枯枝落葉都自覺不配。

Tom看在眼裡，知道Aventa純真如水一般清澈。就是因為她有著敏感纖細的心，像個顯微鏡般去觀照自己的內心深處，這樣的坦誠跟不躲避黑暗，絕對是上帝的最佳人選（許久以後，Tom和Aventa才知道，這類人可是上帝眼裡的模範生）。上帝並不要乾淨的自以為光明、而喪失豐富人性的假好人，而是那善於自省跟渴望回歸的吶喊聲，召喚來上帝的青睞。

Tom知道，Aventa是看不清楚這一切的，她因此折磨自己。Tom很心痛Aventa如此唾棄自己的黑暗面，他只能默默地等候這個天使接受一切罪惡，赤裸地站在眾人的面前，歡笑地歌唱著黑暗的力量！同時成為上帝的使者，去綻放光的魅力。

02☆ 預知宇宙任務

這天，宇宙來的不速之客，帶領著Aventa的靈魂回到來處，回到宇宙殿堂（稱為萬法殿堂）。Aventa驚喜地知道，原來這宇宙的萬事萬物，在我們深夜睡眠中，不停的溝通、不斷的連結著。即使在獨自面對生命痛苦的時候，身後也有無數的指導靈，伴隨著我們的悲歡離合；而支持著我們的天使們，早已安排了所有美麗的出口在等待著我們。

到了夜晚，Aventa一個人拿著一本小冊子，開始把那一天的景象，試著用素描方式勾勒出來。每畫一筆，她都會感覺到自己的身心更恢復一些能量。

這個夜晚，她決定將「自己」放在最小的位子。打開冊子的同時，她想找回孩童時期那種「不會恐懼未知」的好奇心。她驚訝地發現，每畫一筆，她就越來越喜悅，於是在接近太陽升起時，她終於獨自再回到發生事情的場地，她想更精準地把周圍的環境用主觀視野去重新觀察過。

她還是無法清晰回憶起那天外星寶寶的顏色中那種藍，但她有自信，如果重新顯現在她的眼前，她應該可以認出那個特殊的藍。所以她鼓起勇氣獨自前往那片荒地，重新面對即將有可能再到來的情景。

她看到草地更枯黃了。天色未完全明亮，她可以隱約感覺到外星寶寶似乎在不遠處，於是心跳越來越快、越來越紊亂。

她重新如那天一樣把枯枝堆在草地上，在周圍開始堆砌起小火堆，心中默唸著：「讓我更清晰地回到那一天的場景，讓我再度進入你們出現的那一刻！」她祈禱著：「或許我沒有足夠智慧去明瞭這件事情的來龍去脈，或許你們只是不小心掉落到我眼前，需要我的幫助，或是……無論如何，我今天在這裡，我願意聽你們說話……」

三個靛藍外星寶寶「咻！」的一聲出現了，他們帶著很親切的微笑，很直率地跟 Aventa 打了聲招呼：「嗨！我們打擾到妳嗎？等妳好幾天了，就是希望妳再跟我們更進一步溝通。我們是靛藍外星寶寶。」

Aventa 重複他們的話：「靛—藍—外—星—寶—寶？」

他們繼續自我介紹：「我們受『萬法』的安排來到地球，準備與地球人共同合作，要來協助人類的下一階段宇宙進化。我是靛藍外星寶寶其中之一，我叫做 Ico，是我們三個裡面經驗最豐富的，也最有主導權。往後會相繼有不同的靛藍寶寶出現在妳的周圍，妳右腳底下的印記，就是讓妳可以直接連結到所有靛藍寶寶來去的信號。對了，因為我們的能量頻率不是妳此生所熟悉的，所以待會在一定的時間，我們會自然消失在妳肉眼可見的範圍中；這需要些時間，以後便會好轉，消失後，妳依然可以接應到我們片段的訊息！」

Aventa 趕緊問道：「你說是萬法安排你們來做協助地球的計畫，萬法指的是什麼？」

另一個隨即回應：「妳往後會明白我們說的是什麼，以及萬法代表的意義和靛藍寶寶的來處。」

Ico 接著說：「首先，我們是在萬法的允許下，要來這塊土地進行一個淨化與提升的任務，因為地球現在的能量線偏離了原本宇宙應該維持的軸線角度，導因便是地球能量體呈現不和諧與混亂。我們首度的計畫是：淨化這塊土地所爆發出的憤怒與恐懼。我在妳身上也看到很強大的悲憤力量，妳的憤怒很深，是對勢能黑暗與光明的對抗，所抗拒的其實是妳自身對黑暗的恐懼。」

看到三個靛藍外星寶寶這麼直率，將 Aventa 深處的問題不避諱地指出來，她感覺到很開心。這三個靛藍寶寶有著純真無瑕的神情，當他們在敘說地球的將來時，也引發了 Aventa 參與地球提升的革命情懷。Aventa 從不支持任何革命行動，卻對這三個靛藍外星寶寶的自我介紹感到有趣。

正當 Aventa 要開口詢問更多有關萬法的行動時，三個靛藍寶寶就像是煙霧一樣消失在她的眼前。Aventa 雖然看不到他們，卻還是可以用身體感覺到他們還未表達的，他們讓 Aventa 明白，別心急地想要搞清楚所有一切。外星寶寶想提醒她：「回到自身的恐懼中，從今以後，我們會伴隨著妳穿越。」

幾秒鐘後，Aventa 可以在身體感覺中，知道他們消失了。

Aventa 還是繼續將小枯木燒完，坐在火堆旁，不知道到底發生了什麼事。他們並沒有把原委完全講述清楚，卻像一陣風似的離開了。

此時，她在小火堆旁看到一個很像水晶的小手鍊，當拿起手鍊那一瞬間，她感覺到，原本緊張的身體腹部明顯變輕了，於是她把手鍊掛在手上，隨手在外星寶寶站過的土地上抓了一把泥土。她想，或許 Tom 可以在這些泥土和手鍊中找到一些蛛絲馬跡。

夜晚，Aventa 躺在床上準備睡覺，剛閉上眼睛，就看到眼前一些訊息畫面。畫面中，在很遠的某個地方，有一個神殿，「很多力量」在神殿裡穿梭，他們並非以人類的方式存在，她覺得他們都是「力量」，不是一般所想像的，有人頭、有形體的神。

她接著看到，在神殿裡一個尖端接近屋頂處，有一個轉輪。此時畫面突然停止了，Aventa 無法再繼續看到其他畫面，她揉了揉張開的雙眼，看看周圍，一切都平靜如往常；又用力閉上眼睛，還是沒有任何畫面。

過一會，Aventa 想起小時候跟上帝對話，可以用詢問方式得到訊息。她問：「我不知道是誰在給我這些影像訊息，但是我想你們應該都還在。到底剛才的畫面是停在轉輪後，還是完全消失？我想請問那個轉輪是什麼？那些透明會走動的『人』，就是那些一團團透明的、會移動的、在神殿裡穿梭的，是神仙嗎？」

這時候，Aventa 突然感覺頭頂有股巨大的力量撞擊下來，她的身體開始不聽使喚的左右晃動。她當下覺察到自己開始害怕（這兩天她正不斷的在自我挑戰這個部分），於是她又鼓起勇氣，再問一次相同的問題。

有個聲音從 Aventa 頭頂進入到頭的中央部分，就像有訊息從頭的中央部分擴散到接近前額的地方，然後腦中就自然會有「文字聲音」，就像是聽到某個人在我們耳邊喃喃細語，只是這一切是發生在腦子中。跟我們思考時或是想東想西是不同的，Aventa 分辨出，是有個東西進到腦袋中，而 Aventa 在當下只要放空，答案就會隨即出現。

這時候她「感知到」有個聲音回答她：「我就是那個轉輪，我就是萬法。」

Aventa 很驚訝地問：「是外星寶寶提到的萬法嗎？」

腦波中的文字聲音又回答：「正是！」

接著畫面又出現了，她看到一大群「力量」站在轉輪的正下方，有各種顏色的光從轉輪透出來，往下方的「力量們」灑射；Aventa 看到自己也在那個地方，接受橘黃色的光照射，感覺自己也在接受萬法的指示……就在很多力量之間，她認出了自己。

接著她想起，還是青少年時，有一次在學校午休，她不想待在教室休息，便跑到小操場的樹旁邊睡覺。那一次閉著眼睛時，她也看到一些像今晚看到的、不像人的「力量」，在她眼前出現又消失；當時她覺得是因為自己沒有乖乖守規矩而被老天恐嚇，現在想起，Aventa 對此記憶還是頭一次感到害怕。

長大以後，有一次在陪著親人生產的過程中，她又看到不尋常的畫面：天空出現海洋。下一個畫面：海洋開始要聚集，她看到這些海洋快變成人，要跑進來親人的肚子。就在那一刻，表嫂生下她的孩子。

這兩次的經驗，讓她對往後跑出來的影像訊息感到抗拒跟害怕。至今，她仍認為那是一種心智的產物，覺得是自己過於異想天開，喜歡作白日夢所導致的；她害怕自己像個貪婪的人類一樣，把這些誤認為是上帝對她的回應，過於自我膨脹，而忘記在生活中踏實的活著。

正當 Aventa 習慣的思考模式闖入所有影像流轉的同時，她感到水晶手鍊傳來輕微的震動，她的右腳底板也漸漸發熱。Aventa 身體感覺到外星寶寶的存在，她知道他們是要說：「面對恐懼，首先，可以將妳逃避的習性先擺一旁，先毫無批判的看完所要給妳的故事。」

接著，Aventa 看到萬法轉輪下顯現另一個少女，這是全部力量中唯一和 Aventa 一樣有完整人類形象的存在，她很清澈，有點弱不禁風，像山泉裡頭浮現出來的仙女一樣。可是 Aventa 覺得這女孩子並不樂意處在轉輪的光照下，她比較像是被迫來到轉輪和這個殿堂的；Aventa 感到很不舒服與憤怒，但還是忍住憤怒，更仔細的把所有故事看一遍。

接著，她看到在自己左手邊出現了一位「先生」，很像未進化的猿人，也在接受紫色的光照，他是在場的力量中比較陶醉的。Aventa 看到自己的外相是比較穩定跟安詳的，散發出來的力量是一種安定感。

在其他影像中，無法讓人感覺到他們是「人類」，但大多可以直接解讀他們是屬於哪一種「力量」。轉輪的另一方有幾個由不同光照產生的力量，有山的力量、海的力量，也有科技的力量，有各種動物原型的力量。

最後，Aventa 看到一個被稱為忌妒之神的力量，於是很好奇的喃喃自語：「這個神為何叫做忌妒之神？忌妒是一種破壞力強大的情緒，為什麼有這樣的神？」

正有這個疑問的同時，有個背後長著很大翅膀的天使出現在畫面中，向 Aventa 解釋：「萬法知道，『忌妒』是人類一直以來無論如何都會有的情緒。渴望自我提升的人類，對於這個情緒往往不容易掌握，所以忌妒之神會被派到人間帶領人類；人如果可以掌握忌妒他人的情緒，便有可能產生內在勢能和海底輪（生存力）的大爆發，進而擴展無私的大愛，去協助他人進化、提升阻礙成長的忌妒心。所以忌妒之神帶領人感受忌妒的痛苦，然後通過階段學習體驗後，便賜予無限的愛，幫助此人進行爆發力的靈性覺醒與成長。」

Aventa 覺得這一切太神奇了，雖然目前她並不全然信任所聽和所見，不過對她來說，當下是非常新鮮與令人好奇的。

Aventa 問天使：「大家在轉輪萬法下面有何作用呢？」

天使回應：「他們在接受引導，萬法將宇宙奧祕用『注入光』的方式讓眾神明白。」

Aventa 接著問：「萬法不應該是宇宙之神嗎？但祂竟然是個小小轉輪？而且有點像舞廳的照射燈。」

天使回答：「萬法有點類似是宇宙的縮小晶片，祂把宇宙所有發生過的與將來會發生的故事放在晶片中，在適當時機，人類或是其他力量會出現在萬法的意念傳輸中，去明白將要行使的行動。宇宙的大智慧就在這顆轉輪中，不斷地送出來給整個宇宙的生靈，萬法隨時都可以有巨大能量，去賜福給每個人或宇宙存在。」

Aventa繼續追問：「那你是誰？」

畫面中一下子出現了九位天使，剛剛那一位天使回答：「我們是將來會以訊息引導妳的光群天使。我們有九位，輪流給妳各種學習的功課，教妳如何協助人做能量療癒，也會照靛藍寶寶的指示保護妳。而妳手上的水晶手鍊，是靛藍外星寶寶跟妳接應的方式，當它些微震動時，就是靛藍寶寶出現了，而妳的右腳底是宇宙萬法和靛藍寶寶與妳連結的指標。

「也可以這麼說：妳隨時受到萬法和靛藍寶寶的保護，而我們九個天使則是輪流在妳周圍協助妳成長。今晚我們都聚集在妳周圍，是為了告訴妳即將發生的任務，給妳一個大致的概念：

「第一，在幾個月內，妳的身體會開始有強大的淨化能量注入。不管是清醒或是睡眠，光群天使的能量會加速打破妳的肉體對四維空間的屏障；這個過程妳會出現相當多身體的變化，妳唯一可以度過這過程的方法，便是確信：這是往最美好的方向。

「第二，就是要保持放空。這裡的放空跟一般集體宗教意識所講的不太一樣，我們知道『要全然無我』不是妳現階段的學習，妳現在要學習的是：完全沒有更多知識和資訊的湧入，存積在妳的腦波成為記憶，所以不接觸任何書籍、不成為社會集體所期待的知識總匯，是很重要的，這也包含放棄印證與搜尋答案的念頭。

「第三，希望妳在面對幾個月的強烈轉化中，能把所有妳對人類的一切——包含對自己的憤怒，或是對生命的歉疚——完全暴露出來。妳或許在短時間內會變得很狂野、憤怒，也可能觀察到更多恨，但這是必然經歷的。放手去成為在集體意識中的妳，去經驗、去愛妳所成為的每一個形象和狀態。」

正當Aventa想要繼續開口提問的時候，大天使麥可直接答覆她：「妳靈魂的驅使已經把我們召喚來，我們只是按照妳累世的安排和靈魂意願來做最後的行動。妳所抗拒跟質疑的，是妳肉體上的憤怒跟過往印記所造成，我們看到更遠的將來，妳會臣服跟喜悅地接受天命。

「現在請妳回到自身，敞開迎接這新世紀的光群力量，也迎接萬法的賜福，讓眾人臣服在愛的光芒中。當地球已經面臨世紀的大轉變時刻，我們才接受萬法指引來到地球，或許這份愛來的有些晚，但我們信任萬法的決策有祂的智慧安排，有更多天使都在藉由這個機會，提升到更高的神性空間。請Aventa共同為地球人類傳導一些愛之光，療癒大家的心吧！」

聽到此處，Aventa已經淚流滿面。她不知道該相信她所聽到的，或是相信自己不是那個使者、不配扮演這些角色。

最後，她跟天使說：「我聽到你們說的話，我不想完全推翻你們說的，因為正當你們在說話的時候，我的身體被光芒裹照著，我在顫抖，全身酥麻。以過去幾次通靈經驗，我知道這是個正面的回應，我知道身體、心靈已經感受到你們的真誠，可是我的腦子無法相信這一切，我怕最後在我自覺不配的同時，被欺騙了，被耍了一遭，那我唯一的自尊將會在哪裡呢？或許這正是我屬於人性的惡習，我只想安安靜靜地活著。

「光群天使，你們應該是找錯人了吧！我想要結束這一切，我只想跟上帝傾訴我的苦、我的愛，我只想跟上帝做個普通平凡的連結。別撩起我的貪婪，別考驗我這些救世主的欲望，我想你們是上帝派來，考驗我是否真的已經回到最平凡的生活中。

「我回應你們：此時我不會受影響，但是如果不斷的來考驗我，我將會背棄上帝，成為魔鬼，或成為世界上最貪婪、妖言惑眾的傳訊者。或者，其實我只是一個瘋子？轟轟烈烈的成為兩者、非瘋即魔不是我的心願，請你們離開吧！」

接著 Aventa 將手鍊取下，放入屋內的火堆中，心裡其實有些感傷，因為她心裡知道，她是愛這三個可愛的外星靛藍寶寶的，她也信任光群天使的真誠，只是她對無形世界有更大的恐懼。

最後，她請光群天使離開，並停止給予訊息和畫面。果然，幾秒鐘後，一切都回到了正常。她起身把屋子所有的燭火都熄滅，準備睡了。

盤旋在地球的天使們，總隨時守候，默默地為人類祈福，用他們最神奇的天使棒賜予力量。

光群天使在大天使麥可的引導下，悄悄離開了 Aventa 的周圍。在離開前，他們用天使棒輕輕地在她的第三眼處撒下銀色的光能量。麥可跟周圍天使說，下次回來，她會很不同，讓故事引領她吧！手鍊並沒有被火燒毀，因為它是個用意念產生的手鍊，沒有任何其他人可以辨識它，只有 Aventa。況且，**凡是生命該遇到的，是無法銷毀的**，這就是宇宙要讓 Aventa 經歷這幾個月，讓她更深透的明白宇宙的愛！

03 對上帝失望

上帝藉由 Aventa 把生命訊息帶給大家之前，她要先嘗試各種生命體驗。首先，她要體會對未知的恐懼，掌握了恐懼的把戲，才能循序漸進到放手，破除恐懼，創造豐盛。生與死一直是人類不斷探索的話題。活著就是要在死亡前做個豐盛的生命儀式，放掉人類慣有的恐懼，讓豐盛帶領一切，這些不就是人類最底層求生的原動力嗎？

在沒有一點光亮的房間，Aventa 整晚無法平靜的安眠。她清醒的用嘴巴吸氣、吐氣，試圖讓自己更冷靜下來，不受剛才的事件影響，警戒地捍衛起內心早已決定的生活方式。

Aventa 想起父親，父親早在她十幾歲時就過世了。還有一段悲傷的回憶：一團熊熊的火焰，把 Aventa 的家燒毀了。

在一個從事手工藝品的小工廠旁邊，有一間 Aventa 的祖先遺留下來的小茅草屋，也是父親對美的直覺所設計出來的「家」。Aventa 的父母親都是附近大學的教授，父親教文學，母親則教美術，一家人就住在這間簡樸、有格調的小茅草屋。是因為 Aventa 堅持不搬離自己的家、住進煩擾的都市，她想用愛以及對大自然崇拜的心，去經營他們獨一無二的家。

但是接下來的回憶滿是悲痛。記憶所及，Aventa 看到的是一團熊熊烈火燃燒著小茅草屋……

當時 Aventa 的父親因為腿部受傷，而停課好幾天待在家裡。某天，外面來了一個酒醉的乞丐，闖入了這個小茅屋，強迫父親給他金錢和貴重物品，父親一時慌亂下，跟酒醉漢說家裡沒有金錢，但是有些祖父母留下的貴重古董，他可以進屋裡搬。

醉漢很不滿的說：「我不可能搬一個大大的古董，你是在嘲笑我嗎？」

醉漢似乎累積了很多對生命的憤怒，像發瘋一樣，竟然出手將父親一把摔在地上，用力地踹他，敲打著他的頭。父親忍受著痛苦，一句話也沒回應，更沒有大聲哭喊求救。

醉漢一氣之下，拿起爐上一把火，往屋內一丟！很不巧的，那把火一下子擊中屋子最容易燃燒的地方，他放下父親一下子跑出屋外，拚命的逃離現場，而父親因為腳受傷無法動彈，只能待在越燒越烈的小茅屋裡。

Aventa 與母親剛從不遠的市場回來，看到整個茅草屋的情況，一下子愣在原地。她們當下便知道，失去了生命中最重要的父親。

三個月前，父親本來要調離職務，到市區一所大學任職，是 Aventa 堅持不離開大自然的生活。從小，Aventa 便有與神對話的能力，她向父親堅持，這是上帝的旨意。祂給予這整個家庭的使命，是在這樸素無華的大自然中，透過母親的手做出最精美的雕塑，把他們對大自然崇敬的愛流傳到都市裡。萬萬沒想到，這一刻，她的堅持卻令她失去了父親。

回憶至此，Aventa 開始在床上啜泣，緊握著拳頭。

到現在她還是非常痛恨那個醉漢，當天剛好有人親眼目睹他逃離火災現場。在出事沒多久之後，酒醉漢已被逮捕，也親口承認他失控殺人，他要求見死者的家人，想要在最後叩首之後，接受警方的刑罰，請求 Aventa 家人的原諒。

母親原諒了罪犯，但是對於堅持上帝的指引而駐守在大自然茅屋中的 Aventa 而言，她失去了對上帝的信心；十五歲的她認為，無形的力量也無法避免一個無關緊要的醉漢誤闖她的家，也無法讓父親在危險的時刻得到解救。

在七歲到十五歲之間，Aventa 的確因為來自上帝的靈感，成就了許多美麗的工藝品，協助母親造就了很好的藝術聲譽。她總可以在最短時間內，與母親共同創造出最美、最適合對方的作品，也可以用她身體天生的敏感度，去感覺大自然美麗的療癒力量。但自從父親過世之後，一切都混亂了，她失去了信念。

對她來說，美麗並不能改變危險，大自然無法洗滌粗魯的人性。在最後一刻若有個神蹟出現，拯救他的父親，Aventa 將會毫無懷疑地崇敬上帝，用愛與大自然的力量奉獻出她所有生命力。但此刻，她徹底失去了這個信念。

隔幾年母親也去世了。她離開家鄉去了巴黎，做很長時間的旅行，身上留著父親對於文學、母親對於藝術的愛。她拒絕跟上帝說話，她丟棄了所有一切。

這時，三個外星靛藍寶寶出現在 Aventa 的床邊，而 Aventa 已經累到幾乎沉睡過去，沒有察覺外星靛藍寶寶的到來。

外星寶寶悄悄地用雙手吸取了 Aventa 腦中的部分記憶，沉睡的她沒有過多的防禦和抵抗，於是外星寶寶很順利的擷取 Aventa 的思想。他們很滿意地相對笑了一下，其中一個外星靛藍寶寶張起五指，正放在她頭部上方，口中喃喃發出一些聲音，試著將宇宙萬法給外星靛藍寶寶的資訊輸入 Aventa 腦中。

Aventa 處在睡夢中，輕輕的微笑。在靈魂的意願中，Aventa 是如此純淨，而且是開放給整個宇宙的；靈魂意識早已知道，可惜人卻不清楚，人所恐懼的點，往往是靈魂最興奮的學習方向。

睡夢中，Aventa 的靈魂意識就像個小寶寶，因為受著外星靛藍寶寶的眷顧，而感到和平。萬法的訊息從未失誤過，這一切安排讓整個宇宙充滿和諧，只是人的意識不太清楚罷了。

Aventa 接受了外星寶寶的到來，感到自己已經漸漸在肉身部分起了變化。冥冥之中，Aventa 的愛擴大了，也將會更深地去體悟：**所有發生在自己身上的事，都自有其生命意義**。

睡夢中，Aventa 的微笑，已經說明了她內心深處的愛正在擴大。

這位愛的使者在數十年的封閉過程中，通靈能力又再度被啟動，如同一朵花正在緩慢的綻放，伸出花蒂，吸引採花的昆蟲們再度擴散傳播。花自有它的芬芳，花從不需要改變它早已經存在的狀態，它只是吸取養分，獨立成長，進而開花，花粉隨風飄逸，飄到該停留的位子播種。

如果 Aventa 可以早些信任靈魂，便會放手讓她自己成為靈魂本身。花之所以簡單地綻放、簡單地播種，是因為它沒有過多的恐懼，沒有過去的記憶令它膽怯與憤怒，而不去成為花朵本身。如果 Aventa 能夠抽離，看到自己就是一朵花的存在狀態，她就不會背負著所有悲劇的情節，而拒絕自然的發生，拒絕將自己感知力的觸鬚隨風搖曳，讓愛四處散播，同時走向更大、更遠的路途，而仍然是一朵美麗謙遜的花。

04 萬法殿的會議

「萬法殿」等同於宇宙聖殿，對於人類來說，回歸宇宙聖殿是最終的靈魂旅程。而「萬法」是宇宙之始的全知，透過萬法，宇宙開始分出了高低、分別了美醜、引誘出善與惡，最後再度合一。

萬法殿是所有高層力量（或稱為高等存在、高等靈）聚集的地方。在每年入秋的第三天，所有受邀的高等存在便會聚集到萬法殿，公布下一年的任務。

受邀到萬法殿的高等存在，通常都要有宇宙通行證，持有通行證者，可以到每個星球去探訪情況、給予協助。通行證分成九個等級，第九級是剛從較低頻率的神性存在，晉升為可以接受萬法祈福與指令、並獲得通行證的初級。

對許多懷抱善念的存在來說，維持好的善念和修行意願，就是為了可以一步步往上晉升。擁有第一級通行證的存在，就已經可以給予較低階段的眾神力量指令；萬法將重要事件分配給第一級高等存在，之後的一年間，皆由第一級存在掌管所有運作事宜。如果第一級存在疏忽了自己的職責，受到的處罰往往也比較低級的高等存在來的嚴重，降位階的程度，可能是九級存在的兩倍之多。

整個萬法律法非常緊密、嚴謹，眾神在帶領還未有通行證的存在時，都是極度謹慎的，唯恐一點疏忽，會讓整個宇宙的律法產生動盪；一產生動盪，另一個黑暗世界、魔掌控制的更低頻頻率，便可以趁虛而入，輕易的影響任何一個星球。所以這受邀的九級高等存在，都將這重責大任視為宇宙的大任務，為諸神服務時都不敢掉以輕心。

出現在 Aventa 身邊的三個靛藍外星寶寶也受邀到聖法殿，他們周圍有更多的外星寶寶都是九級通行證的存在，這群靛藍寶寶，是一百多年前宇宙萬有之神特地親手培育出來的。

萬有之神用日、月光精華，加上眾神的神力，與地球最具力量的魔法師，經過幾百年孕育而成的靛藍種子，被隱藏在寂靜的夜空中，而後誕生；他們歷經宇宙的種種磨練達一百多年，直到今日晉升為九級高等存在，可以持有通行證。這次他們分配到的任務便是來到地球。

靛藍寶寶是這次萬法會議的中心。所有等級的高等存在都知道，二〇一二過後，只要地球可以在幾年之中完成宇宙任務，就會是整個宇宙的焦點；地球即將進入一個光世代，同時會從一個正提升中的星球，成為宇宙的重要星球。百年來，萬法早已清晰地看見，地球將會是維持宇宙平衡的重要力量之一。

今天受邀的高等存在，都集中所有注意力在地球的光蛻變，所有高等存在已經隨著秩序就位，準備迎接萬法到來，身上隱約透露著七彩光，照耀整個萬法殿，非常閃耀，卻又非常和煦。眾神們乍現形象，卻又感覺幻化虛無，人的肉眼沒辦法辨識出這神奇奧妙的存在方式，只能用心或是用身體去覺受。

美麗或神祕的事件往往無法用文字或語言描述，這是長久以來，中國哲學以及佛法不變的真理。可想而知，神性的聚集，所散發出的震撼力有多麼龐大。

現在，各層級的高等存在已經就位，創造出莊嚴的神聖空間，萬法緩緩地降落……

那是先前 Aventa 所看到的放大版，萬法轉軸也像眾神一樣千變幻化，七彩光芒再度強大地照射著整個萬法殿，安靜無聲地進行著所有重要會議。原來，在萬法殿的所有聚集，都是在寧靜中完成的，在沉靜中用意念導出所有知曉。

最後，靛藍寶寶終於獲得此次宇宙任務，也擁有了地球通行證；從現在開始，可以正式地自由進出地球空間。接受通行證的靛藍寶寶，身體瞬間幻溢出七彩光芒。

這真是值得慶賀的大喜事，幾十個靛藍寶寶飛旋在空中慶祝，歡樂地群舞著，彼此發出美妙的孩童聲音……

Aventa 突然被這萬法殿的夢境驚醒。她感覺自己手腳完全僵硬，整個身體有好幾分鐘都動彈不得，但很清晰地完整記得剛剛做的夢。

她走出房門，看著外頭的夜空。靛藍色的深夜裡，剛才的夢是正在萬法殿進行呢？還是遲來的畫面？或者是她自我投射的幻想？她瘋了嗎？

她很無助，可以向誰傾訴這一切呢？Tom 不是人選，他一定會鼓勵 Aventa 對靈界敞開，但她深怕跌入這「幻想世界」，目前，她只能靠自己去分辨這突發的事件。她又再度躲進被窩裡哭了起來……

她感覺身體很沉重，有點疲累，對這一切毫無招架能力，也無力主動關閉這些影像畫面，況且，這些常發生在睡夢中，她該去告訴誰、不讓事情發生呢？就像世間有多少事情是不停地產生著的，而我們只能面對、接受，勇敢超越。這些話我們都琅琅上口。

有些人信任老天會來救贖，也有人說，累世曾種下的因，會讓你體驗果報……任何心智會產生的觀點，Aventa 纖細的心都重複思索了一番。在經歷生離死別後，Aventa 會不知道該如何自救嗎？

她苦笑了一聲，無助地流著淚，雙手按著自己的胸口，使勁地如同孩子般地哭泣。

她該請誰幫助她呢？

這時候，光群天使麥可與其他二位天使長，默默地站在她身後。他們並未呼喚 Aventa 回頭，而只是無條件地支持著孤單的 Aventa，很細緻、謹慎的等待著有一天她願意敞開心，去歡迎這群神性朋友，深感榮幸並且珍惜她所擁有的一切，正視她獨有的幸福，也勇敢地帶領更多人轉身去感受和發覺他們身後的愛。

當人們切斷所有的祈求時，就擁抱了恐懼，進而產生無助。Aventa 看不到三位天使正默默地祝福著她。她早就被神性宇宙包圍，從出生開始，到當下每一刻都是如此。

宇宙看得到正在上演的戲碼，Aventa 卻看不到戲碼的進行，她只看到自己的脆弱。台下觀眾看到的永遠比戲中角色更全面。

真理教導人更全面地洞察自己的命運，當視野更全面，人便會抽離受害者的苦痛，向幸福的未來揮手；而愛往往就在身後，或是在周圍，只是被人們忽略了。

光群天使看著 Aventa 正孤單的哭泣。他們敞開笑容，無條件地守候著，因為天使願意協助人類，在人類提出了邀請之後……

05 靈界的訓練

Aventa開始了一連串的考驗和靈界訓練。自始至終，神和天使們並沒有背棄她，即使在每個經驗中，她都嘗夠了苦頭，但最後卻也鍛鍊出無比堅韌的她。

Aventa今天起得特別早，她感覺自己的身子又跟往常不同了。自從作了萬法殿的夢，到今天已經第三天了，她不再像第一天夜晚那樣全身僵硬，而是覺得心情相當輕鬆，也有一份很久沒有的快樂。似乎，在將長久堆積的壓抑情緒透過嚎啕大哭刷洗一番之後，她今天感覺特別地好。

她喝了口咖啡，伸出雙腳看看先前的印記是否還在，卻發現痕跡消失了。

她覺察內心是平靜的，不會再批判先前的狀態，不過，她倒是突然回想起萬法殿的一切，她想，如果靛藍寶寶是背負任務來協助地球的，他們該怎麼做呢？

她又喝了一口咖啡，突然間，一股力量穿過腦袋正中央，讓她睜不開眼睛……

她感覺有股很強的電流要告訴她一些事情，但是她有點禁不起強力的電流竄動，所以無法接收到訊息。

她有個直覺，必須平躺在床上，讓強烈的電流與大地接軌，而不是貫穿身體垂直往下。她直覺地知道，身體是受不了的，於是勉強地睜開眼睛，跑向床邊；一開始，她身體不停地抖動，幾分鐘後才逐漸緩和下來，這時，三個靛藍寶寶又出現了。

雖然 Aventa 緊閉著雙眼，但可以感覺得到他們，她驚訝自己閉上雙眼跟他們連結，竟成為熟悉的反射動作。今天她不再抗拒，取而代之的是更多的好奇心。

事後 Aventa 才知道，每天夜晚睡夢中，天使或是靛藍寶寶都會到她床邊，去感覺她的內心狀態，然後像個開藥單的醫生，找來最適合的能量，緩和地植入她的腦中。

Aventa 的蛻變速度之所以如此驚人，該學習什麼就會親身體驗、然後超越，是因為宇宙把人類的集體意識放入，與她腦波共振產生情緒和感受。因為 Aventa 非常敏感，所以比一般人更快速地領略，快速體驗，然後快速超越。

人並不是要有個象徵完美的神格化對象，來當作追尋的希望，才能引發生命的感動，而是知道，各種人的背後皆有其辛苦，才會成長。Aventa 就承受了很多不屬於她的故事。

上帝的管道（通靈者）或是宗教大師，總是親身經歷生命的苦難；或許他們的外在是別人的老師，但是內在絕不會跳脫人類本性。

萬事萬物本出於一源，人與宇宙的連結，正協助著人類的自我擁抱黑暗，而神把人類推到黑暗的跟前，親吻黑暗的腳跟，教導人類如何崇拜人性，如何愛護醜陋的人格模式。

躺在床上，Aventa 問靛藍寶寶：「你們這次的任務確實是為了地球嗎？如果是，要怎麼進行呢？」Aventa 還是閉著眼睛，突然感覺自己的身體在微微震動，接著竟然朝上方飄起幾公分！

她聽到靛藍寶寶告訴她：「再放輕鬆一些。」靛藍寶寶正在用 Aventa 可以明白的方式傳輸訊息。她聽從靛藍寶寶們的指示，讓自己完全放鬆。

首先，在自己漂浮後，她覺得有股力量取代她原本沉重的身軀，並開始感覺身體在穿越一道很長的隧道，很多能量推動她往隧道深處；接著，她感覺身體有濕透感、發熱，然後慢慢地又感覺相當冷，直到快結凍了。

在過程中，Aventa 可以同時知道「自己的身體」跟「被能量取代的身體」的不同，原本漂在上空的身體還是保持溫熱的，但被能量取代、冷凍的身體已經到達隧道末端。

Aventa 不太清楚隧道之後是什麼，而是隱約感覺到一道白光，她來到一片白霧中，身體失去重心。

莫非她在雲端？天啊，那她是否會失去重心掉落地面？

一想到這裡，Aventa 的身體抗拒地擺動著，可是越擺動，她就越難穩定在這片白霧裡。

她突然想到，他們叮嚀她要放輕鬆。反正也回不去隧道的另一端，飄著的身體也無法直接回到原本身體，於是 Aventa 深吸了一口氣，心裡默唸著：「好吧！帶我去看……」接著，Aventa 像漩渦般往下沉，頓時覺得很舒服，雖然身體還是冷熱交替著。

最後她下降到一灘紅色湖水邊。她開心地走到湖水邊，對於紅色的湖水感到很新奇。

Aventa 問靛藍寶寶：「這是什麼樣的湖水？我可以喝它嗎？」

靛藍寶寶回答：「那是一種特殊水流，經過千萬年，一直不斷變化顏色，從一滴水累積到現在一湖水。」

Aventa 把手放進湖水中，裡頭很溫暖、滑溜，觸感跟一般湖水相當不同。她用手舀著湖水喝了一口，瞬間，有股暖流在心口緩緩地轉動，很暖和。這股暖流讓 Aventa 很感動，感覺自我正在融化，沒有悲傷的情緒，放下了身分認知，她像個純真的小孩般淚流滿面。

一回頭，三個天使長也出現在她身後微笑著。

她問靛藍寶寶：「這水會讓人湧現慈悲心，我感覺自己的意識正在消失，我會整個人消失嗎？」在這當下，Aventa 很放鬆，開玩笑地問天使們：「這是毒品嗎？吸毒是一樣的感受嗎？」

說著她閉上眼睛，暖流變成很強烈的愛，她說：「啊！我看到粉紅色的光從我胸口前散發出去，我有點記不起我的名字，但還記得我的好友 Tom……天啊！我瞬間記不起他的樣子，我有好多話想跟他說，我看到他的心，我知道他需要什麼協助……這麼多年來，我幾乎沒看見他心裡的需要和渴望……我只看到他的心，天啊，我忘記他的姓名了……但是我心裡知道，只是腦子無法記起他身為人類的身分跟名稱，我心裡知道他對我是個很重要的知己，他需要我協助他……」

Aventa 的自我身分完全消失，融入變成 Tom，接著她成為 Tom 周圍的家具、周圍的空氣，成為 Tom 所處的空間；接著，Tom 與她成為這整個珊瑚水的大空間。

Aventa 提問：「是我把 Tom 帶過來了嗎？」

靛藍寶寶回答：「靈魂意識在宇宙中，本來就是一個整體，你們從未與我們和所在每個空間分開過，妳就是Tom，Tom就是妳，妳沒帶他來，也沒離開過自己的房間。」

Aventa說：「這感覺很奇妙！我可以明白Tom和我在各自身體中，他的靈魂扮演協助我的靈魂，而我也在扮演他所需要的協助，但我們卻從未分開過，是身體區隔開來這一切……真有趣！」

天使接著回答：「妳問這些感覺是否可以藉由人類毒品去達到，答案當然是否定的，因為那些殘害身心的藥品，只是讓靈魂住在一個更小的身體局限中，效果當然不同了。」

Aventa驚喜的問：「這是什麼湖？我可以帶些湖水回去分享給身邊的人嗎？」

突然間，Aventa飄在空中的身體降落在原本身體中。她突然清醒了，也恢復了意識，但依稀記得剛發生的一切。

靛藍寶寶告訴她，湖水只能給絕對純真的人飲用，她會促使絕對純真的人更加敏感和慈悲；喝過湖水的人類，會感受到超越肉體限制的空性與慈悲的品質，會讓此人完全明瞭需要被協助的人的內心世界。

靛藍寶寶說：「妳已經來過這個湖水接受洗禮，也體驗過湖水的力道，妳可以將這湖水的所有神奇魔力，儲存在妳的腦意識中，當感覺自己心力交瘁或是不再信任自己的時候，請對湖水源頭祈請，水會自然地用適量的作用去協助妳。

「妳會記得剛才那個無我狀態的感受，但是不會輕易在肉身中產生一樣的效果，所以，湖水現在自動儲存在妳腦意識的一小區塊，神會讓妳知道何時會需要它。至於是否可以分享給妳的朋友，很抱歉，我剛剛說過了，只有絕對純真人類可以品嘗到這神奇的湖水。」

Aventa 緊接問：「什麼是絕對純真人類？Tom 不算嗎？」

靛藍寶寶搖頭說：「這不是 Tom 扮演的角色，絕對純真人類有五個特點：

「第一，他在靈魂意願中，扮演接引宇宙高等存在的訊息。當然，高等存在有各種層級，往後會跟妳細說。

「第二，他的手掌中有特殊宇宙記號，比如五芒星號、金字塔圖案或是宇宙漩渦等，擁有此三種符號的人，也有符號所代表的力量，有著非凡的治療能力。

「第三，他的靈魂來自高度進化的星球。

「第四，他在地球人類肉體中的體驗次數極少。我們要找的五個人，都是在五次輪迴以下的，並且都是以身為高等存在方式投身、乘願而來協助人類的，他們都是擁有宇宙通行證九級以上的存在。

「第五，他的能量場都在頭頂透露著淡藍色，交錯著金黃色光芒，並且在身體腹部周圍有七彩光芒。

「我們在這場協助地球任務中，要先找到擁有這五種天分的人。」靛藍寶寶看著 Aventa 說：「我們需要妳幫忙找到這五個人類。」

Aventa 的確感覺自己已經準備好協助靛藍寶寶們找到這類的人，可是她知道，這五種天分可不是在人世間放上徵求廣告便可以找來的，而且，連她都不知道什麼叫做高度進化星球。

「有這些人的長相嗎？」她問。

靛藍寶寶回應：「沒有。妳只能從能量場去辨識，學習辨識通行證的能力，並進行驗證。我們會用一段時間教導妳如何去辨認出這類人，當然我們也會引導妳接近這些人，以便讓妳辨識出他們。」

Aventa對他們說：「如果可以幫助地球的蛻變，我會很樂意。」但她還是繼續追問：「那找到這五個人，就真的可以協助到地球嗎？如何協助呢？」

靛藍寶寶繼續嚴謹地回應著：「首先找到這五個人類，他們在投胎為人類之前，早已經跟隨著巨大的力量。他們手裡的符號，都象徵和宇宙相連的力量：來自萬法神殿的祈福力、遠古文明的神力、『水靈世界』的轉化威力，以及來自不同時空的神眾、萬獸加持力。五個絕對純真人類一但相遇在一起，必產生巨大合體，使沉睡的地球瞬間甦醒。」

Aventa聽了，覺得這似乎是個重大而且艱鉅的任務：要讓五個如此重要的人相遇，讓所有力量結合，使萬物甦醒，簡直是天方夜譚！

於是她又提問：「那為什麼不讓他們五個人直接相遇呢？為何要由你們來促成事件發生呢？他們跟隨的神力如此強大，應該可以互相聯繫，不是嗎？他們不能直接感應到彼此在什麼地方嗎？」

靛藍寶寶笑著回答：「妳還不了解宇宙整個進化的過程，我可以詳細地告訴妳。

「首先，這些人是在不同時空和地區產生的，當初他們會投胎，也是宇宙萬法的安排之一。而因為整個宇宙有很多很多不同時空的存在，他們都在為宇宙服務，妳也是其中一個；任何一個妳的朋友都是在宇宙進化的一環之中，只是，降生在地球後，會遺忘曾經存在的狀態，大部分都是歸零進入胚胎。然後，在成長適應人類細胞的過程中，去體驗何謂人類，再藉由跟隨下來的高等存在，一點一滴慢慢耐心地啟發你們當初的靈魂意願。

「所以，高等的存在狀況，如果層級接近萬法，或許他們可以感知到，有五種力量必須合併，有高等的指引去讓這些人類接近；而妳就是一個觸媒，讓遺忘的絕對純真人類明白他們的天生使命。而他們也是透過慢慢地發現，去尋找到彼此的能量團隊，他們只要找著了，就會開始促使事件運作，讓事件產生。

「妳或許不明白，那他們為何不早早在神性層面先連結呢？等人類智慧足夠覺醒了，再一下子碰著了，不就好了嗎？每個存在可以獲知的資訊也是被安排的，只有等級相當高的靈才可以更通達地觀看事件發生；但是，縱使他們很清楚事情的來龍去脈，仍會保有觀察者的冷靜，讓整件事情穩當地醞釀後，才會進行下一個步驟。」

Aventa 有點明白了，她問：「所以，不是每個神都會什麼都知道？他們有時跟我們一樣，也在宇宙運行的安排中進行著，是嗎？」

靛藍寶寶回答說：「是的，可是他們還是比人類更清晰，了解更多宇宙進展。」

Aventa 接著問：「那靛藍寶寶，你們是從哪裡來的？」

靛藍寶寶回答：「我們是有九級通行證以上的存在，將要協助一些未拿到通行證，但也參與尋找純真人類的神或天使們，去明白這件任務，讓事情可以順暢地依照萬法的指示去運作。」

Aventa說：「所以你們也是很高層級的存在囉？為什麼我可以直接接應到你們呢？為什麼不是別人呢？」

靛藍寶寶回答：「因為妳是絕對純真人類的成員之一，妳的任務就是尋找其他四位，妳只是最早被啟發而可以聆聽到神訊。

「我們在人類時間兩年以前，就開始接應到妳意念跟靈光場的放射，早在兩年前，我們就已經在為這時候的對話鋪陳了。妳所設定的，是在三十五歲時重新開啟宇宙光體連結任務；現在，妳會在數個月之間進入第一波轉化，妳的身體會變得很不穩定，妳會易感、脆弱長達八個月。

「在這段時間裡，對妳沒有幫助的飲食和環境，以及殘留在身體裡的毒素，都會自動被清理，妳會腹瀉或是嘔吐，有時候呼吸和心跳急促也是身體淨化的一環。

「對於所有不舒服狀態，我們要先告知妳，這都是會好轉的，這會使妳更容易轉達神性和天使的訊息，給將來要協助的朋友。所以妳接下來的前數個月的任務，就是不斷訓練接訊能力，以及淨化身體細胞。在這兩個訓練過程中，妳會開始見到一些需要靈訊協助的朋友，妳會同時用更敏銳的身體去感知對方的整個身心狀態。

「這個訓練會很艱辛，是妳先前未曾體驗跟承受過的，但是相對的，妳也會獲得宇宙送給妳的自我療癒禮物：清除靈魂在累世輪迴的印記。這會使妳更接近靈魂、更接近我們，妳也會更簡易的聆聽到我們提供的指示；在這個過程，身心不但疲倦，也會令妳惶恐，感到無助，妳會在慌亂中去搞清楚這一切。

「今天我們只能告訴妳這麼多了，要交代的事情到此結束。我們最親愛的 Aventa，希望妳從今天開始，到下次我們再見面，又會有不同的體驗。」

靛藍寶寶瞬間消失。Aventa 還是有很多問題想發問，她想在更確定狀況之後，再決定是否答應這項任務；可是靛藍寶並沒有給她時間去釐清，至今她都沒有接受或拒絕的機會。想到這裡，Aventa 更迷惑了，自己就這樣被直接選擇和決定了，她又開始感覺恐懼無助，於是決定把這些天所發生的事情一一告訴 Tom。

Tom 很平靜的聆聽 Aventa 的經歷，她一邊敘述，一邊感覺自己身體不斷發冷，突然間呼吸急促起來，很驚慌的喊著：「這到底是怎麼一回事?!」

Tom 摸著她的額頭，請她安靜地順著身體的反應，平躺下來，讓這些變化發生，不要抗拒它。

Aventa 的全身不斷發抖，對於難以控制的狀況覺得很難受，她問 Tom：「你不認為這是很不尋常的反應嗎？如果是神的帶領，會如此難受嗎？」Aventa 有很多疑惑跟恐懼，她認為她連結上的是邪惡的力量，或許根本不該敞開，讓邪惡力量控制她。

她一直問 Tom：「這些是不是該完全不連結呢？」她問 Tom，是否有辦法測試她所連結到的是不是神聖力量？

Tom 沒有任何評斷，只是告訴 Aventa，他永遠都在，他們可以一起去觀察這一切轉變；不管怎麼樣，他都會在旁邊，冷靜陪伴她所承受的。

Tom 請她再放輕鬆，也告訴她：「就算是邪惡力量使用了妳的身體，我也會在旁邊阻擋妳造成他人的傷害。請相信我會陪著妳，一步步看著所發生的狀況。」

Aventa 整晚根本無法平靜的睡覺，混亂和惶恐占據了她，Tom 於是祈禱請求上帝協助他們，給他們智慧和信心。

Aventa 的身體還是無法停歇，他們處在一個叫天天不應、叫地地不靈的狀況。整個晚上，兩個人無法平靜地維持原本的信念。

接近天亮時，光群天使長又再度悄悄出現在他們身後，很慈祥地微笑著。光群天使長麥可揮動金色天使棒，在他們的頭部揮灑愛的力量。

瞬間，Aventa 的身體平息了下來，逐漸比較能控制住自己的狀態了，身體也慢慢地溫暖起來。Aventa 閉著眼睛，感覺到亮光，她無助地流著淚，喃喃自語：「如果你們真的是天使，為什麼會這麼忍心？」

光群天使看 Aventa 已漸趨於緩和，就準備要離開了。天使長交代另一個天使，留在 Aventa 身邊照顧她，但禁止天使給予她任何訊息，也不安撫她，讓她獨自經歷這一切。天使很慈悲的在離開前對著 Tom，用金色的揮棒提供他更多勇氣和智慧，以陪伴身邊這位被宇宙挑選的人。

這使得 Tom 想起來，有一次他在一座荒山裡，曾經遇到一個老僧，老僧跟他說了一些他當時無法理解的話。那是一個很奇特的經驗：

Tom 一個人到深山裡，準備採集一些古老藥草。

順著老家後方一條溪邊的小路前進，他發現小溪旁長出了一些以前未曾見過的小草，Tom 覺得很好奇，於是順著小溪邊的路一直往深山裡走去。這個地方很少人會接近，只有一些老農夫，為了砍柴偶爾才會進來。

那一次 Tom 沿溪邊走了大半天，發現每相隔幾百公尺，會出現一小叢小草，他心想今天不用因為特別的工作而趕回家，於是繼續沿著溪邊往前走，邊找著小草，同時也在周圍找尋一些可以使用的藥草。

突然，他遠遠看到一位老僧，穿著紅黃相交的僧袍，獨自坐在溪邊。老僧似乎感覺到 Tom 的眼光，轉頭看了一下，向 Tom 點頭微笑，示意 Tom 到他身旁坐下。

Tom 坐下後，老僧看著他說：「好久不見！」Tom 的心中滿是疑問，想不起來曾在哪裡見過這位老僧。是許久未見的朋友嗎？還是小時候的玩伴？

老僧笑了起來：「呵呵，別急著想我是誰，在這樣的荒郊野外，會進入這深山中的所有生靈，都有種許久未見的感受，總之我很開心你現在在我身邊。」Tom 也跟著微笑起來。的確，在這荒郊野外，會遇到任何一種生靈，都不會是偶然。

他很大方地坐在溪邊。老僧給 Tom 一種很穩定、很安心的感覺，有一種小時候跟父親在河邊釣魚的親近感，於是他很放鬆的與老僧並肩坐在一起。

過了許久，老僧一句話都沒說，Tom 感覺很自在，也靜默下來，與一個陌生人安靜的坐著，聽著溪水潺潺流過。

Tom 又發現了小草在他們兩個坐的位子兩邊，這些小草顯然比先前茂盛許多。Tom 摘了一小株草湊近鼻子，想要分辨這個植物的種類，又仔細去觀察葉子的紋路與外觀；接著，他細心地摘一株小草放進他的隨身小包。

此時，老僧突然開口說話了：「你知道你這一生的人生使命嗎？你將會擔任一個守護者，並且找到自己內在的神性……」Tom 轉過頭，很吃驚地看著老僧。

老僧繼續說：「你周圍有個獨特的女人，你會與她一起學習生命的真理，同時破解許多你們之前未曾經驗的宇宙奧祕。我給你一個忠告，**不要認為守護者就是要尋找各種良藥治癒這個人，或者讓一切看起來『正常』，請讓神祕現象變成對生命的深入接納，並且與之同在。**」

Tom 正想要問更多關於這些話的意義時，老僧起身，並示意要 Tom 還是繼續看著溪邊，然後就轉身離開了。

Tom 把這些話放在心裡。

他想繼續往前方看是否還有小草的蹤跡，他無法確定，為什麼會有這些陌生的草出現在溪邊。他又往前走了將近一公里，但是自從跟老僧分別後，就再也沒有小草的任何影子了。

Tom 一邊回想當時，看著 Aventa，似乎有所了然。

經過一整晚的折騰，Aventa 面無表情地坐在草蓆上，若有所思地望著天花板。

Tom 握著 Aventa 的手，想起了老僧那些話，於是放下要去尋找更特殊的藥方以協助 Aventa 的念頭，他只能陪著她。或許在這些時候，他可以做的就是隨順自然，盡全力地守護著 Aventa。

06☆ 尋找絕對純真人類

地球上方的確有許許多多來自外星球的存有，時時刻刻與人類共繫著。有人說他們是來毀滅地球，也有人說他們是來幫助人類。其實所有吸引來的存有，都是我們內在所創造的，你看出去的世界，就是你內心的世界。唯有改變內心的評斷和恐懼，才能自我療癒。而自我療癒的目的，便是允許自己與更高、更善的存有打交道。

一群靛藍寶寶在地球上空不斷盤旋，像幾架直升機一樣，他們在尋找哪裡有絕對純真人類的蹤跡。

靛藍寶寶曾經跟 Aventa 解釋，如何用靈能去偵測地區的顯像。這有點像在吃一堆裹著各種糖衣的巧克力，如果一包巧克力裡有各種味道，你隨手抓起一把在口中咀嚼的時候，如何從眾多味道混合中輕易分辨出蘋果口味呢？Aventa 曾笑著跟 Tom 說，一路上學習的過程，簡直是難上加難。靛藍寶寶已經把確認過的範圍縮小，在她可感知到的範圍去訓練她，但即使十個人當中有一個絕對純真人類，她還是無法輕易分辨出來，或是嗅出絕對純真人類的幾項特徵。

Aventa描述靛藍寶寶執行任務的方法：

靛藍寶寶分頭在不同地區尋找，首先是從人類頭部發出的光芒中，找到與神性較有連結的人。先從光芒顏色分辨起，這類型的人類身體周圍散發的顏色，多半是紫藍色，能量場中央還伴隨著一條與天地垂直的金色帶，在頭部周圍通常聚集較多金色，這金色帶會隨著當事人內在情緒狀況而有所變化。

在喜悅、沒有恐懼的時候，每個人都會產生出這種形狀與色澤的長條金色光，所以有這些特徵的人類，就是靛藍寶寶第一步尋找的對象。靛藍寶寶會從嘴裡吐出一條隱形絲線，與這個人類做連結標誌，然後，這隱形絲線可以讓靛藍寶寶蒐集這個人類的所有基因，再送去宇宙W星球做檢測。

這一回的行動中，靛藍寶寶至少連結了不下五萬人，他們都有類似的能量顏色。在他們要將這五萬條的隱形絲線帶到W星球做檢驗的路上，在地球上空，突然有群天使出現在靛藍寶寶面前。

這群自稱來自第五次元空間的天使，一個個瞬間變成如同神話中的神靈，有些有翅膀，有些有戰袍，還有一些就像在人類的教堂中可以看到的美麗天使。他們很友善地用意念與靛藍寶寶作溝通。

天使中有幾個比較像戰士的，應該是該團的天使長們，他們說，看到靛藍寶寶一整天都在地球上方，很想了解靛藍寶寶是來自於哪個星際，或是哪個次元的存在？因為這片天空是由這群天使掌管的，這塊土地也是由天使長們負責，他們看到靛藍寶寶並沒有任何侵略性，所以天使長並沒有馬上派天使來探詢通行證；也因為天使長同時觀察到，靛藍寶寶散發出來的愛，可以籠罩整個天空上方，一群照顧這地區的天使們也沐浴在愛的氛圍中，所以天使們等靛藍寶寶執行完這天的任務，才前來探詢靛藍寶寶的來處。

靛藍寶寶 Ico 拿出九級通行證，說他們是宇宙萬法分派來執行任務的團隊之一，很榮幸自己可以讓天使們感覺到宇宙萬法的加持力。天使們看到九級通行證，瞬間變成朝拜的姿勢，他們很興奮，能迎接這難得出現的更高等存在來到他們守護的土地。

天使長們用意念放射出極大的神性光芒，往上方送出去；沒過幾分鐘，一大群一大群的天使紛紛聚集在上空，靛藍寶寶們因為要下降至地球，所以使用此地可以接應的頻率。

而在地球的天使們，平常是不太見到更高存在來訪的，因此，天使長疑惑地問了靛藍寶寶：「為什麼先前沒有收到上方指示，說今天你們會來進行任務呢？是否可以讓我們知道這次特殊任務是什麼？」

靛藍寶寶開始與萬法做連結，詢問是否可將任務透露給除了守護 Aventa 的光群天使之外的其他眾天使。接著，他們接到指示，表示可以請天使們協助尋找絕對純真人類，讓天使們知道，第一個任務是要找到五個絕對純真人類。

天使們明白了萬法的初步宇宙計畫，並非常樂意協助靛藍寶寶尋找絕對純真人類。靛藍寶寶於是說明，他們已經連結了五萬名擁有藍紫色能量場的人類，需要將這些送往W星球做初步檢測，看看其中是否有萬法當初培養的特殊基因。

天使無法完全明白這個說法，於是靛藍寶寶更仔細地向眾天使解釋：「在很多年前，萬法和九個星球，併上日月精華，共同結合力量，在地球孕育誕生出絕對純真人類，為數五名。

「萬法提供了一個線索，便是在這些人周圍的能量場，呈現可供辨識的特殊顏色，但光是這類的人，我們就發現將近五萬人，所以我們會把這絲線連結的人類送到W星球，由W星球去檢驗，察看是否有九個星球的純粹晶化液。檢驗完之後，我們會自動將沒有可能性的絲線剪斷。

「接著還要請天使們繼續尋找，擁有藍紫色能量場又擁有金色宇宙帶的另一批人類；也因為能量場不會永恆呈現出同樣顏色，這五個人當初也設定會經歷許多生命挑戰，進入人性規則的變動性，所以能量場會隨著心境而散發出不同色調。

「有勞各位天使，用更多的心思協助我們，如果發現了擁有這些特徵、但是金色宇宙帶不穩定的人，也需要天使們用更長時間，與這些人類身後的指導靈做溝通。一周內，我們會先檢驗第一批的人類，然後跟各位報告與說明結果。」

正當天使與靛藍寶寶用意念溝通之際，地面發射出一道強大的意念，這個人正透露著藍紫光芒，金色帶也瞬間出現。隨即三個守護 Aventa 的光群天使出現在天使群中，告訴大家，這是他們保護的人類 Aventa。

其中一位靛藍寶寶閉上眼睛，專注地收取 Aventa 的祈求，接著他微笑地睜開眼睛，笑著說：「疑惑的精靈，總是有問不完的問題。光群天使長麥可，我們把 Aventa 的所有疑惑交給你們去解答，從今天起，你們可以動用第五次元和第六次元的能量為她做轉化，可以協助她接通更高次元的能量意識。但請注意，能量傳遞要用適當的分量，Aventa 的身體極度敏銳，過多能量會造成她負荷不了的傷害，請讓高頻能量慢慢進入她的身心靈。」

接著，靛藍寶寶向天使群解釋：「Aventa 是我們第一個找到的、可能的絕對純真人類，但是在完全確定之前，天使們會持續觀察，並且協助她進階到更深的考驗。為了確認她是否是我們在尋找的人，目前需要眾天使的加強保護。

「接下來，Aventa 在轉化過程中，原本身體層面的天生保護層會被撤除，就像是被扒光皮膚、直接暴露真皮層在外界一樣，如果有不潔淨的靈魂或是敵意的存在，甚至是周遭人的負面意念接近她，都有可能讓 Aventa 進入瘋狂和失控的痛苦中。所以請天使們隨時謹慎的協助光群天使，保護這個使者，一旦疏忽，而被邪惡存在入侵，我們可能會花更多力氣去將她再度喚醒。

「請她的三位光群天使長，二十四小時隨時照看她，如果一有狀況，請隨即呼喚我們，或是請第五或第六次元的能量，馬上在她肉身周圍形成保護膜。

「提醒各位天使，這是個非常特殊又危險的任務，請各位天使壯大保護力量，並且全力協助宇宙蛻變。

「萬無一失，是這次任務的終極精神，如果天使們以玩樂心情去面對，可能會使任務延遲，那宇宙共同體將會淪陷至更低頻率，長久協助地球的成果，都會前功盡棄。

「我們會慢慢地將任務擴展出去，也即將有萬法編織的宇宙光網，會將整個宇宙中有心協助地球的存在，與地球人類做更緊密的連結。萬法會透過這光網，將能量導入光網中的每一份子。

「天使層級的你們，最容易因為玩樂而忽略任務的嚴謹，這次任務妥善完成後，萬法將會讓眾天使進入更高次元，參與急速蛻變的過程。

「二〇一二後的九年，是宇宙急速蛻變的重要時機點，人類會進入一種高意識層面的感知力，去覺察到地球本身以外的存在。如果人類不再局限於肉體的苦難，將會無邊無際地擴展，接受萬法的祝福；並且，他們將會在二〇一二年的前三年開始，至二〇一二後九年間，獲得前所未有的存在喜悅。有大批的人類將會不再為成功本身奮力，而是用愛的力量去創造各自的工作岡位，大家會為合一做準備，也會全然奉獻，去完成地球人類與靈魂合一的意願。

「在天使層級的你們知道，人類共存進化之一就是承認『靈魂』，當人類用肉身的各種層面去面對地球，將會面臨無路可出的堵塞狀態；但是，如果人類了解靈魂意識，這將會讓更多的肉體，願意用靈魂本質去對應生命的所有原始考驗。

「我們這次的任務，就是要協助地球人發現更高存在，用宇宙資源去重新打造地球，用愛去完善肉身的局限。現在，地球有相當多的疾病都是因為與靈魂的斷裂所導致的，當靈魂概念無法支撐肉體的各種考驗的時候，人跟人之間就會互相爭奪肉身中僅存的能量。

「在一個家庭關係中，當靈魂概念缺乏的時候，人類就會用更短淺的方式去給予。一個母親如果用自己一直以來的恐懼去愛小孩，用母親自認缺少的去補足孩子，卻無法察覺到孩子靈魂真正的渴望，這孩子將繼承上一代交予的觀念，去面對將來的人生。

「如果有更多宇宙靈魂意識教導這個孩子，跳脫原生家庭父母的恐懼模式，這個孩子也會受到宇宙的祝福，而不斷提升自身的能量場；這時候，傳統業力必定會更改軌道，這孩子必定會創造出無限可能性，進而影響周邊的人。但是，如果這個家族還是墨守成規，無意識地承擔所有生命原本的慣性，必定會耗損相當多美麗的能量，當然，疾病必定會上身。

「所以，在未來這九年的宇宙進化中，人類靈魂意識的開展會直接影響到人類肉身的疾病轉化。一個完全臣服在『宇宙愛的祝福』的人類，他絕對有任何方式去改善疾病，並解除死亡恐懼，這將會是這些年地球發展趨勢的兩大重點。

「我們這些高等存在，會用各種方式尋找五個絕對純真人類，也會進入人類真實關係中，去影響這前所未有的大蛻變。

「如果各位天使願意再通知更多天使共同參與，讓更多已終止地球輪迴的神性力量，與我們靛藍寶寶共同完成任務，我們相信這艱鉅的行動，不但會讓天使們有相當的成長，也會在眾神與眾天使的祝福中完成。」

靛藍寶寶說到此，天使群的能量聚集得越來越多，也越來越擴大了。這番話已經引動天使們連結更多天使，更即將引動更多有智慧的人類，以及愛本身。

愛的光芒覆蓋了整個天空，伴隨夕陽的光輝，天空又呈現出靛藍的光芒。在地球上，有幾個肉體的能量回應這股愛，隱約地向他們透露，即將參與宇宙的蛻變；這片共鳴的景象穿透了已有覺知的人類，地球瞬間共振出更美麗的光芒。

靛藍寶寶示意天使們看著這些覺醒的人類，他們超越了肉體的局限，正在走入更深入的靈魂意識，完全釋放出身心的所有病痛與恐懼。

靛藍寶寶說：「這份愛和對宇宙的信心，促使這些人類覺醒，超越病痛，進而連結周邊的人類去互相協助對方。如果一個人的覺醒可以連結更多人類，那麼我們將可以看到，地球會在九年之中造就九倍大的能量成長，這時候，更高次元的存在就可以更自由的穿梭於較低次元，給予更多靈性資源，去創造更加殊勝的地球未來，這就是萬法給我們的任務。即使我們在不同層級，但都是萬法的一小部分，萬法合一的概念即將被展開。」

這一天，神性聚集在上方天空，讓許多人類忘記煩惱。

這個片刻，人類展現了的笑容和希望。

幾分鐘前，Aventa 正在憂慮所面臨的事情，但這時候，她看著窗外的靛藍光天空，充滿著希望與驚喜，喃喃自語地說：或許剛才的祈禱，他們給了我回應……或許是：生命的美麗，生存的自在，流動著美麗的和弦，勾勒出內心極致的韻律，與神共樂。

靜默中，Aventa 感受到天使對話感染了地球上空的和諧。她點了一根蠟燭，獨自坐在房間裡，把窗簾幾乎全部拉上了，只讓部分的陽光滲透進來。她靜坐著，兩手輕放在膝蓋上。

突然間，她的嘴巴開始自動地唸唸有詞，身體跟著嘴巴裡說出來的話，也有了明顯的反應，時快時慢。一開始，她咕嚕嚕地說了一堆自己也聽不懂的話；接著緩緩的發出幾個字，輕輕地吟唱了起來；然後開始重複唸誦相同的幾個字：A mo ka li bo，A mo ka li bo……

Aventa 感覺自己似乎進入了一個非自己所能主導的狀態。隨著能量流自然流出的唱誦，是如此美妙輕盈，她開始沒來由的流淚。表面上看來，這一切似乎有點超自然，無法用科學解釋，但就在此刻，她瞬間明白人真實存在的滿足感，就在此刻，她可以感覺到，人其實可以單純地坐在任何一個環境中，用著自己原有的感官，簡單發出幾個音節，融入當下。

Aventa 覺得，自己流眼淚並不是因為這幾個字表達了什麼感動人的話，或是自己唱出多美妙、多厲害的歌聲技巧，她的觸動是來自於，她感覺到身為人類的偉大：我們可以發出聲音，可以感動，更可以流淚，還可以在放鬆的唱誦中，體會到人的身體其實是一個樂器。

每個樂器都會製作出內在空間，讓聲波共振，隨著撥出的音符產生音樂。而人體也是如此，思想就像是音符本身，單一的音符無法彈奏出音樂，所以有很多思想組合成人的思想場域，每發出一個思想，就像撥了一個吉他弦，還必須配上和弦。

Aventa 體會到，人們都在選擇原本已在腦波裡的各種思想為一組和弦，比如原生家庭遺傳下來的脾性，再加上人遇到事情當下的思想反應。如果吉他沒有內部空間可以讓音符波長迴轉，那就不可能會有立體或擴散音樂的效果，所以，思想跟身體內部產生了共振，就發出了當下的聲音。

如果人在憤怒，思想急促地和很多記憶合併，就產生了情緒，然後透過身體內部的空間，和身體自發性的動作，比如緊縮或是防衛，都會讓整個被彈奏出的情緒狀態產生變化。

吉他的外殼是堅硬的，無法隨時改變空間的大小，而身體可以；所以各式各樣的人有各種情緒、各種肢體反應，而情緒因為每個樂器的品質不同，而反映出不同品質的憤怒形態。

此刻，Aventa 深刻地了解為何有人談「空性」。如果以 Aventa 可以理解的而言，空性是指：**當這個人內在空間越來越廣闊，可以容納的思想越來越大，覺察跟納入的思想音符越多，也就會持續保持在一個寬闊的空間中，不受外境影響而被扭曲思想**。因為隨著思想被扭曲，身體有可能導致過度疲乏和濫用。

所以，**吉他聲音要美妙，一定要有適度的內部空間，如果空間過小，是不可能有穩定的共鳴箱的。人也是如此，當思想穿梭的流轉空間越大，情緒反應就會越平緩，久而久之，為之共鳴的思想就會越來越少**；如同這個當下，Aventa 只用五個單字母發出的聲音，在她體內和諧碰撞，而產生感動人心的誦樂，就會令人很深刻地察覺自己身體內部當下的空闊和廣大。

思想藉由靜心或禪坐而得到止息，藉由呼吸擴大腦部的內在空間，而讓思想相形之下顯得不那麼密集，就會有很單純的思想發出，這時身體也就會有很適當的和諧回應。

Aventa 也明白了，為什麼年輕的時候，當有許多擾亂寧靜的思想不斷在腦中升起時，她會找一個很雀躍或很喧鬧的搖滾樂場合，縱容身體狂放地配合著音樂。

年輕的她，總會藉由狂放的舞蹈去釋放自己過多的思想，雖然往往在那一刻，她的確感覺可以用舞蹈和搖滾樂使自己的內在狀態得到短暫的釋放；卻也發現，這樣的方式只能短暫地安撫她密密麻麻、無路可出的思緒，並不是真實的解藥，而這真實的解藥，即使現在的她，也還是沒有找到。

幸運的是，這一刻，她更加親近了真正寧靜的感受，她發出的誦唱讓她明白，這個身體就是一個樂器本身，要彈奏出美麗動人的音樂，需要好的質材、好的旋律和好的彈奏者。**彈奏者如果可以用最純粹的音符（思想）奏出自己的和弦，那這個人就會有美好的能量場，去吸引更多人的心與之共振。**

此刻，Aventa深刻地覺察到，自己有著非常純粹跟單純的思想，身體也非常平靜，沒有任何痠痛或不適感。她自問：「誰是好的彈奏者呢？誰可以使用這些思想，去彈奏出音樂呢？」她明白了，是神性，是更遙遠地方的某些宇宙力量，或是某些更神祕的存在在協助她，而她就是樂器本身。

Aventa同時想：「人類真的有靈魂嗎？靈魂扮演什麼角色呢？」

這時候，她突然聽到一個很大的聲音，告訴她：「靈魂扮演的就是人類的意願。在每一刻，靈魂會讓樂器和彈奏者發出她的靈魂本質狀態。靈魂導致了人類思想的意願，意願有了思想，思想有各種頻率，有正向、有負向；是思想奏鳴出音樂本身，宇宙這彈奏者配合演出，彈奏出當下的音樂，而靈魂是個指揮官，她促使一切的產生。」

聽到這些，Aventa停止了口中的吟唱，感動得嚎啕大哭。她明白，原來是自己的靈魂讓她體會這一切的發生，而宇宙更大的神祕存在，只是配合演出。指揮者（靈魂）奏出了當下此人有的思想元素，和自己的身體、心靈產生共振，而宇宙加入演出，讓這音樂更接近神性。簡單地說，靈魂引導了神性，藉由人類思想產生了音樂。

Aventa 喜極而泣。她明白了何謂臣服，她知道很多恐懼來自於她的思想，所以接下來，她決定自己要更臣服、更信任靈魂、更信任神性。她擦拭了滿臉的眼淚，輕輕地跟所有萬物說：「讓我更超越恐懼吧！」

接著，她的身體開始覺得非常不舒服，當下開始忘記先前的寧靜感，也忘了在更早之前，靛藍寶寶告訴過她這幾個月會產生的身體狀況。Aventa 開始呼吸急促，感覺身體發熱，並且有強烈的噁心感。她趕緊跑出房門，往廁所奔去。

她覺得自己被很狂躁的能量包覆住，開始嘔吐。一開始，因為肚子裡沒有太多食物，幾乎是空吐狀況，之後有一些胃裡的水分，大口大口地被傾倒出來。這樣的情況維持了將近五分鐘之久，她全身酥軟，完全沒有支撐自己身體的力量，她於是放鬆的趴睡在馬桶旁邊。

這時候，她意識到自己馬上又被恐懼淹沒，一下子就忘記了剛才的寧靜。她無法理解這些變化，是她身體出了什麼狀況嗎？可是想到這裡，她真的無法再思考了，又再度因為身體的反應，而喪失了自己的思想意志。她已經沒有任何力量可以站起來，去尋求協助或是休息。

慢慢的，她放棄掙扎，聽任身體的反應，半昏半醒的在廁所待著。

這時候，光群天使長麥可又再度出現在她身後。天使長就像童話裡的魔法師，雙手對天敞開，運用靛藍寶寶賜予的更高次元能量管，想傳導能量給 Aventa。他雙手間瞬間出現了一支大約直徑五十公分的紅色能量柱，口裡唸著「go bi fou da you」，這時候，Aventa 感覺到她的頭部被灌注進去一些能量，她皺了一下眉頭，感覺更不舒服。

麥可又瞬間消失了。紅色的能量慢慢滲透進 Aventa 的腦袋，接著進入身體；能量滲透穿過喉嚨，接著到胸口，最後是她的胃部。這時候，Aventa 開始打嗝，每次只要她恐懼，或是否定這一切的信任時，她不但不會得到答覆，反而會出現身體不舒服的狀況。

★

這是 Aventa 在好幾年後才明白的道理。感覺像是：天使的愛無論多麼的珍貴，只要她拒絕或是不信任，肯定就會以負面形態，呈現在身體的反應上。這就像是：再好的人或是東西，只要有社會輿論不斷的批評或打壓，或一致地給他負面思想，他就真的會慢慢地以負面的狀態去生活，久了，連自己都無法相信。

進入恐懼之後，再好的東西，也會慢慢因為遭唾棄而不被使用了。人一旦喪失了原本純淨的信念，被許多負面情緒浸溽著，也就逐漸失去原本的純真，而開始質疑自己的信念；於是越來越多人就會被集體意識所奴役，但同時，集體意識卻也正是由人類共同製造出來的。所以，要保持原本的純淨，也只有透過個人自身對解脫的渴望了。

在往後每個被訓練的過程中，Aventa 學習到如何與人共處、與社會共存，神性力量的一切教導讓她明白了自己。但是當 Aventa 回想那天在廁所的時候，她的確並未擁有任何可信的念頭，只是有個非常壞的念頭：「幾分鐘前，我的生命領悟似乎一瞬間被摧毀了，老天是在教導我，還是在開我玩笑？這應該只有惡魔才會做的事；或者，根本沒有天使這回事，只有一些搗蛋鬼，這些搗蛋遊魂在人世間無所事事，先讓人體驗快樂之後，馬上教訓你。我毫無任何招架之力，沒有保護身體不被摧毀的勇氣。」

當Aventa在跟Tom描述這些感受時，她隱約明白了，在每個人的生活當中，似乎痛苦很快就能取代幸福本身，以致於人類從不敢輕易相信眼前的幸福。就像從小父母親告誡我們的，有什麼好事最好是不要宣揚，否則會馬上倒霉。

的確，從有記憶以來，對於幸福的當下，Aventa會認為，老天不可能只給快樂，所以總要在痛苦還沒有來臨之前，就先未雨綢繆，先製造出悲劇的可能性，支持著痛苦之身，否定幸福的真實性，因為這樣才會感覺踏實一些。

比如電視連續劇，似乎悲劇總是會比喜劇來得受歡迎，童話故事的白馬王子和公主故事顯得淡薄無味；可是，雖然熱愛悲劇的高潮迭起，不可否認的，又有誰不期待童話般的未來呢？

每個人身後都有一個守護天使，總會在人們最痛苦的時候出現，一語不發地對著人們揮灑愛的魔法棒，但是人們卻熱愛製造許多故事。

當靈魂看到Aventa的安全感受湧現的時候，為了要再深入考驗這是不是真實的持久信任，馬上就會給她恐懼的下馬威。換句話說，如果人可以看透摸清這一切的運作，就不至於太過入戲。天使總會出現，惡魔則就在人們的恐懼中，如果人們早一點知道，一定會更放手去信任自己的生命，不過多抱怨和懷疑。

★

昏睡中，Aventa 作了一個清晰簡單的夢。夢裡，靛藍寶寶 Ico 告訴 Aventa，要支撐過所有身、心、靈的變化，明天早上醒來以後，需要她去完成一個小任務。靛藍寶寶指著前方的市場說，在市場的東北角，一個在角落的小攤販，有個女人，要請 Aventa 到那個地方，靛藍寶寶們有幾句話要跟這位女人說。之後，Ico 會再來到 Aventa 家中，會有個小會議，希望她共同參與。

說到這裡，Aventa 一下子就從夢中醒來，她還不太清楚剛才是夢，還是靛藍寶寶的指示。她感覺到有些疲倦，好像這整晚，她並不在自己的身體中似的。

她覺得應該去市場試試看，並且觀察靛藍寶寶是否能為人類做出實質的幫助。於是她穿好衣服，直覺的挑選了一件粉紅色系的上衣，粉橘色的下半身，隨手拿了一本小冊子，裡面有許多她平常寫的智慧小語，可以在路上看看。

出門前，她下意識抓了幾朵她自己手工製作的乾燥花，夾在小冊子中。正當她準備穿鞋的時候，感覺到腳底有塊隆起的硬皮，不會痛，但是會讓她穿上鞋的時候有些不適應，不過她不以為意的往市場方向走去。

07 光行者的考驗

不管自己升起的或外人加諸在你身上的煩惱，都需要你用輕鬆無懼的心關照它。只有沉著地關照著，相信現象是宇宙與自身的樂章，在這精采動人的樂章中，自己可以選擇哪些成為節奏。當你安靜下來，不評斷地看著這一切，能量就會消褪昇華成煙，昇華成光。

Aventa 看了一下地圖，學校在她家的北方，再比對一下市場的方向，她好奇地往那個角落走去。快接近東北角的時候，她感到很疑惑，因為這個角落並沒有任何攤販，只有一個水池裝滿游動的海魚。她覺得應該是自己搞錯了市場的方向，因為她並不清楚，在夢中的東北方是跟哪個方向做對應。

正當 Aventa 猶豫不決的時候，開始感覺到腳底的那個硬塊有些疼痛。她在水池邊找個位子先坐了下來，望著池中的魚，有兩條魚的皮膚表面有撈捕過程中被刮傷的痕跡。她很專注的看著魚，其中一條還是很努力的游著。

突然，她感覺到自己身體也有被刮傷的痛楚感受，覺得自己似乎漸漸變成這條魚本身，感覺到被捕捉時因為拚命掙扎，右腹部被漁夫布下的陷阱緊抓著不放的恐懼；Aventa 也開始感覺自己的頭部也有撞到某個硬物的暈眩不適感，她知道，此刻的自己儼然就是感受到魚被捕捉當下的情形。

她在水池中看到了自己的臉龐倒影，腦中冒出了一句話：「妳就是我夢中要找的女人嗎？」她從魚的痛苦中脫離出來，於是很仔細的看著倒影中的自己。她發現自己變得更明亮年輕，以前，眉頭總會有個皺印，讓她看起來有些憂鬱；但是現在，她看到自己的那個皺印不但消失了，眼神也顯得乾淨而無雜質。

再度回神，她看了另一條游的比其他魚慢的小魚，又進入了小魚的狀態。牠的喉嚨被魚鉤鉤得很深，她知道牠快死了，比起其他魚來，這條魚的心臟本來就不那麼健壯，牠會越游越慢，直到死亡。

Aventa 想，如果自己的一輩子變成魚，那該怎麼辦？正當她開始擔心自己沾染這些痛苦時，她又看了自己的倒影，眉頭上的皺印又突然深深地顯現在她的臉上。

她很慌張地四處張望，想要找找是否有別的鏡子，還是這個水池有魔法？但是，周圍的人都忙著四處買菜，並沒有人回應她，在這簡樸的菜市場裡，更沒有任何一面鏡子。

她再度往水池裡望，跟著她的緊張感，她原本純真的眼神和素淨的臉開始產生變化，開始分不清楚自己是 Aventa 還是那條即將死亡的魚，她覺得自己心臟快停止了，喉嚨有種緊縮壓迫感。

這時候，心裡有個聲音告訴她：「請放輕鬆，信任！」她又想到這幾次的經驗，只要她沉著下來，總會有很棒的體悟。她馬上深呼吸，回到自己身體的感受，看著那個不舒服感。很神奇地，她看到那個不舒服正從她的身上抽離，有點像是有個東西正從身體浮出去，化成煙霧散去。她看到那緊張感不單只是魚本身的狀態，還有她自己的。

她又重新平靜下來，恢復了在清晨裡沒有任何目的性往市場走去的輕鬆與自在。她的心裡又浮現了一番體悟，趕緊把隨手帶出來的小冊子翻開寫下：

「不管自己升起的或外人加諸在我身上的煩惱，都需要用輕鬆無懼的心關照它。煩惱或痛苦就是一種能量，它可以隨意在自身產生或抓取，亦或是過度同理地去感受到別人的苦痛。它就是一股能量，而如果過分認真地去看待這些痛苦本身，它就會成為自己身心的痕跡。只有沉著地關照著，相信現象是宇宙與自身的樂章，在這精采動人的樂章中，自己可以選擇哪些成為節奏。當我安靜下來，不評斷地看著這一切，能量就會消褪昇華成煙，昇華成光。」

Aventa 再回頭看一下那條魚，牠比剛才游的更快了。她拿起自己做的乾燥花，在心裡告訴那條即將死亡的魚：「無論你是否還是會選擇離開生命，我很感激你用你小小的生命，讓我體會這些。這些花瓣會隨著釋放掉痛苦而蛻變的光，祝福你，小魚。」Aventa 放下手上的花，往自己家中走回去。帶著這份寧靜微笑地漫步回家，她很快樂。

通靈者

通靈小語

當神的世界與人溝通，因為肉體界線，通靈者首先會經歷的是：讓身體開放卻不為之搖擺的穩定性。也可以說，鍛鍊出覺察自己身體和情緒的變化，卻不將所有視為自己的產物，而是用更大的愛去接納自己的不同，這正是敏感體質可以快樂自在的解藥。你愛上這個現象，身體就愛上了更大的宇宙！

靛藍寶寶們開始運作讓絕對純真人類慢慢地靠近 Aventa 的生活，他們同時也計畫著，讓每個相遇都可以給 Aventa 更多的學習，因為在靛藍寶寶認識的宇宙計畫中，每個環節都是在智慧和慈悲中去模擬每個人靈魂意願中最需要學習的考驗。靛藍寶寶在萬無一失的計畫中，仔細地規畫出每個階段他們所帶領的光行者的經歷，進而從旁陪伴他們去獨立學習提升。

對於光行者而言，首先要學會的就是獨立。他們需要不斷回到內心深處，去探索生命源頭所要給的指引，如果光行者像 Aventa 這樣可以接受訊息指引，就有可能過度依賴訊息，而忘了自身獨立的重要性。所以，對於光行者的考驗，就是讓他們摸不著訊息的用意和真正的方向，這一切都是在靛藍寶寶精準的指引下產生的。守護神或是天使，能協助引導 Aventa 的都是有限的，他們非常尊敬來自更高光源的指引，來從事守護的職責。

靛藍寶寶是來自高等力量的能量團，他們扮演 Aventa 的最高指導原則，類似精神導師；他們會在每一年中，決定明年整個光行者的方向。

與其說光行者有完成協助人類的天命，倒不如說，從誕生那一刻開始，他們的生命藍圖就是一個比一般人更為粗略的藍圖。

一般人的藍圖是可以清晰地看到每條道路的方向，可以選擇每個交叉口的方向；意識提升了，自由意志就能有智慧的去選擇最想邁進的那一條路。但是在宇宙更大的輪廓來看，它確實就是一個被緊密地安排好、去學習課題的藍圖。

有人說，命運是早已被安排好的，倒不如說，以人類有限、渺小的身軀，還是有很多可以選擇和經歷的無限，因為對小小的人類來說，藍圖之廣、深，已經是大視野、大突破了。

人類的意識如果提升到某個階段，通常會以喜悅走上真正藍圖的大道路，這也是幾千年、幾萬年以來，各種不同宗教在教義中所要帶給人類的；只是其中的豁達和開闊，需要時代的演進以及宇宙能量的切換，來伴隨輔助而進化。

而愛是其中一切的精隨，尋求到了真正的愛，就尋求到了提升的本質！

在特殊的宇宙結合計畫中，光行者就是被允許誕生在地球的少數人類。這些人的藍圖只有一個概略，即「提升人類意識」；然後他們伴隨著許多力量，在母體中誕生，往後的每一步成長，都是大計畫中的一部分。

至於光行者是否不需要經歷人類的苦痛，而直接受眾神的護持呢？答案是：並非絕對如此。他們因為沒有很精細的藍圖，以及靈魂在地球累世的經驗，所以，他們的所有生命經歷都有可變性，他們會在前一年中知道明年的進展，所有前一年的計畫都是在為人類、而非光行者本身的獨樂。

當然，這些人在本質上就是以「完成大我」的理想為目標，也就是說，他們的快樂通常來自於奉獻和協助他人。所以，為了要更純粹地明白即將要協助的人類的所有需要，他們會每天都在感受其他人的一切，每個細微的體驗，都是為了即將來到眼前的朋友們。與其說他們天生就是為神性做事、為宇宙引導能量、服務大眾，倒不如說，如果他們在尚未知曉自己的天命之前，他們一定會發現自己的任何選擇都不是那麼的順心，只有在服務這條路上，他們可以受神性的加持往前邁進。

在光行者還沒真正走上靈性服務道路之前，他們會有絕對自由的摸索空間。他們可能摔落至谷底，去體驗生離死別或是自我放逐，去經歷最邊緣的人性；也有可能閉鎖在自我營造出的宗教價值道路上裹足不前，也有可能選擇出家逃避世俗。

這些為數不多的光行者，都是很敏感的人類，他們被宇宙計畫挑選，加上自己的意願，為了可以帶下更多能量，而脫離光的環節成為肉體。

可是在人世間，光行者也會因為各種混亂的場域而痛苦不已，這些在他們還沒誕生之前，在靈魂層面早都有一切的心理準備，因為伴隨他們的，都是極特殊的守護神或指導靈，所以他們會隨著每一步的進展而擴大肉體的局限。等到他們完全明白，所被安排的路途都是為了更多愛的傳遞和人類的提升，當他們無懼地準備好愛護全人類時，所有一切身體的不舒適感就會隨即消失，剩下的就是全然的奉獻。

那麼，他們何時才算是準備好呢？其實，當他們從眼裡看出去的，不是評斷這世界，而是如何愛護、支持這個世界，這時大抵他們就會進入很深的轉化；他們信任生命，也信任所有苦難的背後都是在愛中，他們會去無限支持著其他同伴，接受所有的分裂意識。

當光行者開始進入服務陣隊的時候，他們會聚集更多同樣的夥伴，互相協助對方，發揮愛的本質。這當中會有許多情緒的撞擊，但是這些撞擊會因為在神性的護持之中，很快地便會隨即化成愛本身。

通靈小語

光行者

凡是自二〇〇〇年從事協助人轉化自身痛苦和改變人生命困境的人，在宇宙中都定義成光行者。有些光行者明白這名詞的涵意，主動性的運用宇宙光的力量去協助自己和他人，宇宙會分派幾位擁有等級較高執行證的存有去加以保護他們。未接觸過光行者一詞的夥伴們，會因為協助人的過程中，可能因為能量互相流動而產生疲倦和情緒共振的情況，此人的靈魂便會去尋找類似 Aventa 這樣的人的靈魂請求連結，而 Aventa 的靈魂，會在深夜裡的特定時間回覆是否接應此人。

從事光行者服務的人，靈魂會渴望被保護，但是肉身意識可能還沒真正接觸到宇宙的直接保護，靈魂會透過通靈者的間接協助，讓這些人提升到有機會可以開始接觸光行者的朋友，而明白宇宙的保護概念。

一輩子維持喜樂地服務的光行者，對自我提升的認知若還未到達某個高點，就會接受一個又一個的試煉。所以，如果你是光行者，或是已在路上，千萬別認為你是世界上最不受祝福的服務者，請你深信一切都正在轉變得更好。

在你小小身軀還在受苦的同時，請深信你的靈魂和宇宙意識，帶著謙卑與堅定的心，正在蛻變成更堅強的行者，替下一階段做準備，這就是對宇宙的愛和對人類同胞的信念，也就是光行者不斷在尋找的「臣服」。

千萬別過度質疑你的生命狀態，請用愛支持自己、支持他人，生命便會轉向更不同的意識，你們會因此而感到滿足！

08 啟動宇宙奧祕療癒力

訊息本身就具有一種療癒的可能性，生命變化有些可被預測、有些可被療癒。藉由訊息，把這生命即將發生的事件，如同是我們跟你的等同經驗，是為了告訴你：你就是我們，我們會不離不棄與你同在，直到你明白靈魂的約定。

Aventa 很優閒地在家中翻著她的隨手小冊，看著這近半年來的手札，很驚訝自己近期的感受跟以往有這麼大的不同。即使這半年來情緒波動不已，嚴重時是抓狂、歇斯底里的狀態，可是，她也體悟到，她內在確實常有著以往所沒有的安詳。但是，面對著這兩種極端的的情緒起伏，她是該繼續懷疑還是要信任突如其來的無形界朋友呢？

總之，這半年她確信自己沒有瘋，無須讓 Tom 送到精神病院去，這至少是個大進步，加上今天看到這手札的簡短文字，她覺得自己真的進步了。

正當 Aventa 陶醉在成長的喜悅中時，光群天使長麥可出現在她的右手邊，第二位天使則從左手邊上方降落到地面；接著，天使們一個個出現在她周圍，一共是九個天使，紛紛聚集在 Aventa 所在的客廳裡。三位靛藍寶寶也同時出現在她的正前方。

他們一出現，Aventa 馬上感覺到她周圍有許多存在。她放下手札，試圖讓自己放空，準備接引訊息。

靛藍寶寶們首先打開雙手，向其他天使展示九級通行證，天使也延展頭頂上的天使觸鬚回應靛藍寶寶；靛藍寶寶接受了天使的回應，將自己的九級頻率調整至可與天使們互相對視的頻率，以便可以直接溝通。而這時候的 Aventa，因為可以感覺到調整頻率的過程，身體又開始有了反應，開始自動的打各式各樣的手印。她「感覺」這很像是打招呼的方式之一，只是她不明白為何要呈現出多種不同的手印。

靛藍寶寶也跟 Aventa 身體目前可承受的頻率調成一致，說：「在各種層級調整頻率的當下，人的身體會隨著頻率不同而起反應。手印就像是一種回應，藉由肉身的手勢，讓靈界知道你可以接應到哪幾種頻率的存在，也就是說，身體會隨著你自身的靈魂回應，而有手勢的自動動能。

「我們會花時間調整到所有在場存在——包含妳——可以互相接應溝通的頻率，而這個頻率的對準，需要通行證的驗證後，才能開始對焦。通常由最高層級的靈掌管所有會議的過程，今天是由我靛藍寶寶 Ico，控制整個會議過程，也是由我們決定在場的存在成員。」

Aventa 又有噁心感，她離開現場去將不舒服感嘔吐掉。再回到座位的時候，感覺好多了，只是在她頭腦的理解範圍裡，覺得神應該是不會讓這些不舒服產生的。但是，沒多久以後，Aventa

明白，她會進入一種更高的能量狀態，比如更寬鬆的心情、更平靜，有時候也伴隨著一種無法阻擋的喜悅感，這些都是支持著她更深入去明白自己的經歷。

此時，Ico 開始今天的會議。首先他請大家回憶先前提到的絕對純真人類，Ico 很直接地說：「我們要開始協助 Aventa 去發現純真人類。第一，她有可能會出現在 Aventa 周遭朋友的口中，這個人看似平凡跟無助，會以『需要被協助』者的角色出現，以人類肉眼無法辨識出。這過程中 Aventa 可以學習的是：用更大的智慧之眼，去辨識真正靈魂的呈現樣貌。第二，這個女孩的雙手有很純粹的療癒能力，Aventa 會扮演協助她接通宇宙天地的管道。第三，Aventa 可以學習用心去感受此人是否有特殊能量場，跟第一項的智慧之眼有不同學習的角度。」

第二個靛藍寶寶接著說：「找到這位女孩的第一要點，就是讓 Aventa 開始以通靈能力去與人接觸，我們會牽引來許多人，當作是鍛鍊。另外，Aventa 有五個感官通靈的鍛鍊，每三個月，我們會改變一種通靈方式，等接觸到第九十九個人，便會遇到絕對純真女孩。」

Aventa 想要再問更多細節，比方說，第九十九個人就是純真人類，還是有可能會藉由第九十九個人而相識呢？第三位靛藍寶寶馬上回應 Aventa：「我們會帶領妳有智慧的辨別，先不用思考會如何產生，把這一切過程當成未知的尋寶冒險，放鬆心情，隨順自然地去感受，我們會在將來陪伴著妳，一起去冒險、遊戲。」

光群天使長麥可也問了三位靛藍寶寶，他們該如何協助計畫？靛藍寶寶回應：「保護我們的使者！支持她，但不介入她的學習！」這時候，Aventa 家裡電話突然響了起來，她起身去接電話，靛藍寶寶跟光群天使便消失在她的視野內。

Aventa 很驚喜地接到好多年沒連繫的姑媽打來的電話，姑媽很欣喜地說：「我終於找到妳了！聽說妳把市區的店面賣掉，到鄉下去住。前幾天我遇到了妳的鄰居 Tom，他給了我妳的聯繫方式，我有一些事情想請妳幫忙。

「幾年前我摔斷了腿，在摔斷腿的時候，昏迷了十來天，我一直在睡夢中看到妳的臉。雖然我知道 Tom 有些藥草可以治療人的疾病，但是那天他很明白地說，這不是他的專長，倒是他要我直接問妳，是否妳有什麼熟識的人可以幫我看看。自從生病之後，我常會半夜起身，然後……」

突然間，Aventa 的腦中開始有很多訊息穿過，讓她無法阻止自己地說了出口：「姑媽，妳這陣子是不是常常會半夜起床，像動物般地嗚叫，最常出現的應該像是類似狼在叫吼？」

姑媽在電話另一端停了幾秒鐘沒有說話，之後，電話的另一端傳來啜泣聲。

她說，自從那次車禍，她不但斷了腿，在失去意識十多天之後，幾乎每隔一段時間，她就會在半夜被自己的聲音嚇醒。家人都不太跟她提起這件事情，應該是怕她受到打擊，可是她因此開始不太敢像以前那麼開心、大方地與朋友交往。

姑媽啜泣地說：「腿斷了，我還堅強可以看淡，但是奇怪的舉動，卻讓我活得不像人，怎麼會變這樣呢？……」

Aventa 緊接著跟姑媽說：「姑媽，妳不用擔心，妳只需要做一個小小的儀式，就可以停止這樣的情形。」姑媽充滿希望地停止了哭泣。她從年輕時就很信任 Aventa，Aventa 一直以來是個乖巧的好女孩，從不會誇口。

Aventa 接著說：「姑媽，請妳去找三枝柳條，放在床邊，然後在睡覺前做一個禱告儀式。那些動物是妳的原型，妳只需要把牠們歸位到原本意識底層的空間，就會恢復到原本大方開心的妳了！」

姑媽又問：「什麼是原型？我是動物的轉世嗎？」

Aventa 的腦中持續地收到訊息，她向姑媽解釋：「人類由數種意識組合而成，靈魂是多種意識的精純品，也就是說，靈魂像是花精萃取後的原料，可以由複合式配方產生一種品質的靈魂，也可以是單方形成的另一種靈魂，而意識就是在還沒有萃取之前的元素。

「人其實有很多種原型。比方說，狼是一種生物，牠有某種相同於其他品質的意識；現在，我看到姑媽還有一種意識品質是花，它也是姑媽整個存在會散發的品質之一；還有一種，就是鳥類的意識。所以，以我現在的靈視可以辨認的，就有三種意識品質，去精純組合成為姑媽的靈魂。

「當然，姑媽已經進化到擁有人的意識，所以我也可以看到姑媽前幾世的生命經歷。然而，妳車禍的時候，可能因為撞擊和衝突，而喚醒了動物原型，妳會憶起當動物時候的習性，比如喜歡跟狼群共處，或者恐懼人類的獵殺等等，所以，妳因此變得不喜歡與人交往。這些只需要歸位到意識層面內的某個空間中就好了。

「這現象不是絕對對妳有害，只是回到隱性空間後，它會支持妳更有生命原動力，就像我從小認識的姑媽那樣大方、有活力。所以今晚妳只要把三枝柳葉放在床邊，我會協助妳跟妳的原型連結，讓妳的人類意識打開空間，讓蹦出來的動物意識回歸，這大概需要三天時間便可以完成。姑媽，妳三天後再打電話給我。」

姑媽道謝之後，馬上去準備這些儀式該使用的東西，Aventa腦中的能量也消褪了。她在跟姑媽對話後，也感受到，自己從巴黎回國後便選擇獨來獨往的原因。現在，藉由幫助姑媽，Aventa也被療癒了，不僅感到身心舒暢，也找回了與人共振的熱情。

當她回身要跟靛藍寶寶道謝時，卻發現他們早已離開她家。Aventa整個人覺得既新鮮又神奇，她興沖沖地想要去告訴她的鄰居Tom！

她邊跑邊興奮地說：「原型！絕對純真人類！呵呵！」

通靈小語

高靈訊息

有時候，上天的訊息來得很直接了當，會令人無法招架。

你或許會問，這些訊息如果不是真的，卻影響人信以為真，一但栽下了種子，那不就引導當事人走向不同的人生道路嗎？但是高靈回應：「訊息本身就具有一種療癒的可能性，會發生的生命變化，有些可被預測，有些可被療癒。如果我們給了斬釘截鐵的回應，卻並不是你們渴望的答案，請記得這是宇宙的慈悲。我們藉由訊息，把這生命即將發生的事件，如同是我們跟你的等同經驗，是為了告訴你：你就是我們，我們會不離不棄與你們同在，直到你明白靈魂的約定。」

宇宙慈悲，會在最良好的智慧安排中給予。短短的幾句話，卻蘊含了最深邃的宇宙與靈魂樂章的約定。

Aventa 一五一十地將這幾次發生的事情跟 Tom 說了一遍，Tom 也學習到以前未曾聽說過的。正好，Tom 最近有些事情想要找人協助，他都還沒開口，Aventa 就突然止住說話，慢慢地坐下來，盤著腿，又開始口中喃喃自語地發出一些特殊的語言，然後再度感覺被一股力量貫穿……

她閉上雙眼，聲音變得很柔和，開始一個字一個字慢慢地說出口：「Tom，你的右腳可能會經歷很大的轉變，你需要先專注在照料你的雙腳上，右腳接近大腿的一個地方正開始萎縮，可能會慢慢感覺到劇痛；你要有強大的心理準備，它可能不會痊癒，因為這是你靈魂的意願，也是靈魂的鍛鍊。請你保持內在的和諧，無論身體如何轉折，你都不會忘記自己的本性。

「我再提醒一次，要照料雙腳，用你畢生的知識去治癒，但是最終要接受右腳無法痊癒的可能性。」

Aventa 又突然回到自己的狀態，也同時聽到了剛才的話，她非常緊張，急著問 Tom：「你的腳是怎麼回事？」

Tom 回答：「這幾天半夜，右腳會一直痛到我無法入睡，我用了許多方式都無法復原。所以，剛才聽到妳說我這幾天的狀況，就想要問妳是否可以給我一些指引？但是我知道自己要接受這一切……」

Aventa 很著急，她心想：「難道上面不能給予什麼幫助嗎？那我們再來問問這是什麼原因！」但是她也不知道如何主動請他們給予回應，於是，她在心裡一直祈禱，但這次卻沒有回應。Tom 請她別替他擔心，他會懂如何接受這一切事實的。

Tom 一個人進房間，從櫃子裡翻出了一本很破舊的書，這是他父親留給他唯一的遺物，也是 Tom 認為無比珍貴的重要遺產。這是父親當年跟一個巫醫學習時的筆記，他在小時候無意間翻閱過一段提到 Tom 的部分。他當初答應父親，除非必要，他不隨意把巫醫所教的以外的內容拿來閱讀。但是，現在他已經把巫醫治療腳痛的方式都試過了，卻無法消除這個疼痛。他知道時間到了，他可以去看巫醫當初給父親的有關於他的建議。

翻開筆記第二十八頁，他看到上面寫著：「此孩童在年紀四十歲的時候，有可能會成為老天選擇的第三代巫醫，但是他會以他身體的殘缺，去承擔所有跟他有緣的病人。為了在此生成為一個奉獻於病人的巫醫，他會在此病痛中去學習空性的智慧與慈悲，不隱藏自己累世所習得的醫術。」

看到此段，Tom 潸然淚下，開始感覺到右腿的抽痛。他用頭頂頂著這本書，向老天和書的作者致最深的敬意，請這無限的智慧協助他，引領他更明白這生的志業。

Tom 說：「如果我此生剩下的幾年可以真正對人類有貢獻，我真的願意給予全部。我感謝老天給我這個機會，給我這份使命，我會藉由這雙腿，精研這世代祖傳的醫術，發揚光大。」

Tom 感覺右腿越來越無法動彈，他趕緊躺回床上，大聲呼喊 Aventa。

Aventa 急忙地奔進房裡，看到 Tom 已經全身冒著冷汗！

Tom 請 Aventa 在櫃子中的第二個抽屜，取出一個已經用黃牛皮紙袋包裝的草藥包，請她用火先烤過這包藥草，接著把它泡到冷水中十五分鐘，等汁液滲透出來，再將第五個抽屜中的紅葉加入整鍋藥草中，熬煮成為一小杯，再將這小杯和到泥土中，就可以了。

他也請Aventa在這段時間，不管他如何疼痛，只要專注在做這個止痛藥膏就好了，不要分心，Tom需要Aventa專心的意念與宇宙連結，放掉個人的擔憂，這樣他也可以專注的面對這疼痛。

Aventa雖然緊張，但是卻可以明白Tom想要透過「成為疼痛本身」去穿越，或者用智慧解除痛苦。雖然她不捨地想去馬上弄個現成的止痛劑讓Tom鎮定下來，但是，她看到Tom堅定的眼神……天地間總有種精神力，是可以超越任何物質的解藥，這就是巫醫們在使用的力量。Aventa感知到，這些考驗的背後是天地更大的愛。

她開始著手烤這藥草包，她也被Tom沉著的靜定力感染了。

Aventa離開房間，謹記著Tom的交代，不要有過多的傷痛擔憂。但她還是無法完全放空，平靜地製作藥膏，頻頻的回想剛才訊息說的有關Tom大腿的意外。

此時，她聽到Tom在房間內大喊著：「Aventa，請妳在一個小時內將這藥膏製造出來，我需要妳的專注，妳一定要放空，用最信任的意念去完成這膏藥。」Aventa趕緊回神。

突然間，Aventa感覺到有個存在出現在她的後方，正接近著，讓她覺得非常溫暖。

是天使長麥可來協助Aventa，他很平靜地跟Aventa說：「深呼吸，照著我的指引一步步地做。首先，妳只要在每個呼吸中，感覺有非常柔美的紅色圍繞著妳；等到妳感覺紅色光包圍著妳整個身軀，就同時感覺自己開始放鬆下來

「接著，開始專注在第三眼的部位，從這部位會放射出來靛藍色的光，這個靛藍光召喚了宇宙的神祕力量。然後請妳默唸：『祈請宇宙具有療癒力量的神祕源頭，藉由我的雙手，灌注給這藥草最多的效用；啟用宇宙神聖的智慧，充滿著這藥草本身，讓使用這藥草的人得到宇宙的賜福，隨順著靈魂的試煉，給予協助！』」

Aventa伸出雙手，她感覺到真的有股神奇的力量貫穿她的第三眼，順著她的雙手注入藥草。她又聽到天使跟她說：「再更放空，放掉焦慮，回到當下，讓這宇宙的神祕療癒力充滿妳的身軀，感覺自己同時也在這個故事安排中，進入另一個被療癒的狀態中。

「所有可以啟動宇宙奧祕療癒力的使者，他們同時也在每個對應的人類中進入自己的靈魂課題。妳現在或許不是很能明白我所說的，但是我要精簡地告訴妳，無論是身為人類，或是啟動神祕源頭的使者，妳都有義務去明白人類所有的經歷，無論是苦痛或是喜樂，都是共同經歷的。

「妳或許不會有腳痛的親身經歷，但是妳會明白這種痛，會讓自己成為療癒者。因為妳會感覺，在這個故事中，妳也是參與的一角，妳沒有跟這些苦難分離過，所以妳允許自己被宇宙神祕力量貫穿去協助人類。」

最後，麥可也跟Aventa說：「妳會越來越美好，越來越被信任，越來越多愛的渲染力會從妳的身軀散發出去，提升人類意識。妳會從感受苦難本身，蛻變成為愛的化身，只有愛可以療癒妳、淨化妳，成為全然的妳，然後妳就會再回到天使的國度，成為天使本身。」然後麥可遠離了Aventa。

Aventa 覺得自己似乎作了一場夢，此刻才慢慢地回神。她看了一下時鐘，發現所剩時間不多，她依照著 Tom 剛才的囑咐，把藥膏製作出來。

Tom 躺在床上，還是不停地呻吟著，承受著劇烈的疼痛，幾近半昏厥的狀態。沒想到意志力如此難以對抗劇痛，他幾乎想要放棄了，想趕緊拿出最有效的止痛藥，只要放上嗎啡，他可以馬上舒緩好幾倍；可是在他的內在深處，還是希望能靠最自然的方式以及自身的意志力去穿越。他知道只要再等一小時，或許 Aventa 手上的藥膏可以幫助他舒緩一些。

Tom 在半昏迷的狀態中，反而對自己的身體與意志力的真正關係更清晰。這時候專注在痛苦本身，的確是一件很難熬的事情，但是他把意志力放在一切之前。

他更深地呼吸，雖然每一口呼吸都是如此遲緩、煎熬，他還是堅持地把精神放進整個經歷中。他開始將意念擴充，想像自己就在身體之外，而這個身體是個感受痛苦的機器。

看著自己在煎熬，他還是無法一直都跟身體分開，感覺痛楚遠遠多過於他的意志力。這一切對現在的他來說都太無力，痛楚的覺受強過於一切，他幾乎要被淹沒了。

就在他覺得意志力將要完全消失的時候，Aventa 匆匆地跑進屋裡，她準備好膏藥了！她問 Tom：「膏藥要放在哪裡？」Tom 根本沒有任何力氣回應。

Aventa 看到 Tom 幾乎已經昏厥過去，只好更鎮靜些，想請天使們提供指引。

Aventa 讓自己放空，感覺手會自動去尋找 Tom 身體最脆弱的部分，可是她又感覺最脆弱的部分並不適合放膏藥，似乎放在周圍才有比較強的療效。她摸到 Tom 的大腿周圍，把膏藥輕輕地放在那個位置上，然後她覺得手似乎應放在小腿的位置，於是就照著直覺行動。她用剛才製作草藥的方式，祈請、召喚神聖力量，透過她的第三眼，把療癒之力釋放到 Tom 的小腿。

一、兩分鐘後，Aventa 感覺可以把手放開了。她靜靜地坐在 Tom 身邊，等著 Tom 恢復意識。Aventa 自己也有些疲倦，平靜下來後，她又開始回到之前的擔心，再度感到很不安……

Tom 昏迷了將近三個小時，Aventa 也跟著不安地進入了睡夢中。

在夢裡，Aventa 看到 Tom 像個小男孩一樣快樂地在天空中飛翔，他的身後有雙銀白色的翅膀，笑得很燦爛。Tom 看著 Aventa，把他的右腳抬起來，遠遠地示意著一切都很好，然後又向遠方更高的地方飛去。Aventa 被他銀白色的翅膀光亮照射的無法睜開眼睛，然後看到自己身體越來越大、越來越重，整個從天空中掉落地面，跌在一片草地上。

Aventa 大叫了一聲，驚醒過來，同時也把 Tom 驚醒了。她趕緊回神看看 Tom 的狀況，問他：「一切都好多了嗎？」Tom 小小的動一下右腳，還是有些微的疼痛，但是的確好多了，感覺右腳似乎比原先麻痺了一些，雖然腳不再痛，可是有些許的失去感覺。

Tom 為了不讓 Aventa 擔心，跟 Aventa 說，她的草藥很有效地止痛了。Aventa 開心地笑著描述製作過程所發生的情況，只是，她還不確定這樣是否真的有療癒效果。

Tom 說：「我們觀察幾天再下結論。」

Aventa 跟 Tom 說了她剛才作的夢，夢見她在一片雲中見到帶著翅膀的小男孩，是小時候的 Tom，Tom 跟她招手說右腳沒事了。

對於逐漸失去知覺的右腳，Tom 的內心有些許擔憂，但他希望 Aventa 不用過於操心，他對 Aventa 說：「怎麼樣的結果都是最適合的，也是最好的安排。再怎麼糟糕，妳也不會棄我於不顧的，所以夢中的小男孩肯定是在撒嬌，希望被照顧跟疼愛。等妳更穩定自己的狀態，可能要多照顧一個小男孩喔！」說完，兩個人傻傻地笑了。

Aventa 笑著說：「光是這陣子我們兩個人的奇遇，的確夠我們討論好一段時間了。不過我們可以更樂觀，把更多事情當成遊樂。或許那個夢是要告訴我，你就算腿不見了，還有翅膀，我就算瘋了，還算有能力可以把藥膏做出來！呵呵！」兩個人又再度笑了起來。

此刻，靛藍寶寶在很遠的某個小星球中，發出靛藍色的光點。或許他們也正同步的參與這兩個朋友的互相嘲弄吧，而他們也給予了最溫馨的回應。

09 來自通靈者的一帖心藥

「自我覺察」是修行最重要的部分。在每個行為中，無論是來自自我的創傷，或是靈魂的衝動，只要願意靜心冥想，願意每天適度與自己共處，高我都會給你療癒的可能性與內在指引。

Aventa的姑媽今天又再度打電話來，形容這幾天的所有情況。她很興奮地跟Aventa說：「自從按照妳上次提醒，做了處理之後，再也沒發生過相同的情形了！而且，我感覺自己睡眠品質比發生事情之前更好，也發現自己本來很容易痠痛的肩臂輕鬆了許多。」姑媽笑著說：「原來自己的雙臂流著原始動物的血液，現在承認動物就是我以後，身體就硬朗了許多。」

但是，姑媽還是覺得自己下腹部常會感覺有種說不出來的堵塞和緊縮感，想詢問Aventa，是不是有自己還沒有處理妥當的？

過了數秒鐘後，Aventa 請姑媽坐好，閉上眼睛，放輕鬆，然後請姑媽把雙手放在胸口前方，她說她會引領姑媽協助自己。接著，Aventa 覺得自己全身像通了電一樣，身體能量開始變化，她感到自己融入姑媽的狀態，腹部開始出現如同姑媽所說的緊縮感，她開口問姑媽：「姑媽，妳是不是曾經有流產的經驗呢？」

姑媽回答，她在年輕時曾懷過一個孩子，六個多月的時候，因為臍帶纏繞呼吸道而意外胎死腹中。姑媽流著眼淚問道：「她還在我的肚子嗎？是人家說的嬰靈嗎？孩子不願意離開嗎？」姑媽顯得非常慌張跟自責。

Aventa 開始將收到的訊息說出來：「姑媽，妳不用擔心，我可以跟妳詳細說明，這些我閱讀到的能量訊息所代表的真實意義。

「在妳的腹部中，或說妳整個身體的能量場，都有妳曾發生過的所有故事。這個腹中的印記會讓妳感覺到的痛楚，是要提醒妳，要覺察自己是否有『過度容易自責』的情況，而造成跟親人的相處過程中，有過多的犧牲和缺乏安全感的狀態。如果有，這個印記就是要妳學習：對於自己的孩子，要懂得讓他獨立學習，妳也不要因為這個孩子的死亡，而感覺自己未盡母親的職責。當妳意識到這些部分，自然而然地，這些印記就會慢慢消失在妳的能量場中。

「如果這個印記已經造成妳身體的負擔，表示妳已經準備要正視這個許久以來累積的心理狀態，否則它會繼續囤積，直到妳發現身體病痛為止。當然，傳統中嬰靈的說法，也是表面的一種提醒。有人會選擇傳統民俗宗教的處理方式，或是各地習俗的超渡法會等，都是用一種形式去解除人的罪惡感或是恐懼，相信的人當然可以靠儀式去使自己安心；可是，如果這個人緊抓著這個記憶不放，無論是無意識或是有意識的，就會像妳現在一樣！」

姑媽接著問：「但是我並沒有意識到這過去的故事會殘留這麼久，我其實早認為那是個過去的經歷，沒將它放在心上。但是我的確對我兒子特別有罪惡感，也會不自覺的討好他，擔心他對我所做的感到不滿意。只是妳這樣一說，反倒引起我不安心：有這麼多我們不清楚的部分在影響著我們，何況這些都是我不認為有關連性的……我覺得有更多困惑了！」

Aventa 回答：「姑媽，我明白妳的感受，這些無形世界毫無科學依據的部分，很容易讓我們困惑，加上妳無從確知我的靈視和感覺的真實性。」

姑媽急忙地說：「我相信妳說的，我也相信無形世界，我比較困惑的是，有多少表面的事件背後，是我們所無法找出來的問題根源？如果我想要完全明白自己的來龍去脈，想釋放自己所有的印記，我該如何去找到答案呢？」

此時，Aventa 感覺到有更大的能量波又再度進入她的腦中。來自上方的朋友們似乎充滿熱情跟歡喜，準備回應這個問題。

Aventa 的聲音有些微的轉變，聲音速度也漸漸緩慢，一個字一個字慢慢地說出來：「這些都是妳認為無法明瞭、卻又意識到真實存在的事情。事情並沒有這麼複雜，妳需要的，只是覺察當下每一情境的心理反應，就可以發現，在妳之中真實存在的所有解答。要人類可以清楚覺察當下，的確是一大難事，因為更多時候，人類會被情況和背景帶走，而忘記清醒的覺察。

「我們在很小的時候，絕對有覺察能力；在玩耍的時候，你會對身旁的鄰居小孩做出你直接反射的動作。比如，你把自己心愛的東西給了鄰居小朋友，但是這個東西可能是你父母親所需要的，比方說媽媽的錢包，所以，媽媽可能當下就笑著制止你。而你可能也不清楚為什麼要把錢包給這個小孩，但是，藉由被媽媽制止，你開始會去『反省』，開始思索自己這樣是不對的。

「然而，你可能在之後會聽到，這個小孩的父親很小就離開他的身邊，所以媽媽靠著微薄的薪資在支持家庭；但是你同時會因為父母或社會的教育，而清楚哪些是自己家的、哪些是別人的，所以送錢包這個事件，就會進入更深的無意識中，去影響你的人格模式。你開始要適應社會的體制，送錢包就成了一個很不合乎邏輯的舉動。

「漸漸地，你會習慣許多模式，有些模式絲毫不影響你靈魂的學習，有些則會深遠地影響你、打擊你。嚴重的情緒壓抑，就有可能漸漸使身體開始產生病痛。

「我剛才會說，不是妳想的這麼複雜，是因為，妳只要讓自己放鬆，時常靜心冥想，擁有跟自己獨處的時間，妳就會越來越清晰地看見這些蛛絲馬跡，妳可以開始去回想，哪些是讓妳最不快樂的循環。」

姑媽說：「我常覺得自己不被重視，雖然發生了難過的事情，但我不太敢表達，甚至會覺得要隱瞞，我擔心他人會覺得我真是個沒用的妻子、母親。」

Aventa 被引領著訊息，接著說：「嗯，很好，妳馬上可以清晰地抓到自己的弱點，不是嗎？請再把眼睛閉上。當妳想到這些部分的時候，妳感覺身體起了什麼變化？」

姑媽回答：「我只覺得心裡有股悲傷跟刺痛感，其他沒有了……」

Aventa又繼續請姑媽觀想自己最無助的時候，在親人間最不被重視的感覺，請姑媽給自己幾分鐘時間，開始回想當時的情境。這時候，姑媽的臉部已經開始緊縮和不安，似乎已經身歷其境。

姑媽說，她的腹部感覺很壓迫、不舒服。接著，訊息請她把手放在腹部中：「妳感覺妳的雙手是神的雙手，或者，妳可以想像是個妳信任的人（比方說Aventa）的手，或某位曾經治癒過妳病痛的醫生，正用雙手將這個痛的部位用力抓取出來；接著妳將這個濃稠的能量放入光中，直到消逝；然後，觀想有個神靈站在妳的上方或前方，將痛苦化為光。做好之後，過幾天再跟Aventa說妳是否感覺好些。」此時，Aventa再度恢復她自己的狀態。

姑媽掛上電話後，Aventa總覺得，剛才傳達的訊息無法真的說服她，或許她也感覺到姑媽還有一整肚子的困惑吧！為了再更清楚的明白訊息還未說明的部分，Aventa詢問：剛才給予訊息的是誰？

對Aventa來說，相信訊息的存在，與相信呈現在眼前的影像，都是如此難以捉摸，甚至，每次當她想仔細地問訊息來處是誰的時候，他們總是瞬間又消失了。

這次Aventa想深入地詢問更多的細節。Aventa首先想再詢問剛才那個有關錢包的事件：「你的意思是說，打破社會體制，就是我們把錢包送給他人的意思嗎？我還沒被這個故事完全說服，這對我來說太沒道理了。」

訊息又出現了，對Aventa的疑問做出回應：「我是妳的高我，也就是妳的靈魂能量團的來處，在妳頭頂上方一公尺處，有無數協助人治癒自己的資料庫，剛才是妳自己在說話。

「『我們』與指導靈或是靛藍寶寶不同的地方是，『我們』就是妳累世累積的經驗，和妳源源不絕地滋養靈魂的能量來處，我們跟妳是一體的。指導靈和靛藍寶寶是在特定時間出現，或陪妳同時出世的另一些存在體，他們未必屬於同一個靈魂本體，只負責協助妳累積這一生所要的新經驗，輔助妳明白累世未能學習完的功課。

「因為有部分指導靈是妳的靈魂未曾經驗的老師，他們可能是妳未完成功課的能手，所以，妳的高我能量體，會在出生前召喚這些存在隨同，希望妳一路上可以更完整的學習；而靛藍寶寶便是在指導靈之上，由最高精神狀態所指派來運作整個生命藍圖變化的存有。如同之前說過的，有特殊天命的妳，生命藍圖基本上是很概略的，所以，每年精神導師們都會來進行一些藍圖上的變動，而高我則會負責執行和直覺指引。」

Aventa 接著問：「那靈魂與高我又有什麼不同呢？」

這時候，有個聲音從 Aventa 的身體中央經過心輪，接著說：「靈魂充滿著故事性，裡頭記載所要學習的，與已經學習過的；高我則是各種學習的純化精髓，運用高我的資源，會讓整個學習過程的時間更簡短。簡單來說，高我就是高意識的妳！

「讓我們回到錢包的故事。有時候，我們會依靠直覺，很清晰地知道別人真正的需要；而當我們感知到對方的需求，就會有衝動去滿足對方，因為**在宇宙的運行中，利他是終極精神，服務是靈魂解脫的永恆路程**。但是，在孩童時期，或是心智還是處在衝動中時，我們會選擇一種直接給予的方式。如果你的父母有這種智慧，他們不會認為這是一個好笑的行為，他們會更深入地詢問這類的舉動背後是否有任何原因。

「雖然在靈魂世界，利他是終極目標，但是社會體制卻教導我們要鞏固自己的保障，或是用更多的自我成就去展示給他人看。單純地看『把錢包送出去』這事件，是高我透過靈魂進行的行為；而身為肉身，就是要穿越社會體制，滿足自我的執著和野心，再善加利用社會體制中適合人類的和諧智慧。這就是為什麼小孩子會被歸類成不夠成熟，而成熟的成人若帶有顆赤子之心，則是智慧與靈魂的結合；他會在適當時機去給予協助，因為經過了數十年的社會成長背景，帶給我們很好的學習。

「而『自我覺察』是修行最重要的部分，在每個行為中，無論是來自自我的創傷，或是靈魂的衝動，只要願意靜心冥想，願意每天適度與自己共處，高我都會給你療癒的可能性與內在指引。」

Aventa 豁然開朗地說：「原來是這樣。如果這些智慧可以跟更多人分享，那一定會有更多人能安心地活在當下，不會徒增恐懼和困擾，因為一切都是往自己內在找，根本不用去擔憂外來的，或評斷自己的命運。換句話說，內在有所改變，開始接應高我智慧的指引時，去利他服務，就可以改變故事的劇本。」

自稱高我的能量流又逐漸消褪了。Aventa 突然想起，幾個月來，已經隨著他們所預期的，不舒適感的時間越來越縮短了。這時候姑媽又再度打電話來。

姑媽說，剛才那半小時中發生了奇特的事情：她的全身像被一陣陣電流穿過，讓她覺得似乎被洗滌了一番；然後，可以明顯感覺到腹部的緊縮感鬆開許多，心臟那邊原本一直有的悲傷，也感覺到力量了。姑媽形容：「就像是原本的堵塞裡頭，有個力量要衝破它！」姑媽很感謝地對Aventa說：「我真的可以感覺事情正在變化，謝謝！」

Aventa覺得非常開心，更明白這群來自無形世界的朋友可以協助人類，於是她試著更開放他們的探訪，希望藉由訊息，讓更多人受益。

她想起Tom突然發作的腿，於是請教高我，可否透過她協助Tom做一些改善呢？這時候，她得到高我的清楚回應：「當你們一起合作去協助更多人，一路上會有各種神奇的體驗。告訴Tom，你們已經準備好去協助更多朋友了！」正當她想問要如何開始時，Tom也正巧出現在她的家門口。

Tom看到她透出一種極其溫柔跟明瞭的神情，所以一進來就說：「剛才我在床上換膏藥的時候，看到腿部原本很濃稠的瘀血突然散掉了許多；當我想再看得更仔細的時候，卻覺得有股能量流從頭頂一直貫穿全身，雙腿開始抖動。過了十來分鐘，當雙腿的抖動停止下來後，我就可以用另一腳輕易地站起，但是這一隻腳還是沒有知覺的，只是我可以行動了！」

Aventa只是微笑地跟Tom說：「我們一起努力把這些奇蹟讓更多人受益吧！」

隔天，Tom回到市區，重新開始他的中醫診所，他們決定，讓Aventa也共同協助每個病人。

宇宙的奇蹟真是無所不在，他們一到市區，恰巧遇到了以前一起合作的診所夥伴，對方跟他們聊了一會兒，才知道這個夥伴因為年老，想回家鄉去跟兒女共度，正想頂讓原本的診所。Tom

和Aventa驚喜地互看了一眼，跟對方說，他們正想要重新開始Tom以前的中醫診所。

這位先生因為幾年前曾經接受過Tom的協助，使他在專業上受到很大肯定，他拍拍Tom的肩膀，開心地說：「在我心裡，你是一個好醫生，當初如果按照所有傳統醫療的安排和處置，我想沒有接下來那幾個奇蹟發生。當年你受到同行很大的反對，我雖沒有表明任何立場，但是心裡一直是感激你的！我們現在就去診所看看環境！」

Aventa默默地為這一切奇蹟深深感恩，她心裡一直記得，在助人的過程同時，是為了尋找到靛藍寶寶要找的絕對純真人類。沒想到，昨晚兩個人剛決定要再度出來服務人，一切就巧妙的安排妥當了！

此時，Aventa也同時接收到靛藍寶寶的訊息。她不再覺得孤單，第一次感覺踏實地活在地球上，正在體驗與神合一的感受。她在心裡默默立願，要讓更多人感受這份充實感，因為，在她的有生之年，從沒有一次像這樣真切地感覺自己被愛，也同時在愛著許多人。

Tom回頭看了她一眼，俏皮地假裝要用受傷的腳獨立站著，卻歪歪倒倒的支撐不住，把Aventa給逗笑了。Tom也變了，他尋回了孩童的喜悅狀態，擺脫了這幾年的自我封閉。夥伴也同時感染到了他們的喜悅和蛻變，在這陽光溫和的街道上，三個老朋友，就像當初剛出社會時一樣，充滿好奇與信心！

Tom跟Aventa的診所開張後，很快就絡繹不絕地來了許多求醫的病人。他們兩個人配合的很好，Tom的中醫老同事也因此感到很欣喜，放心地準備回家鄉陪伴家人，並給了Tom所有的設備和資源。

看著 Tom 重新回到中醫的服務，他在臨走前喃喃自語著：「或許這些年是老天天意，把一個診所帶領到穩定，招來這麼多客人，都是為了 Tom 的重新振作。原來這是我扮演的角色！現在完成任務，可以回家了。祝福 Tom 他們，可以在有生之年把他那神祕的奇蹟，合併中醫的療效帶給許多人。」

Tom 和 Aventa 兩個人是完美的合作夥伴，Tom 就負責診療，Aventa 應不同客人的需要而提供不同的協助。

一天下午，診所出現了一位男士，他說他常常全身痠痛、胸悶，偶爾會吐，但是到處看了許多醫生都沒有辦法治癒。他述說著，在前一、兩天有那麼一點效果，但是過幾天又開始舊病重發；他一邊試著解釋，大部分醫生都說他沒什麼大毛病，西醫、中醫他都幾乎看遍了，大體上都說他屬於正常範圍。這讓他感覺更慌，男士問 Tom：「你們相信中邪這件事情嗎？」

Tom 跟 Aventa 對看了一眼，Tom 開口問這位先生：「你認為的中邪是什麼？」

男士回答：「不瞞你說，我覺得是有人在背後報復我，我懷疑可能是我老婆，因為不滿我當初吃喝嫖賭，所以離開我以後，找一些搞符術的人來整我。為了這個，我也到處去廟宇找協助，可是，總會在一段時間後又回來了。」

Aventa 跟 Tom 開始感覺到上方有一些能量讓空氣產生凝結。Tom 還是鼓勵這位先生繼續談論他的懷疑跟擔憂，因為他們知道宇宙已經在回應，也已經同時在協助了。Aventa 也試著讓自己放空，好讓神療可以同時進入整個對話過程。

那位先生繼續說：「其實，我有反省自己的過去，曾經做不好的事總會有些報應，我覺得這樣已經算是老天給我可以承受的苦難了，自作孽不可活啊！唉！」這位先生雖然邊說邊調侃自己，但是 Tom 可以感覺的出，這位男士深受影響。

Aventa 開始說話了：「首先，我想問你，對你曾經做過的事情，你真實的感覺是什麼？或者說，你覺得重新經歷那個過程的話，你會怎麼去改變自己呢？」聽到這個問題，男士一開始皺著眉頭，不太願意回答，他不喜歡被探及心理層面。

他從口袋裡拿出了一根菸，問說：「可以抽菸嗎？」

得到 Tom 的允許後，他還邊緊張邊笑著說：「這是中醫的方式之一嗎？我有耳聞你們兩個治療的過程，他們說，醫生診斷後，另一個女醫生會像個心理治療師一樣，詢問一些相關的問題……」他一邊抽菸，一邊開始回憶起當時的情況。

他說：「當時自己一無所有，真的是為了賺錢養家，可是自己能的、會的不如他人，所以，只好用賭博方式，想說老天總會看到我家裡的需要而協助我吧？一開始，我真的有贏一些錢，回家老婆也沒吭一聲；慢慢地，自己也習慣這種快速贏取的方式了，就越下越大，越來越狂妄，原本只是想有些生活費，結果越來越貪心，開始到處借錢，想玩更大的。卻沒想到，一下子輸個精光，老婆也開始對我抱怨跟不滿，晚上總會吵到三更半夜，老被她轟出去……

「接著，我們開始躲債。我當時更需要的其實是被老婆支持，可是我總覺得自己一開始的心被抹煞了，於是開始喝酒澆愁，更別說照顧老婆的情緒了，我只想著，『我還不是為了這個家！』可是，她不但不安慰我，反倒怪起我來。於是我就開始花天酒地，欠更多的債讓她去還，我想讓她感覺承擔責任的痛苦。哪想得到，不到兩年的時間，她就跟人跑了。現在我就一個人，離自己家鄉也很遠，不敢回去啦！說實在的，沒人要跟我這樣的人生活在一起。」

Aventa 等他情緒再度平緩，接著說：「非常好，你很有勇氣，也很覺察地把當時的心境仔細地說出來。我只想跟你說一個重點：你是真心想要改變這一切嗎？」

男士趕緊回答：「有的！讓我重新開始，我真的願意活得更踏實，好好生活。如果可以，我很願意開個小店，跟老婆好好相處；說真的，她不是個貪心的人，她或許根本不在意我有多少財產。」

Aventa 又說：「不只如此，你也可以想想，當初為什麼你會認為自己就應該負擔所有一切？比方說，我可以感覺到，你這生有個學習就是：共同和其他人腳踏實地的經營生活。你不是永遠是個父親，你不可能照顧所有一切，就像我感覺到，你的妻子也是來學習：不必過多地索取他人的努力成果。

「我接收到一些訊息：在某一世中，你是你妻子的父親，從小你就溺愛她，她也與你單親生活在一起，那時她確實常怪罪你沒有滿足她內心的空缺。你當時身體跟這時候一樣，甚至更嚴重，你每天拖著疲憊的身心，到處去收拾別人的垃圾，但是回家後，女兒還是不斷抱怨；她到了適婚年紀，也不願意踏出家門離開你一步，她認為她必須在家接受你的付出。

「某天一早，你發現自己的身體完全無法動彈！你中風了，一夜之間再也無法工作了！那時候女兒卻沒有學習到謀生能力，她沒多久就離開了家，將你託給隔壁的一個老太太。這個老太太應該是你將來會相遇的人，你會重新找回力量去經營一個家。

「這段故事在描述你那一生的所有境遇，其實不單只是要你學習擔任起『讓他人獨立』的智慧，這樣的前提也不是指你要放縱自己的欲望，讓別人承擔所有責任。這故事要告訴你：那一輩子和這輩子，你走在天秤的兩端，必須去找到恰當的平衡點。

「比如說，你承受自己可以承擔的部分，去發展自己的能力，身邊伴侶也願意去承擔自己的部分或輔佐你，那麼相較之下，你就多了許多的生活空間，身體就不會因此而拖垮。而你的女兒在這一世也跟你一樣走在極端，她被逼著走出去，但是卻帶著一樣多的抱怨，她沒有在這生適當地學習到承擔起部分責任，也選擇了完全逃避，所以她還是會繼續一樣的功課。

「我想，她並沒有對你下符咒、詛咒你，比較多的是你們彼此的能量互相牽絆對方。其實，在那一世你中風時，也對她的不孝非常憤怒，但是更多的是，你覺得她走了也好，免得要照顧你的大半人生。你現在承擔的痛，是因為你還在重過上輩子的身體狀態。

「如果要治癒你的病痛，我給你個建議：放下一切，尤其對你前妻的憤怒和指責。這樣你們才能真正結束這生相遇的意義，你的身體也才有可能靠自己的力量掙脫出來，這就是檢查不出病因的原因。請你記得，將來遇到了那一位照顧妳的老太太，請記得常懷感恩的心，走在中庸的道路上，不要過多承擔所有一切，量力而為，但是，記得用愛去回饋當時的恩德，明白了嗎？」

先生聽著所有故事，很受感動，但他仍然有些念頭，於是又發問：「那以前還沒圓滿的，還會跟妻子再重來嗎？」

Aventa 回應：「人的學習是在靈魂修得到的層面進行，並非把功課一成不變的學習，你可能對同一個人去學習一樣的課題，也可能遇到在前輩子未曾遇過卻學習相同的人。所以，**把焦點放在你所要學習的課題上，而不是抓著過去的記憶或人事物想要彌補，生活要往前走，為將來做好準備**。你學到了放下所有過去的枷鎖，也學到了珍視自己的身體，那前輩子的中風情形就不會再犯。

「我會跟 Tom 準備一些你所需要的藥草幫助你調養身體，但是記得好好珍惜當下，重新站起來，給自己新目標，並且幫助更多像你這樣的人。請你安心回去，祝你充滿好運。」男士很感動得站起來拿了 Tom 準備好的藥草，感恩的離開了。

今天看診的最後一個病人，是之前來過的大嬸，她說她手臂和脖子原本有一整片紅疹，醫生說是免疫系統的問題；但是來找過 Tom 跟 Aventa 後，她明顯發現紅疹的部分有減少，顏色雖然變得較深，可是逐漸不癢了。她帶了家裡栽種的蔬菜，親自來謝謝兩位醫生。

她很好奇的問 Tom：「這裡面有什麼特殊藥草，我可以給姊妹使用嗎？因為對那些住在很荒涼的鄉下居民來說，要跑一趟到這裡，可能不是那麼容易，加上姊妹長期跟我都有很類似的毛病，不知道醫生願不願意給些方便呢？」

Tom回答：「藥草配方是沒問題，但主要是我選擇的藥草跟在市面上不完全相同，妳或許可以試試看，如果真的不行，那就再找別的方式。」於是Tom大方地把藥單給了大嬸，並且跟大嬸說：「外用藥可以這麼做，如果是內服，可能就無法如法炮製，安全為主，以防萬一。」大嬸說她明白，會跟姊妹解釋清楚。

等最後的客人離開，Aventa和Tom討論這樣用藥的效果。有些是出於藥草的特殊性，因為Tom在整個種植及採收的過程中，用的是一種古代巫醫的傳統精神，也就是說，在每個採集的過程中，都是召喚神賜的辨識能力去採收，之後再把藥草脫水並烘乾。這都是Tom用老巫醫所傳授的祈福儀式，去聚集大地精華，用意念灌注在藥草本身的。

Aventa問：「這些方式可以公開給每個人使用嗎？」

Tom解釋：「當然是可以，但是如果有不肖的使用者，用不純正的意念去引導加注在這藥草，不但無法真的協助病人，可能還會增加病人的負擔，所以公開等於是冒險，間接引來更多人性的極端面。

「我其實有個想法：如果說，真的有許多人需要被協助，或許我們可以製造出一種能量水，用我們純化的意念去引導，把所有精華集中在這瓶水中，並嚴管品質；然後，或許妳可以請妳的精神導師們，用他們的方式協助。畢竟現在這個空間被妳設置為神聖療癒空間，在這裡，妳不但照顧心靈部分，也可以幫助身體康復，以我的觀察，比平常療效快速三到五倍左右。

「這些包含在內的輔佐功能，外面的人或許不太知曉，但是我們知道整個運作的細微程度。只是在這世俗間，真正可以說出的，大部分都是配合被世間接受的、科學可協助的；但是傳統和神祕的療法卻可以根治和統整身心靈，會接受這些概念的人，應該都在某些角落默默付出。我是想過，一瓶有宇宙能量的精華水，可以使一般人信服的畢竟有限，而從我們診療室出去的大部分奇蹟，都正在產生。可是我們可以這樣一一照料多少人呢？……」

Aventa 想到靛藍寶寶，是不是也是要這樣找到那五位絕對純真人類，增加五個人一起去幫助地球？但 Aventa 覺得，五個人不是非常多啊！Aventa 期待他們可以在近期跟她說更多關於宇宙計畫的進展，她非常想明白，自己還可以在哪方面付出更多？

她一邊收拾診所，一邊喃喃自語地告訴上方的存在們。無意間把最後一位客人的資料閱讀了一下，資料上標示著「97」這個數字，從他們開業到今天，這已經是第九十七個病人，那靛藍寶寶先前說的第九十九個應該快到來了。

她看一下掛號表，第九十九個掛號的是一個老先生，Aventa 記得先前他們說過，應該是個女孩。她跟 Tom 說這件事，Tom 笑著說：「靜觀其變吧！我們就放平常心，當成遊戲來看這些事情的呈現吧！」

Aventa 也自然回應：「嗯，確實，接受生命之道都在變中呈現，那麼一切的結果就不會導致得失心了！」

以前Aventa可以用意志力去執行許多善事，用愛去撫慰更多人的心；但這次，在每個片刻，她只能學習到更無我。只要有「我」介入，她就無法傳遞訊息，更無法憑空去得到這些方向的指引，所以這次她就先看著，讓事情在最好的時機點去應驗。

---

10 第九十九個病人

他們倆離開了診療室。

現在他們的生活的確充實與踏實許多。沿路上，看著路邊的小販們還是不斷地忙碌，為其他人準備好吃的食物。Tom和Aventa最大的滿足是：看到了生存有各種樣貌的美麗，每個存在的人背後，都有神性在護衛著他們的成長，每個悲劇的背後，都是神的指引、靈魂的成長。

Aventa牽著Tom的手說：「好像現在才終於明白活著的愛。**一輩子在想什麼是愛、什麼是愛自己和愛他人，原來很簡單，就是不帶有對生命黑白或色彩的檢視和判斷**。所有我曾經為之痛苦的生命苦難，不管是發生在自己身上或是他人身上，當看到靈魂的愛時，會發現一切都只是片段。原來以前我是用自己的方式去愛人，用幸福和不幸福去分別人，但現在，我就只是『看著』和『愛著』！能跟你分享，真是生命的一大喜悅。」

Tom 走過一攤販售花盆的商店，選了一大把鵝黃色的花束送給了 Aventa，微笑的回應：「我心亦然！」

這天最後一個病人，也是第九十九個病人，但是什麼蛛絲馬跡都沒出現。Aventa 開始感覺到有點失落，要是找不到怎麼辦？可是同時 Aventa 也開始懷疑，難道是自己聽錯了，還是這些外星寶寶搞錯了？她跟 Tom 談論自己的疑慮，Tom 很安靜地聽，並不給予任何回應。

他再次提醒 Aventa：「注意得失心。我知道我們會興沖沖地想要替宇宙盡一份心力，想想這幾個月我們的改變，妳可以心平氣和去學習信任當下。」

於是，Aventa 繼續回到當下，整理診所的資料。正當他們準備好要離去的時候，剛才那第九十九位病人又再度站在門前。他帶著一個小袋子，裡頭是剛才 Tom 給他的藥包，他說他想要把這些藥包歸還給 Tom，Tom 不明白，趕緊詢問這位老先生，為什麼要將這些草藥歸還呢？

老先生向他們道歉說：「其實我來這裡有別的目的，我並不是來看醫生的，剛才那些病症也是我照著我家孫女的病情跟你們說的。我有個二十多歲的孫女，從小被我太太關在家中，不放心她出門，因為這個女孩長期有嚴重恐慌症，常會在發病的時候，進入醫生判斷的精神分裂狀態。為了不讓她出去時突然發作失去控制，我們不讓她離開房門，已經有十幾年了。昨天晚上，也就是我打電話到診所的時候，她突然上吐下瀉，就如同我剛才跟你們說的症狀，雖然剛才醫生沒有拆穿我的診斷情形，但是我想……」

Tom 笑著說：「我那時候想，你應該是心理因素，因為診斷你的脈搏並沒有顯示出這些病症，你手上的藥只是幫助你入眠的藥。」

Aventa 突然接受到訊息指示，要他們親自去這位女孩家裡幫助這女孩。Aventa 主動問老先生，是否可以上他們家去探訪這女孩，老先生很訝異地問說：「這不會打擾你們休息嗎？還有，我孫女會攻擊陌生人，我擔心會傷害到醫生。」

Aventa 跟 Tom 異口同聲地說：「我們會保護自己的，我們非常願意去看看您的孫女！」

他們來到了老先生的家，在不遠處就已經聽到女孩在屋子裡哭喊著、丟東西的聲音。Aventa 低頭跟 Tom 說了幾句話：「待會到房間裡，就交給我，我知道該怎麼做，可是我需要你幫我一個忙：如果你看到這女孩還是持續躁動，你想辦法用手抓緊她的後頸。我感覺到這女孩需要淨化她的能量場，她天生有開放性體質，我們先淨化，之後我會跟你解釋該如何繼續下一步！」

Tom 知道訊息已經下來，就請老先生帶他們上去，老先生請他們還是要小心，他可以在門邊先安撫孫女，孫女通常聽到是爺爺，會比較冷靜。

老先生到了門口，哼了平常給孫女聽的音樂，輕輕地叫：「安達，是爺爺！」他哼了幾分鐘，孫女在屋子裡慢慢地緩息下來。在外頭，他們聽見孫女用鞋子在敲打木地板，也跟著老先生哼起一樣的音樂。

老先生示意他們可以進去了，他跟安達說：「爺爺請了兩位醫生，他們是先前爺爺一直探聽的醫生，妳還記得嗎？他們是很好的人，妳就放心讓他們看看妳，爺爺都在這裡，別擔心！」於是爺爺把門鎖打開，讓 Tom 和 Aventa 進入屋子裡。

女孩背對著門，Aventa 看到她的背影，一股能量流遍全身，她不禁掉下眼淚。她覺得這個背影好熟悉、好脆弱——她眼前看到的，是在萬法殿的那個女孩，就像第一次看到她弱不禁風的、似乎是被選擇的在萬法殿接受指令一樣，Aventa 不捨的情緒又再度湧現。

女孩慢慢地轉過頭來，她首先看到 Tom，再轉身看到 Aventa。她的眼神注視著 Aventa，停留了好一會，然後雙眼低垂，沉默了許久。

Aventa 慢慢地靠近，她似乎感覺到有人正往她的方向走去，她哆嗦了一下。

Aventa 很溫暖地把右手伸出去，請這女孩把左手放在她的右手上。

女孩照做了。慢慢地，女孩閉上了雙眼，去感覺 Aventa 無比的溫柔與善意。

Aventa 開始唱誦一些咒語，女孩也開始全身抖動起來，表情突然變得很兇惡，狠狠的瞪著 Aventa，拚命搖頭。Aventa 示意 Tom 往她的脖子抓緊，女孩大叫了一聲，隨即又恢復自己柔弱的狀態。

Aventa 請女孩躺在地板上，跟女孩說：「我會從妳大腿內側拔除一個綁住妳生命力的能量鎖鏈，待會兒，如果我很用力將妳兩條大腿分開，請放心地將自己交給我。」Aventa 話一說完，馬上將兩條大腿內側的一個厚實鎖鏈扯斷拔除。

老先生在旁邊看得一邊落淚，雖然他看不到真實的鎖鏈，也不懂為何 Aventa 可以讓女孩如此平靜和放心，但他第一次感覺到，孫女正在被兩個慈悲的醫生盡力地協助中。至今，沒有一個醫生願意接近孫女，她令人害怕，怯步三分，而眼前這兩位醫生，卻冒著生命的危險在幫助他的孫女。老先生安靜地在房門口，感謝著老天的安排。

女孩突然嘩的一聲痛哭起來，往 Aventa 的身上倒頭痛哭，Aventa 抱著她的頭安慰著她，一切都過去了，妳會重新開始自己的生命。她跟女孩說，先好好的睡一覺，明天如果她願意，請她跟爺爺來診所，「我們需要給妳治療的草藥包，我明天也會把整個情況仔細跟妳敘述。妳沒有病了，今晚告訴自己：『我已經不再受影響，我康復了！』」

Tom 跟 Aventa 離開了老先生的家，一路上 Tom 很安靜地陪伴著疲倦不堪的 Aventa。到家了，Tom 只跟 Aventa 說：早點休息，辛苦了，明天見！Aventa 這時候也泛著淚，感動的看著 Tom，一句話也沒說的轉入屋子裡。

這個夜晚，Aventa 坐在臨窗戶的床邊，看著外面深藍色的夜空，看著這遙遠的星河中，想著：到底還有多少神祕無人所知的力量？凝視著天空，看著一閃一閃的星光，她此時正如同這星空一樣，如此沉默、如此放鬆、如此專注地，冥想著自己身體融入天空的景象。

她感恩著這一切的發生，期待著明天再度見到這女孩，她有很多很多的關愛要給予這好久不見的靈魂好友。她心裡知道，她等了她或許上千上萬年了，一整個滿溢的愛正在醞釀，正在流洩……

Aventa 一早起身，做了一個蛋糕，在蛋糕上插了花園裡種的紫色小花。她一共放了十九朵，又多加了六朵橘色小花，全部是二十五朵，她想要替女孩慶祝她二十五歲的康復，就像一個母親替女兒慶祝生日一樣。

他們特地將整個場地重新布置了一番。後來女孩來了，面帶微笑地走入診所，可以看得出她還是非常虛弱，但是已經比先前狀況好上許多。爺爺在一旁攙著她，也滿是感激地對著兩位醫生笑著。

爺爺說：「安達一早就一直催我要來診所，她還準備了她最愛吃的蛋糕，要給兩位醫生品嘗一下。」Tom 接著說，Aventa 一早也準備了她許多年未烘烤過的蛋糕。

這下所有人開心地笑了：「看樣子是蛋糕聯誼會，咱們做個交換蛋糕吧！」於是一夥人就吃起兩個女人準備的蛋糕，樂陶陶地分享著安達整晚的情況！

突然間，Aventa 神情變得很嚴肅，她看著大家，請大家安靜地聽她說話。

Aventa 看著安達，安達似乎也感覺到什麼狀況即將發生。安達閉上雙眼，雙腿抖動著，雙手還是無法很放鬆的抓著椅背，嘴裡嘰哩咕嚕的對著 Aventa 說著一大串讓人聽不懂的語言。

安達哭了，她拚命搖頭，感覺得出她極度害怕。

Aventa 等安達情緒平復後，接著說：「請不要害怕，過去的再也不會發生。過去是妳的一種試煉，也是我們保護妳的方式，如今妳會重拾自己靈魂的藍圖，有眾力量護持著妳。妳是我們尋找已久的純真人類，此生來地球，是為了奉獻自己的生命能量，去幫助其他人類。

「妳有三個主要的靈魂任務：第一，把自己塵封已久、接通宇宙能量源的管道開啟；第二，妳將會幫助人找回他們對大自然與神性的熱情；第三，妳會讓所有失去父母的孩童拾回對生命的平衡與愛。這是妳人生的三個任務，或許這些會讓妳備感壓力，但是妳要清楚明白，妳只需要接通高我的指引，一切都是高我的指引，非你個人的獨自面對……」Aventa 說完最後幾句話，又重新恢復原本的狀態了，安達也停止說那些無法辨識的語言了。

安達不解這一切的發生，Aventa 可以看到她疑惑的神情跟被打擾的不安，她理解這種情緒。她只是笑著跟安達說：「順其自然，放心，我會保護妳的！」安達於是點點頭。

從這一天起，安達和 Aventa 就常常碰面。Aventa 還是不斷觀察她的身體與精神狀態，也常讓安達來診所一起幫忙熬煮藥草，同時 Tom 也教導安達如何辨認藥草。安達很上進地跟在他們兩位身邊，就像個貼身助理一樣。他們有著不用過多言語的默契，就像家人一樣，一起認識新的藥草。

有一次，Tom 在為病人矯正頭骨，安達在旁邊看著看著，突然叫出了一聲：「Tom 哥，主要的關鍵是在後頸的一條筋骨，那邊有黑黑的損傷，我只看到黑黑的……」

就診病人不解地轉頭看著他們對話，突然應了一聲：「後頸是我小時候受傷的部位！」

Tom 於是把手放在這位先生的後頸，開始觸摸，摸到骨頭有個部分不完整；他按著那個不完整的部位問病人，是否有其他部位不舒適？病人說引發頭痛。Tom 回頭看了一下安達，表示她做的非常好，接著跟病人說，會給他藥膏，過兩星期後再回診，然後就請安達送這位病人離去了。

這時候，Aventa 進到診間，Tom 示意 Aventa 坐下，並跟她說了剛才的情況：「或許妳可以要求上方給予安達一些指引，她已經來到這裡將近半年，除了和我們學習之外，似乎沒有再接收到下一步相關的訊息；今天突然的這個靈感，或許是個開端，如果照上方指示，漸漸的，她應該有能力成為某種宇宙通道，我們可以祈請他們下來開示。」

於是，Aventa 呼請靛藍寶寶出現。過了一會兒，Ico 來了，Aventa 跟他們說這半年來所發生的事情。靛藍寶寶說他們做得很好，接下來，要測試這個可能是絕對純真人類的純粹度。

Aventa 說，她還不知道怎麼辨識他們先前說的能量場。靛藍寶寶說今天會教導 Aventa 三個部分：「首先，辨識能量場並不是很困難的事，我會引導要怎麼觀察。妳現在看著 Tom，專注在他身體周圍的氣暈上，試著放空，不要有任何想像跟評斷，就這樣簡單地看著；然後慢慢地，會有顏色呈現在妳的眼前，這主要是要分辨更細部的精微能量場。

「妳乍看到的顏色通常是反映對方當時的狀態，然後妳會觀察到顏色時深時淺，這些是可變化部分。而絕對純真人類有個特點：在變化中有個區塊是不變的。這是當初宇宙萬法為了易於辨識而加在純真人類肉體上的設定；也就是說，在圍繞身體的整個場域中，會有幾個小區塊是恆定的。」

Aventa 問：「恆定區塊是什麼顏色？是什麼形狀呢？」

靛藍寶寶回應：「無色，也沒有形狀。」

Aventa 愣住了，她問：「那我怎麼能發現呢？」

靛藍寶寶微笑地說：「自己去摸索！接著第二個重點：觀察她手內部的圖像。這個部分，有可能因為先前提示過妳『那些圖像是專屬於絕對純真人類』，會給妳自己想像力而浮現此圖案，但這與真實浮印在手掌氣暈上是不同的。人很難區分這兩者的不同，我可以先提示妳：通常，我們會基於渴望而想到答案，用腦去相應這個過程，也就是妳渴求了某個答案，就用頭腦去回應妳的提問。所以，妳要回到放空的一刻，感覺『是』或『不是』都平常心接受。這個過程也同時在訓練妳，如何去解讀已經熟識的人。有關正確傳遞訊息的比例，或許對陌生人會比對熟識的人來得高出許多。

「還有第三個部分的原因是『主觀』，妳見到這個人的主觀，也可能會影響訊息本身。當妳看到那女孩時，她給妳的感受，或許是直覺部分的影響，也有可能是妳在累世的經驗中或世俗角度的評判中會產生的質疑。但妳不要導入個人主觀，去評斷是或不是。一般人或許會誤認為，絕對純真人類是一整個美好的存在，於是帶有期待去尋找這樣的人，但其實這樣的人正在經歷的，或許是極大的苦痛，而大多數人類會被各種眼光的鑑定所障礙。

「這是我今天跟妳提示的三個重點，如果沒有任何問題，我們就先去進行我們的職責了。」

Aventa 接著問：「那上回妳們找絕對純真人類有進展嗎？」靛藍寶寶點頭，說有很大進展，隨即又消失在空中。

Tom 跟 Aventa 於是把剛才的三個部分用紙筆謄下來。Tom 建議 Aventa，先別急著辨識安達，讓自己再回到平常心，Tom 有個直覺，答案或許會在不經意中發掘。

Aventa 很贊同 Tom 說的話：「對！我總感覺他們是在教導我。或許他們早有答案，但為何不直接了當地告訴我們哪一位是或哪一位不是呢？」

Tom 想了想，說：「這或許就跟妳看了許多書、卻沒有親身體驗是一樣的吧！如果他們總把答案或是方向告訴妳，妳要怎麼學習呢？妳就是等著第九十九個人出現？我想，經歷每個細微的心路歷程，老天肯定是不會剝奪從中得到的智慧。」於是，Aventa 祈求，讓她在最自然的情況下，確定安達是否為那一位他們尋找的人。

Tom 總在她生命中急於處理或解決的事情中，給 Aventa 一顆定心丸。像他們曾經探討過對自由的看法，就有點不同。

Tom 喜歡按部就班，凡事謹慎保守，他認為不可貿然行動，要等各種機緣出現，自己心裡有個聲音告訴他可以行動了，他才會放手去做；Tom 學到，真正的自由是勇於放手去接應所來的事件，焦慮不但無事於補，也可能因為太多過往的經驗，而錯過最精采的新體驗。

Aventa 則認為，自由是可以游刃有餘地穿越因果本身的束縛，她認為遇到事情馬上去體驗，然後靠著每個碰撞的轉彎點，冒險般地去探究，只要內心有強大的覺察力和信心，總會和每個人事物碰撞出新的契機。

而這次，Tom 還是請 Aventa 先回到平常心，她也願意接受這個建議，因為她知道，這些突發事件都不是人類頭腦的運作可以分析的。他們平常在談論的自由的真締，是他們的分析討論，那是局限於人的事件部分；而這次是要把畢生的精神、修行的空與純粹，都放在每個片段中學習。

以前 Aventa 可以用意志力去執行許多善事，用愛去撫慰更多人的心；但這次，在每個片刻，她只能學習到更無我。只要有「我」介入，她就無法傳遞訊息，更無法憑空去得到這些方向的指引；況且，每次靛藍寶寶到來，也都需要透過 Aventa 轉譯，所以這次，她採取 Tom 的建議，就先看著，讓事情在最好的時機點去應驗。

安達走進屋子裡，跟兩位老師打了個招呼，並跟大家說，早上她有個很有趣的體驗，她像個小孩一樣哇啦啦的說著：「我看到兩隻小鳥在窗邊跳來跳去，有一隻鳥一會兒跳、一會兒停在窗邊看我種的小花，於是我很安靜的觀察牠。我平常才沒那麼有耐心去觀察小鳥，可是今天，我就覺得這兩隻小鳥跟我有一種特殊的緣分；我覺得牠們有話要告訴我，因為今早在澆花的時候，我在盆栽底部的土壤上放了一顆橘子的種子，當時我就聽到鳥叫聲，感覺鳥兒是要讓我知道，這個種子是有特殊意義的。

「我在前一天晚上夢到，我拿了一顆橘子種子，放上很多的願望；我跟種子說，等它長大成樹，也就是我的夢想完全實現的時候。接著我醒來後，就看到床邊有我前幾天隨手放的一顆橘子，我就把橘子吃掉，想先把種子放在花盆裡，好讓種子發芽。沒想到鳥兒像聽到我的夢想一樣，也來一起種橘子，於是我假裝沒看到小鳥們，躲在門邊偷偷觀察，好有趣！鳥兒竟然用牠的嘴巴把橘子種子叼出來，重新幫我換了位置栽種。妳們說，這是不是大地聽到我許願，而來協助我完成呢？」

安達開心的笑著，一面找著屋子裡的一本藥草書籍，一面準備待會要接待的訪客。她邊做邊跟他們兩人說她的夢想：「你們猜我的夢想是什麼？」

Tom 跟 Aventa 很有興趣地看著充滿活力的安達。安達接著說：「我想當你們的學生，我要像 Tom 一樣學習中醫，要像 Aventa 一樣跟老天說話。我今天祈禱的夢想就是這些，而我覺得這就是我一輩子想做的。」說著她又離開了屋子。

當安達轉身走出房間的時候，Aventa 突然撇見她身後有道靛藍色的光，泛著金色的光邊，也浮出一個金字塔形狀透明的形體。Aventa 不太確定是否是她眼睛花了，但是她趕緊把這圖像畫在筆記本上。Tom 要 Aventa 先不告訴安達這一切。

11 外星人投身地球計畫

敞開的人類或有意願提升的所有生命，他們在睡夢中，會將自己隱藏的各種情緒釋放在空氣中，使者們揮灑的光，就會進入這些人的意識中。越開放的靈魂，蛻變的速度也比其他人來得更快速跟直接。

在這段時間裡，宇宙間眾神已經大有進展。他們已經找尋到這五位絕對純真人類，可是要讓這些人類相遇，真的是很不容易。

神可以透過各種方式，用迅速的能量透視和讀取個人人生藍圖而一目了然；可是，在人類的世界裡，因為有肉身的屏障，肉眼所見僅是一個小小的區塊，靛藍寶寶無法直接過去跟人類說：「你就是純真人類，有個宇宙任務要請你們協助。」這對人類長期以來的防禦機制來說，太瘋狂也太難以置信了，反而會導致這個人更加防禦、抗拒整個訊息系統。

這五個人還各有自己的人格特性。以 Aventa 來說，過去的傷痛足以讓她困惑地去接應這些上方來的不速之客。畢竟人的腦子裡有太多肉體的創傷需要釋放跟信任，在看待世界時，有太多思緒跟判斷，何況是要人類感知無形世界的細微能量體，而確定所接收到的訊息絕無失誤？實在太難了。加上人類長期習慣掌控正在發生的事情，而不是放手去經驗正在儲備學習的智慧，因此，靛藍寶寶最要盡心盡力的（或是高頻存在最頭痛的），竟然是讓人類明白「他方的世界」。

那是一種很詭妙的依存關係。人類希望被神明救贖，而神想要告訴人類很多很多的宇宙奧祕，卻常被質疑阻擋；人類很擅長也很喜歡用一種天真的看法，去相信自己所要相信的。人類會認為神或上帝是個溫暖的守候，不打擾他們，卻極力在保護跟照顧他們，不管他們多麼迷失，神會無條件的奉獻跟陪伴，也會在他們遇到危機的時候，趕緊幫助他們。

在地上有衣食父母，在天上有神明父母。所以，人會在最痛苦的時候，哭天喊地的抱怨老天；在幸福快樂的時候，也會感到戰戰兢兢，是不是有天福氣會被老天收走？

靛藍寶寶透徹了解人類頭腦的豐富性，總在想很多辦法，希望人類與其他宇宙頻率的存在共同合作和學習。首先，靛藍寶寶知道，不掌控、不過度侵犯，更不是以傳統神性權威的方式，只能用宇宙能量慢慢滲透進地球人類的意識中。

比方說，他們會在深夜，獲得萬法執行權，下降至地球，來幫助地球的神性使者，引導非常多強而有力的高頻率能量，揮灑在空中。當人類在睡夢中，開始打開自己潛在的意識，在不戒慎恐懼的狀態中，這些能量就會讓人類一點一滴的明白宇宙間的愛與光，以及萬法智慧的到來。所以，敞開的人類或有意願提升的所有生命，他們在睡夢中，會將自己隱藏的各種情緒釋放在空氣中，使者們揮灑的光，就會進入這些人的意識中，越開放的靈魂，蛻變的速度也比其他人來得更快速跟直接。至於什麼樣的人是開放的人類呢？就是用寬廣的生命去愛周邊各種生命狀態的人。

越少去分別人的好壞，越願意敞開去理解這些生命背後的學習，還有願意內省、收回自我投射的人，通常他們的進展速度會比一般人快速許多。不是老天不公平，而是：人類的防禦機制，是讓宇宙無法流通在地球的主要因素。

當大地震或天災來臨時，人類會以為是天譴或是宇宙憤怒了，其實老天想說的是：這些大自然天災的形成，主要是因為地球承受不了更多宇宙轉變的過程。地球長期把人類的恐懼和對物質的全力投注，當作人類自成的家園；也就是說，當所有人類把心力放在物質頻率上，像氣壓鍋有過多的壓力，就會爆炸。

這不是老天的嚴懲，而是：地球人拚命地工作，拚命加速地球物質的進展，忽略了其他更遠、更大的世界，當然壓力鍋會爆炸。如果人類把眼光注視在更寬闊的超自然世界，把焦點投射到宇宙的寬度中，這樣就不會把地球當成唯一可見的壓力鍋；而人的視野也開始在轉變，於是大家把心放在更遠的將來，開始攜手迎向更光明的新宇宙。

這就是靛藍寶寶要來告訴世界、進而讓地球人明白的。他們相當有耐心，用愛去感化地球，不強迫，也不直接給予答案，因為他們在找的五個絕對純真人類，也需要用更高智慧去親身體驗，而把這些智慧再傳遞給更多人類。有肉體的人類需要親身體驗五感的學習，而成為智者本身，是多美好跟扎實的過程啊！

在靛藍寶寶神視力中，這些是一覽無遺的，但是學習與地球人同時成長，卻是他們在宇宙間渴望的重大職責。過去曾經來過地球、卻鎩羽而歸的外星存在們，他們投生到地球，卻無法全力以赴，紛紛回到各自的外星球體重新醞釀。也許地球人會覺得，外星人是來蓄意破壞地球，來搗亂的，但其實這一切都會在靛藍寶寶協助地球的點滴中，讓人類更明白：「啊！原來整個宇宙是這樣運作的啊！」

人的肉體鬆脫了防禦與恐懼，也就鬆脫了所有地球的危機。在地球接近大轉變的這個時機點，宇宙存在也盡心盡力地，在策畫即將達成大蛻變計畫的最後九年。存在們用大波的光灑向人間，用愛的意識去影響地球人的意識進展，用更多神性化為人身的方式接近地球人；鎩羽而歸的外星人也即將參與這個大計畫，與靛藍寶寶共同合作，創造新的可能性。

這次靛藍寶寶與外星夥伴們，首度因為宇宙計畫而同時出現在萬法神殿的會議中；外星夥伴在他們各自的星球接收靛藍寶寶的指令，靛藍寶寶在萬法神殿用開眼通的方式，把萬法的決策告訴外星夥伴。這些外星夥伴也是一群高等能量存在，原本住在各個星球，在前次宇宙進程中，選擇投胎身為人類，卻因為人類的野蠻，在戰爭或宗教的派別紛爭中，都紛紛回到各自的星球。

在即將發展的過程中，靛藍寶寶必須身為人類，去接近絕對純真人類，另外也必須降臨人間，親自尋找更多協助者。這趟任務，需要外星夥伴督導靛藍寶寶，靛藍寶寶因為將自身頻率減低至人類頻率，很有可能迷失或者忘記自身身分，而無法履行任務，所以外星夥伴這次有完全的監督權，督促化為人身的靛藍寶寶。

自願投身到地球的靛藍寶寶，總共是所有靛藍寶寶的三分之一，當他們被分派到地球，會直接融入已經存在的成人的腦意識中，這些人在地球有各種職業，大多是靈性成熟、能量場敞開的人。

這是一種新的植入方式，把宇宙意識融入已化為人身的人類，這種融合，會讓此人漸漸有更深厚的慈悲與愛去協助身邊的人；他們在開始被植入後八個月，會有身心靈的巨變，有些人開始在從事自身功課的時候，不再感覺吃力和孤單無助，而是感覺到有助力在伴隨著。

唯一需要萬法督促的是，這趟地球之旅，可能會讓靛藍寶寶過度進入人類肉身感官的遊戲中，而減緩計畫進行；而這批外星夥伴可以讓這些投入人身的靛藍寶寶，憶起此次來到人間的任務，謹記他們的重責大任。

外星夥伴們再度晉升，督促他們原先的長官——靛藍寶寶。外星夥伴們驚喜於這份宇宙任務，但是有一些外星夥伴會因為曾經在地球遭受的挫敗，而沒有把握可以完整而良好地執行這次任務。

靛藍寶寶對那些失去信心的外星夥伴們說：「你們需要的正是：對地球曾有熱情，卻因為地球的人性遊戲而退出。我們懇請各位，再度重新為這宇宙進程共同合作，如果每個環節都緊湊、謹慎地執行，蛻變將會是宇宙的大豐收，地球將會進入揚升時代，那將來成長的地球生命，會重新拾回與大地之母連結的活力，這裡將會是一個物質結合靈性的新世界。」

當靛藍寶寶把未來美麗地球展望與外星夥伴分享後，外星朋友也逐漸接受了這個任務。外星夥伴彼此連結，他們認為：「或許我們把宇宙進化當成首要工作，其餘曾經經歷過的，都只是宇宙的歷史，我們只是在當時發生了該發生的事件；而今天，萬法願意將這重責大任交付給我們，我們將非常榮幸地接受，也願意堅守這個職責。」

萬法終於回應了會議中的存在們，跟大家解釋，在近期將接觸自願的與挑選出來的靛藍寶寶，抽取出他們的神性意識，嵌入水晶杓。每個靛藍寶寶會有三至六個外星夥伴來監督，外星夥伴會有執行任務的所有細節；透過水晶杓，可以很清晰的收到靛藍寶寶化為人身後的各種情況，包含他的起心動念，和即將行動的細節。

被選擇和自願去地球的靛藍寶寶們，第一個行動便是尋找絕對純真人類，讓這些人類可以早日聚集在一起。萬法預先告知靛藍寶寶和外星夥伴們，這一趟行動中，有些變動是現在不可測的。

萬法提醒：「人類是豐富的存在，所有念頭都有可能隨時兩極化，如果靛藍寶寶在下降至地球的時候，有尚未適應的習性，請讓外星夥伴們隨時給你們豐富的資訊。你們化身為人類時，會天生知道一些人類習性，但是切記：有個大變動是現在不可測的，也未知的。你們互相合作，隨時覺察整個任務狀況，萬法的力量將會支持整個變動，往更深處蛻變。

「為什麼說不可測？因為，整個宇宙的進程有兩大支線在運作：

「一是：地球會再渾沌一些時間，讓整體蛻變可以緩慢進行；但是也有可能，人類會經歷許多災動而覺醒。這條蛻變支線，雖然可能給人類一個大提醒，但是畢竟會導致整個地球主軸與宇宙較多的偏離，這進程也會影響到周遭的星球。

「宇宙中有另一支線是比較順達的，也可以喚醒人類覺醒，那就是：眾神與各地方天使集結宇宙高等存在們共同合作，讓人類受我們大波的祈福，而逐漸喚醒宇宙意識。這是一條減少地球災難的路徑，需要動員大批從事光傳導的行者，化身在地球，不辭辛勞地付出。

「我們大夥在宇宙間都知道，第二條支線可以緩和地將地球偏離軌道的行徑迴正，也可以喚醒地球母親——大地——原有的巨大力量。」

外星夥伴於是詢問：「大地母親帶有何種力量呢？喚醒之後可以協助地球哪些轉機呢？」

萬法回答：「大地母親可以喚醒人類互助的愛！地球中的大地力量，有著陰陽互持的敏銳度，一直在調和人性的兩極面，當人類雙腳踏在大地母親之上，人性的兩極會與大地成為一個循環的流道。

「原始的地球人非常崇敬大地，所以他們在很小的時候就會有尊拜大地的儀式：雙腳跪在大地母親之上，同時將雙手朝天迎接太陽。他們是接受祝福的光之子，會顯化本體神性的偉大。雙腳著地，可以將人性的黑暗與光明兩面統合成豐富的親地性，因為大地包含所有一切。

「陰陽兩極的磁場，可以支持我們人類共生，支持人類靈魂的共同連結。大地提供了磁場整合的轉化場，讓人類從中學習智慧，將自身人性的兩面，藉由地心，去轉化成超越肉身、進而與靈魂萬物一體的圓滿狀態。

「可是如今，大地承受較多的是地球物質世界的汙染，而人心在許久以來，已經脫離大地賦予他們的意義了。人類踏在大地之上，傲視於他們所創造的物質世界，不再有天地觀念，他們往眼光平行處望去，想征服整個地球；而地球內部、大地以下的『地底存在』，也已經備受忽略，甚至於，人們恐懼地底下的所有情況。

「地下並不是地獄或孤魂野鬼居住的，有部分是居住了一群高智慧的存在體，他們所做的，就是將人類從陰或陽、正面或負向、高頻或低頻的能量，轉化調和成更高的互助和諧之流，再傳回地面，協助人類重拾靈魂的連結。但是如今，相信大地之下的力量的人類所剩無幾，他們對老天的敬意，或許是出於宗教原因。」

人類切斷與大地的聯繫許久了，萬法今天特別交代：「當有宇宙界的存在參與地球的蛻變活動時，請記得，你們要先拜訪的便是地球大地，只有大地的支持，才會有意想不到的奇蹟發生。靛藍寶寶從事的是去喚醒人類身處地球的靈魂意識，每個過程都要融為人類意識，這是人們早已具備的意識，而不是植入高體存在的勢能。導入高等光是為了喚醒，不過多或過少，是相當重要的，畢竟，地球人不可能消失在肉體界，而迅速成為光。

「靛藍寶寶，因為你們有分享宇宙美好的熱情，成為人類後，請去明白身在地球的感受，導引的宇宙資源要恰如其分，這是萬法今天提醒各位的。請記得，地球人踏在大地之上，雙手拱天；而我們去地球，是要他們記起這一切的原始精神，不要過度將宇宙觀植入地球，請靛藍寶寶深記此點。萬法祝福大家！」

萬法接著消失。靛藍寶寶分為兩部分，一部分靛藍寶寶保持原狀，圍繞在即將化為人身的靛藍寶寶周圍。靛藍寶寶 Ico 鼓勵所有外星夥伴：「盡可能地將所有在地球的經驗，用意念導入這些即將化為人身的靛藍寶寶意識中。化為人身的靛藍寶寶多半會遺忘宇宙的大部分經驗，他們只會有某部分任務的記憶，幾乎跟一般人一樣的行為跟思緒，所以要請外星夥伴嚴加督促。而我們留在宇宙星際的夥伴，也會不斷的支持所有行動。」

靛藍寶寶開始感覺自己的身形逐漸變小，身體開始灼熱；接著，他們被束縛在一大群火紅的光中，持續加溫二十四小時。

留在宇宙的靛藍寶寶，將萬法製作的水晶杓，直接射入這縮小的身形裡，連著水晶杓一端的細線又分出幾條更細的線，直接連結在外星夥伴的肚臍中；接著，他們在等候降落地球時，會同時有數百個誕生在已準備好的地球人之中。地球人的靈魂意識也都開放了，準備讓宇宙靛藍寶寶的種子載入他們的腦意識中。

這天是地球的十一月十一號，在這個深夜中，是靛藍寶寶準備降落的時間點；留在宇宙的靛藍寶寶，圍繞在離地球不遠的宇宙行星之間，他們閃耀著銀白色的光芒，帶著所有任務的祝福，準備將他們的兄弟姊妹送到地球。

就在凌晨三點整，他們很迅速地植入了選定好的人類後腦勺中，細小不為肉眼所見的銀白絲線，緊繫著每個外星球的夥伴。靛藍寶寶在宇宙中，看著兄弟姊妹很順利地進入地球，信心滿滿地準備開始任務。

而在地球的人類朋友呢？

一位美麗的少婦正睡在她可愛的寶寶身邊，在被植入靛藍寶寶意識的片刻中，少婦正感覺自己似乎被崁入東西而緊皺著眉頭。她的呼吸越來越快，額頭冒出汗來，慢慢的地，她的嘴角帶著祥和的微笑沉睡了。

還有一位男士大約五十多將近六十歲，他的書架上有許多書本，在大學裡教授哲學課程，他也同時被嵌入靛藍寶寶意識，成為他生命的另一個訊息來源。這位先生自始至終都很祥和，露出非常滿足的笑意，他非常慈善，也樂於開放給世界。宇宙的靛藍寶寶和外星夥伴，從他睡夢中透露對世界的愛與和平，也看到這個人有發表靈性演說的天生使命，或許，上蒼就因為他無私的情懷，而讓靛藍寶寶直接化身為他。這對他來說，成了一種神祕的力量，他會在隔天醒來後開始變化；他會自然有感而發地明白，身為人類的任務與使命；他會開始創造不同人生，也會集結更多人，把愛帶出去。這一刻，這位先生喜悅地歡迎著生命的改造，表意識的他，或許不明白這些在靈魂世界的改變，但是，這一刻就是發生了！

靛藍寶寶和外星夥伴盤旋在整個地球，確定所有化為人身的夥伴們都安然進入以後，天空再度恢復成原先的樣子，光芒漸漸消失，地球的白天也正在甦醒。

12 敞開就能轉變

凡是出現在眼前的各種狀況，都一定有它的意義。不評斷或急著證明，往往都可以在生命之流中，找到轉往順境的水流道徑，隨順的智慧的確是人找到平靜喜悅的源頭。

今早，Aventa 拎著大包小包的食物，準備跟大夥去享受戶外郊遊，安達也一早就穿得漂漂亮亮的。到了郊外草地上，他們開始布置起即將享用午餐的場地。

經過這幾個月，安達整個人變得很清爽，也可以比較不受情緒起伏的左右了；她跟著 Aventa 每天做足了一小時的靜心，她的笑容一日比一日更燦爛，也脫去了不少以前慣有的焦慮感。

安達選了一大塊粉紅色系列的花布，鋪在野地上，放上一早市場買來的紫色、藍色花束。她突然靈機一動，決定先給參加的客人一個靜心早會。她用花布置了一個小小的神聖空間，這是 Tom 傳授給她的。Tom 說，開啟這個神聖空間，可以保護好所有人放鬆地靜心冥想；放上美麗的花陣，也可以協助召喚大自然的美麗。

此時，客人陸續出現了，安達很開心地招呼大家進入神聖空間。她調皮地宣布今天要玩一個遊戲，請大家坐在這個大花布中間，跟著她盤腿，交叉雙手，輕鬆地放在腹部前方。安達建議大夥，不把這個當成很嚴肅的靜心，只要把注意力放在自己身體上，或是把眼前飄過的思緒說出來，安達會一一點名，請對方說出當下的感覺和念頭。

有些人說，自己是老骨頭無法這樣盤坐。安達回應：「那你可以分享身體感受的部分啊！請大家就是不抗拒地坐在一起，然後，牽起隔壁朋友的手。首先，我們先吸氣，接著呼氣，放輕鬆。」

這時候，Aventa 和 Tom 也到了現場，示意安達，他們無法參與靜心，因為他們要整理一些今天活動的流程。安達笑著請他們不用擔心，由她負責這個活動。Aventa 就在不遠的地方開始忙碌，安達則繼續帶領著活動。偶爾，Tom 和 Aventa 會聽到幾個被安達點名的朋友描述自身的狀態。

突然間，安達身體開始輕微地抽蓄，大家看著安達，她的手突然自己抖動起來，她拿起一根樹枝，在圓圈內開始漫步，跳起舞來。

接著她拿樹枝在地上畫了一個五芒星，然後突然大聲地說：「我看到在場有人的手裡面有圖案，有人是動物，有人是線條，而我自己是個五芒星。」Aventa 聽到這個，也起身加入這個圓圈。安達接著說，「Tom 的手裡是一根權杖，一根充滿支持力量的權杖；至於 Aventa，有兩道深紫色的療癒之光，像泉水一樣從她的雙手湧出。

Aventa很專心地看著安達的能量場變化。她看到安達周圍的氣暈由粉紅色轉為藍色，再混為紫色，然後在雙腿周邊有塊無色透明的圓塊，環繞並貼著大腿，像個氣墊枕一樣。

安達的聲音變得比平常更低沉，告訴Aventa：「五芒星代表我是妳找尋的人之一，而妳的雙手裡頭有金字塔圖像，代表妳是源頭力量的傳導者。」安達用雙手貼著Aventa的手，跟她說：「我們終於相遇了！」

Aventa感動得流下淚來，告訴安達：「謝謝妳的出現！」

那一天，他們一群人度過一個非常不凡的野餐，大家似乎感染到這神聖能量場的純淨，每個人都非常敞開地說出自己一直以來的屏障，而安達也適時地提供大家她所看到的影像。

安達第一次感覺到自己是那麼幸運地和宇宙連結著，也那麼榮幸地在為大家盡一份心力。她跟大家說：「沒有大家的出現，我到今天為止還是個需要被幫助的小女孩。」

Aventa在一旁看著，這個小女孩就是他們尋找的絕對純真人類，她又喜又憂。Aventa知道，這就像是來自於父母對兒女的擔憂，但是在她內在的神性中，她為這個美麗的存在慶賀！宇宙間總有說不完的奧妙，等著人類不斷的發掘。

Aventa又學習到一個重要的課題：凡是出現在眼前的各種狀況，都一定有它的意義。不評斷或急著證明，往往都可以在生命之流中，找到轉往順境的水流道徑，隨順的智慧的確是人找到平靜喜悅的源頭。Aventa笑著想，如果有關靛藍寶寶的這一切，都是自己的幻境，那這幻境來的真美好！因為她看到的是大家的進步與自己的成長。

她看著 Tom 尚未痊癒的雙腿，仍然感到心痛，仍然有一絲期待上天可以化一切為神奇。但是，當她看著安達笑著跟大家分享自己的過程的時候，Aventa 又回到了當下；她隱約看到幾個老朋友的雙眼泛著淚，因為固執的堅持在臉部所形成的皺紋，都正在瓦解當中。

Aventa 再看看自己的雙手，她想著：「原來有那麼多光源在我雙手中流動著，我雖然看不到這些被安達解讀的部分，但是我卻明白此刻安達的興奮。老天送出的恩典，是要準備給予所有正處在痛苦之境的有緣人的。」

Aventa 於是起身，把手伸向一個正在流淚的老婦人；接著又走到一個小嬰兒前面，讓嬰兒的雙眼感受來自於她雙手的療癒；最後，她走到 Tom 的面前，蹲下來為他的雙腿祈福，Tom 笑著，敞開接受。面對著 Tom 的雙腿，Aventa 還是不忍地掉下眼淚，她自責自己未能完全幫助他。Tom 笑著把 Aventa 扶起來，輕輕地對她說：「我現在很快樂！」

當他們結束整個下午的野餐後，安達很興奮的跟他們兩人說：「今晚我做飯給你們吃。」於是，她又蹦蹦跳跳自個兒跑去市場買新鮮蔬果了。Tom 和 Aventa 覺得她就像個妹妹一樣，如此率真活潑。

對於安達的開朗，他們兩人都感覺很欣慰。Tom 希望將這近一年來所發生的事情全部跟安達說，Aventa 卻有自己的擔憂，她擔心安達因為太年輕，會輕率、缺少判斷力。

Tom 看著 Aventa 說：「Aventa，妳把自己的生命狀態投射到這孩子了，妳的功課絕對跟她不一樣，妳所經歷的，並不是她也必定會經歷。或許，妳可以詢問一下那些高等存在的意見，看看整件事情會不會有不同的指引。」

Aventa 回答：「再交給這些無形世界來指點，真的是件好事嗎？不會過於依賴嗎？如果是一場鬧劇，那也會讓安達年輕的心受創傷的？不是嗎？」

Tom 說：「請停止這些念頭，讓今晚自然發生，好嗎？」

安達一邊哼著歌，一邊煮著今晚和兩人分享的晚餐。Aventa 就在廚房邊，把這一年來的手札重新閱讀了一下，她在等好的時機點，跟安達提這整個故事。她知道安達會很開心，也會開放地知道整個故事過程，因為這女孩有顆善良助人的心，她充滿熱情，願意服務大眾。

Aventa 不太清楚自己為何這麼不安，總覺得事情不是那麼簡單，擔憂這個女孩會獨自承受許多苦難，畢竟要服務人，首要的就是自己有夠多的生命經歷。

正想到這裡，有個先生突然在診所門口敲門，表示要進門拜訪。Aventa 覺得這個人氣質不凡，神情透露一種親近、單純的熟悉感，馬上就綻放笑容請他進來。

他問 Aventa：「我聽說這裡的醫生有特別的天賦，我對這類療法非常感興趣，是否可以深入了解呢？」

Aventa 被他特殊的氣質還有他身上散發的真誠所吸引，她心想：這個男士好純淨，氣質獨特，讓人無法猜測他是從哪裡來的。更觸動 Aventa 的，是他想要更明白無形世界的種種。

Aventa 於是也真誠地開口跟他說：「我就是當中的一位醫生，您聽說的應該是我治療病人的方式吧？您想了解哪一方面呢？」

這位男士很驚喜地說：「我一進門就覺得，您應該是那一位女醫生，很高興直接跟您碰面了！」

Aventa 請他進來診所會客廳。男士一坐下，就看到安達，因為感覺到特殊的親近感，而眼神滯留了幾秒鐘。Aventa 介紹了一下安達，他們互相點頭問好。

Aventa 坐下來，想多了解這位先生：「您為何對此有興趣呢？有需要幫助嗎？」

先生回答：「我不是來看病的，我只是無意中聽到這裡的診療方式，心裡有種說不出的感動，很希望在媒體上報導你們的事情。」

Aventa 很驚訝地問：「您是記者嗎？」

對方回答：「我姓方，叫漢民，是地方一個小報社的主編，我只選擇一些關於健康和對人有幫助的話題報導。不瞞您說，昨天夜裡突然醒來的時候，我自己也親身發生了一些特殊的現象：有股不知道怎麼稱呼的流體在我身上，從頭到腳，又從腳到頭，循環的流動。我原先以為自己在做夢，或是幻覺；但是漸漸的，我感覺到自己身體很放鬆，沒有任何緊張感，於是我就放鬆讓事情繼續發生。

「接著很神奇的，我的右腹部原先一直都有一些氣結，讓我常在緊張的時候微微刺痛，那個時候，我卻發現這個流動的力量穿過那裡。一開始很痛，但是過沒幾分鐘，就消褪了許多，感覺自己更放鬆跟無比的寧靜。

「我總覺得，冥冥之中，有些地球以外的存在，正在影響我們所有的意識，也正在解除我們身體受損的部位，我稱之為宇宙的勢能，那流動的力量，就是他們在跟我們人體做溝通的方式。這就是我昨晚的經驗，今天一早起來，我就決定來這裡與妳『會合』。」

Aventa 笑著說：「你有意識到你用了『會合』兩個字嗎？」

方先生笑著回應：「倒沒發覺，就這樣脫口而出了，呵呵呵！」

Aventa 接著問：「那你現在身體感覺如何？還有跟平常不同的反應嗎？」

方先生回答：「有的，那右腹部不再疼痛了，取而代之的是微微的沉重感，沒有昨晚的輕鬆，但是感覺自己今早起床有了不同的眼光去看世界。」

Aventa 回答：「這是很正常的，當你身上硬塊消褪時，會有一些時間，感覺那個部分很沉重或感覺疲倦，這主要是身體能量和高勢能能量正在做調整，讓身體和能量保護場的頻率一同提高，固定在某個健康的狀況。你所描述的，跟我所經驗的是一樣的。我想你一定是受了某些指引來到這裡，很高興你願意敞開來分享這些。對這個世界來說，將這些經驗坦白的陳述出來，並不是一件容易的事情；關於報導，我跟我的夥伴商量討論之後，再給你答覆，這樣可以嗎？」

方先生很紳士的說：「靜待回覆，那我先走了，很高興認識您！」

靛藍寶寶 Ico 出現在這位男士的身後，又隨即消失了！

★

其實，自從那一夜靛藍寶寶化身為人類以來，所有接受過植入意識的人，內在都開始漸漸轉變……

在某個地區，一個在鄉下種菜的農夫，他今天站在田野的時候，看見這些菜苗開始慢慢茁壯，接著又看到身邊的綠地隨著時間推移而越來越少，原因是：他所有親朋好友原本都是農夫，卻紛紛都轉行去經商了。只有他還是堅守著以往的農耕方式，慢慢經營。

今天他有感而發，覺得秧苗之所以成長，是因為大地賜予了許多滋養，而肥料或是農藥大部分都是為了要菜苗健康成長，設法灌澆在這土地上。他心裡想：「如果建造一個只單純靠土地和有機肥料而成長的蔬菜，將這些蔬菜放到倉庫中，製作成一些草食動物的養料；接著，讓這整個循環用最健康無害的方式去培育，並推出所謂的日光養料，我們人類也可以食用這些用日光養料培育出來的動物，那應該會對人體健康有很大幫助。

「讓一棵蔬菜長成有機植物需要的時間，比剛接受日光而發芽到成為小株植物所需時間還要多。如果用這樣方式，或許就不需要馬上用農藥殺蟲；在經過適當天數之後，就可以摘下小株蔬葉，製成養料；然後用日光將這些養料乾曬，延長保存期限。這樣或許對這片農地也是好的培育，讓更多天然的資源再度產生。」

農夫想到這裡，突然停了下來。長期以來，他並不是一個注重環保的人，大部分時間，他只是把自己的工作做完。之前的他，務農只是為了要謀生養家；但在今天，他看著這些發芽的苗，內心回想起第一次見到自己孩子出世的時候，那內心的快樂是前所未有的。他心想：「現在很多地方都已經開始撤掉農地，改建高樓大廈，經商或設置百貨公司等等，可以再見到這些秧苗的機會已經很少很少了。」看著這些幾十年來習慣如常的秧苗，他竟然產生了一種愛惜之心，一種看著生命成長的喜悅油然而生。

他回想過去：「以前，這些秧苗在我眼裡是那麼渺小，只不過是生活工具罷了，我迫切要他們長得好、長得美，就是為了要販售他們。」而這突來的感動，卻讓農夫想到自己的孩子：「現在在社會上，孩子就像這些秧苗，也是在種種壓力下被社會期待，被所有人看著。如果長的好看又有用，他就會被社會分配到很好的職務，如果他乾乾小小的，無法讓人一看就眼睛為之一亮，那麼他就要找到自己存活的方式。但是這些小秧苗，如果做成養料，卻可以培育一些非常優良的動物。

「那我希望我的小孩成為什麼呢？成為一棵被不斷澆溉、施肥、防蟲的漂亮蔬菜？還是只接受大自然的日光與土壤的滋養，而成為他自身的樣子呢？我賺了這些錢，就是希望他上最好的學校，在最優秀的環境，結交最聰明的朋友。但是如果我給了他最簡單的資源，告訴他：『在這一律平等的天地間，要從自然中去發掘你所要的養分，我可以給你的就是最基本的，剩下的，由你自己挖掘。』這一刻，他就從大天地間找到了滋養，他被宇宙眷顧了。」老農夫開始讓這些念頭和靈感從他內心中成長，放下他的鋤具，迎著日光，去感受日光的偉大。

想到此，農夫快樂地走回自己的家中，打了個電話給女兒，跟女兒說：「今天記得停下來看看周圍的生活，別拚命讀書，去看看外面的陽光，多麼燦爛地在照耀我們啊！」

電話那頭的女兒調侃了一下他的父親：「爸，你今天怎麼了？怎麼跟平常不同了？以前你老是關心我學業成績是不是有在水準之上，呵呵呵！」

老農夫收起原本很嚴肅、望女成鳳的態度，跟女兒說：「老爸想通了，在當下的所有一切，我們千萬別錯過。去去去，快走出去，看著外面的陽光，多美好！」

★

這個晚上，安達準備了一頓特別的晚餐——全是用薰衣草調製的餐點。安達用這頓飯感謝Aventa和Tom對她的協助。

晚餐中，Aventa還是決定不告訴這女孩，有關於靛藍寶寶宇宙計畫的事情。她看著安達如此安於當下，決定還是讓生命帶著她走，讓一切自然發生。

Aventa跟Tom兩個人就像享受天倫之樂一樣，這個女孩就像她的妹妹。Aventa決定先好好整理自己的內心，Tom也相當有默契，沒有將這個話題帶入晚餐中。Tom知道，讓年輕生命突然知道這些天命，或許就要面臨上蒼的磨練，想到此，他們內心是不捨的；再多的勇氣，對於一個剛開始的生命來說，或許會過於脫離世俗，所以兩個人只是開心地吃著安達的晚餐。

安達則對於看到更多神奇的訊息感到很高興，她興奮地說：「我如果真是一個通靈者，就太棒了！」

Tom 反問她：「為何妳認為當一個通靈者很棒呢？」

安達回答：「可以協助人啊！而且發生什麼事情都可以預先知道，如果有什麼災難來了，我們就可以跟很多人說，他們或許就可以趕快逃難。在日常生活中，呵呵，你看我還可以知道考試內容，還有……可以知道對方是好人還是壞人，那我就什麼都不用擔心了，不是嗎？」

Aventa 也笑著問她：「那如果這個能力只用在他人身上，看不到自己的，怎麼辦？」

安達回答：「看不到自己的？喔，這個我倒沒想過，我想一下……只能看到別人的，但是自己的部分還是會擔心……這樣很偉大耶。」

Aventa 向安達解釋：「擁有這個能力，可能需要更多智慧去協助別人成長，收不到自己的訊息，因此就可以不要把眼光注視在自己身上，這或許不是件壞事。」

安達抓了抓頭，說：「我還是希望什麼都可以知道，可以掌握最新情報，這樣比較安心！」

Tom 和 Aventa 大笑了起來，大家又繼續用他們豐盛的晚餐。

這時候，靛藍寶寶和光群天使也都圍繞在他們身旁，陪伴著他們的整個晚餐時光。光群天使們揮灑著愛之光，讓他們三個人彼此更融入對方，讓信任之流深入他們生命中，共同陪伴對方成長。

光群天使們看著 Aventa 不斷焦慮的心、安達年輕不經世事的熱情、Tom 扮演著中立和觀察的角色……期待這三個人共創出來的互助能量，可以感化其他身邊更多人。

靛藍寶寶跟光群天使們說：「會陸續有靛藍寶寶化身的人類接觸這三個夥伴，這將會是精采的生命故事，請天使們安靜的陪著他們。」天使們笑著點頭，相信人性總可以創造出令人讚嘆的戲劇。

13 與黑暗狂舞

在人的本質中，有黑暗跟光明的種子；當光明的力量一直照耀著人類，人類的黑暗就會無所遁逃。修行就是要讓這個黑暗暴露出來。與其說上帝在試驗你們，倒不如說，是黑暗種子被照射到光；黑暗也在適當時機想要呈現出自己，而種子會藉由人、事、物等環境因素，去碰撞、引發。

自從那次晚餐後，Aventa 不但沒有變得平靜，反而有關她父親的死亡記憶不斷湧現在她的生活中。她開始將這個痛苦投射在安達身上，對親人的保護責任和靈界導致她不信任的情緒，不斷地交織著，打擾她原本好不容易找到的平衡。

這一切都似乎在那一夜之間又變了，她開始看到安達絲毫不防備的給一些來診病人訊息。一開始，Aventa 擔憂她個人會受到很多磨練；但是漸漸的，她看到安達率真不掩飾地將訊息脫口而出，這都會影響病人個人的生命選擇。Aventa 開始將她自身的投射，擴大成對年輕人的不信任，這些變化在那天晚餐之後，一天比一天明顯。

起初 Aventa 不斷壓抑，但是她對這些湧現出來的負面情緒有點應接不暇。她試著回到原本愛護安達的那種平靜無私的心，卻反而出現了許多對父親的愧疚感，以及想要掌控安達的權威欲望。Aventa 開始進入了宇宙安排的遊戲規則，開始扮演起人性衝突的角色。

這一天，她看到安達，脫口而出地怒斥安達：「即使妳看到了什麼，對病人也不應該說那樣的話！」安達吃驚地看著 Aventa，她一直很信任 Aventa 給的建議，她緊張地問 Aventa，她哪個部分做得不好？安達解釋，自己沒有發現病人感到不舒服。

但是 Aventa 並不給安達機會，她強勢的回答：「比如說，妳看到病人的親人即將要往生，或是產生病痛，妳這麼直接的說出來，會造成人的混亂。妳應該學習更尊重每個人經歷自己生命的權力，更何況，如果訊息不是真的發生，那妳是不是影響了他的念頭？」

安達傷心地回應 Aventa：「嗯，我會再更小心的！」安達悶悶不樂的離開，去準備下午的工作。

這是第一次，Aventa 這麼嚴厲的跟她說話。整個下午，安達開始無法專注平靜的接收訊息了，開始擔心自己所說出的訊息是否會導致對方的不良影響；她同時也感覺到，Aventa 坐在另一個房間，很仔細的聽她跟病人的對話，整個診療過程，安達坐立難安，更不用說順利的替對方服務了。

結束後，安達一句話也沒說，拿起自己的包包，匆忙回家去了。Tom 感覺到不對勁，也看到

Aventa 神色凝重。

正當 Tom 準備起身的時候，Aventa 跟 Tom 說，明天開始由她自己來給訊息。Tom 問她：「可是安達表現得很好，妳覺得她做不好嗎？」Aventa 沒有任何回應，離開了診所。

房間裡，只有 Aventa 一個人，她哭了。她發現自己原本對這女孩有很深的保護，現在卻參雜一些無法控制的憤怒；Aventa 看到自己不再有自信了，她困惑著這些情緒的來由。剛開始，她非常讚賞安達的熱情和信心，但隨著一天又一天過去，眼看安達的能力進展，Aventa 開始不安：自己是否只是為了找尋安達，在這之後，她就會成為一個不被重視的人？

這些情緒來得如此直接和龐大，令 Aventa 措手不及。她很慌亂，原本的寧靜一下就被摧毀了。她開始恐懼安達的能力，因為安達是如此純粹而無懼，遠超過 Aventa 自己；同時，也把她不想失去父親與室友的自責心，也加諸在安達身上。

這一次，Aventa 也不想和 Tom 討論這個問題，她覺得被發現這狀況是很可恥的。於是想請天使們幫忙，可是天使並沒有出現；她呼請靛藍寶寶，結果也毫無動靜；她試著靜心冥想，但是根本無法放鬆。幾天來，Aventa 無法入眠，自責、恐懼與忌妒的情緒環繞著她。

忌妒之火越燒越旺，她覺得自己身處在地獄，無法清明的覺察；此刻的她，無法思考、無法入睡，也無法傾聽窗外的蟲鳴鳥叫。

連續好幾天，Aventa 都沒有出現在診所，安達跟 Tom 也無法聯繫到她。

安達很快地又恢復自己單純傳訊息的狀態，Tom 鼓勵安達，告訴她：「信任宇宙要傳達的，放鬆的做當下該做的事情，每一天都要靜心兩小時，不介入過多的自我意識和判斷，看到什麼、收到什麼訊息，就告訴對方，只要是對方允許的情況，妳都可以很真誠的說出妳所看到的。」

安達點點頭說：「我會盡力做到！」

安達的心還是有受到 Aventa 的影響，每一刻都在反省自己是否做錯事情。不過，只要進入診療室，她就發現，存在的力量比她強大很多，她無法用小腦袋去抵抗一切或修飾，只能放手讓這些東西穿越她說出口。

但是，Aventa 的指責已經影響她原本更瀟脫的心，天使們又再度出現在安達身旁，天使們知道安達正在學習成長，也在更成熟地成為自己。Tom 跟安達擔心著許多天沒來診所的 Aventa，他們總不自覺地往門口望去，希望 Aventa 趕快出現。

Tom 沒有直接去找 Aventa，他信任生命之流，他信任 Aventa 是受神所眷顧的，她一定是在經歷她內在深沉的黑暗；Tom 知道，安達的純淨跟無懼，會影響 Aventa，讓 Aventa 看到自己所逃避的內在，所以他放下往常的擔心，只是全力照顧來診的病人。

Aventa 在屋子裡，又再度感覺被神遺棄了。就像感覺到正在失去第二個父親一樣，她無法振作精神，這種情緒的反差，大到讓她無法掌握。

每天她就只是躺在床上，任由這些情緒侵蝕著她，她開始想像 Tom 因為遇見安達而放棄她，開始覺得自己不斷被拋棄、被遺忘，被親生父親和她所敬愛的上帝忽略了。這一年來，她覺得這些神蹟都只不過是為了尋找到安達，她第一次覺得自己就像是剛學會走路的小嬰兒，開始想到自己也需要很多愛，她想：「現在擁有什麼會讓我快樂？」她想到的是大家的關心和鼓勵，她也想到，如果她是安達，或許就不會有這麼多情緒擔憂了。

Aventa 逐漸失去自己原本的能力，她比往常更恐懼，無法再連結神性的指引，她病了。這變化太快了，快到幾乎就像回到數十年前失去父親般的受情緒左右；她重新再次經歷了與當時相同的感受，重新沉溺於當時的憤怒與抱怨。她既不捨得安達受苦，也不願意安達超越她，這是個非常難以理性排解的情緒；她甚至覺得想要毀滅自己，免得去傷害這些年輕心靈的自我學習。

光群天使這時候很安靜的站在她身邊，看著 Aventa 掉入自己的黑色意念中。光群天使還是不斷的保護她，天使們知道，這是生命的遊戲，沒經歷過分裂的痛苦，就不會祈求合一的喜悅。

只是這個功課來得非常突然，天使們只能輕輕地用很隱晦的聲音傳給 Aventa：「這就是學習，妳是被保護的，就跟所有世間妳看到的幸福的人一樣，他們也有許多天使圍繞著，保護他們。妳也看到正在經歷煎熬的人們，也一樣有天使在圍繞，等待他們重新領悟。加油，Aventa，只有自己經歷痛苦，才懂得靈魂施捨的願力！」

Aventa 並沒有馬上聽到他們的鼓勵，但是天使意識已像微風般進入她的腦中，只待她再度覺察到這些叮嚀。

幾天後，Aventa 終於出現在診所中。她顯得很疲倦，就像歷經戰爭煎熬一樣。這幾天她窩在自己的小屋中，即使沒來上班，也無法好好休息，因為她躲不過那千愁萬緒的念頭蜂擁而來。今天好不容易恢復了自己某部分的清醒，她盡力將自己拉到一個清明的狀態，在這種狀態裡，她可以觀察到自己的思緒。

Tom很親切的歡迎她回來診所，他看到Aventa很疲倦，於是去泡了壺草藥茶。他觀察到Aventa的臉相有了變化，眼神也變得閉鎖；她也在逃避Tom的眼神，因為現在她無法敞開面對Tom。Aventa只希望像個隱形人一樣，看看朋友就隨即離開。

Aventa問了一下安達的情況，Tom很開心地說，她表現得很好。Aventa內心很複雜，既為安達感到開心，但是又有一些未解的防禦情緒，她看到自己又更恐懼這個小女孩超越過自己了。Tom看到Aventa眼神很不尋常，也不再繼續多說。

Aventa要離開診所了，臨走之前，她跟Tom說：「這個女孩還不夠成熟，診所是我們的，要注意！」Tom很吃驚地看著Aventa，看著她獨自離開診所！

因為人性的拉扯是瞬間的，這就是宇宙無法下降更多高等存在至凡間直接幫助人的主要原因，他們進入黑暗恐懼中，會吸引來不同能量層面的存在；天使們和靛藍寶寶一直在試驗純真人類，但是並不會放棄人類，讓他們直接越陷越深，在他們的身上還是有條宇宙光明線，並沒減少與光明連結的力量。只是，人類的意識是開放的，可以自由選擇所有要呈現的狀態，所以，常常有人說「修行在各人」，神佛也幫不了自甘墮落的凡人！

舉例來說，如果光明界有神明護持，黑暗界有魔鬼主持，那麼人就是介於兩者之間，任君擇一。但是天使或光明界從未放棄過你，只要在你需要掙脫黑暗的侵蝕而發出求救信號的時候，他們必會大力支持、化解危機。

Aventa 在經歷魔鬼的進入，她可以決定何時回到光明的自性；天使和靛藍寶寶遠遠地看著 Aventa 的煎熬，尊重她的選擇。

但是，為什麼吃完那一頓晚餐後，Aventa 瞬間變化了呢？是靛藍寶寶他們策畫一切，引來魔鬼入住，來鍛鍊 Aventa 嗎？神在測驗人類，這是人們概念中的神嗎？神不是那麼的慈愛和保護人們嗎，怎麼會測驗呢？

其實，在人的本質中，有黑暗跟光明的種子，當光明的力量一直照耀著人類，人類的黑暗就會無所遁逃，修行就是要讓這個黑暗暴露出來。與其說上帝在試驗你們，倒不如說，是黑暗種子被照射到光；黑暗也在適當時機想要呈現出自己，而種子會藉由人、事、物等環境因素，去碰撞、引發。

神在試驗的不是人類，神只是允許人類自由選擇。面對黑暗、衝破黑暗種子的人類，就可以去了解人性的這兩種種子；無法面對而一直逃避壓抑的，就會永遠在某個修行階段，無法跳躍至更美好的常樂。要超越黑暗種子的侵蝕，唯有往內走、往內看、往內發掘，不把這些憤怒、恐懼、憎恨過多地放置在外在世界，去創造黑暗戲劇。

靈魂和宇宙之間，眾神與人類之間，擁有一條細長的銀白線牽引著，人類如果不拋棄所有光明界的種子，光明還是會在適當時機協助人類，回到本我的愛與平靜；只是這個過程中，需要人類的覺察和祈請協助，臣服於宇宙萬法、光明與黑暗一體兩面的運作當中。

讓光明滋養身為人類的活力和信心，讓黑暗明白人性的自我包袱，這兩者都是重要的宇宙力量。善用與駕馭這些種子萌發的訊息，就是智慧；接受自己的黑暗與光明，就是慈悲。往自身內在返回的真諦，就是接受自己也是宇宙萬法的一份子，眾生也是其中一個光明與黑暗分化的肉身。在這些過程中，也許艱辛難受，有心者向宇宙祈求協助，沒有宇宙概念的，也可能沉浮在兩者之間。

萬法藉由靛藍寶寶、天使們和正在經歷魔鬼經歷的 Aventa，告訴人類：駕馭你逃避的魔鬼，讓魔鬼成為黑暗本身，去與更高的光明結合。

魔鬼這一詞，是人類對自身內在黑暗種子的命名，而光明種子就是神性，這些種子在每個人類意識中都占有相同比例。有些人因為靈魂累世豐富的經驗，學習到如何讓種子平衡發展，這些人在世俗和精神的生活都會比較平衡，有明顯可見的成就發展，他們善用黑暗的種子力量，去襯托光明種子，呈現出豐盛，也臣服在光明種子的莊嚴之中；另外，也有些人在轉世經驗中，光明種子呈現的光芒勝過於黑暗種子，雖然他們的外表顯現出純真可愛的光明，但是有可能會欠缺更深沉的影響力。

萬物都喜愛太陽，但是如果二十四小時都只是光亮，那人們將無法品嘗月亮的陰柔，與大地相互交融，悠遊於宇宙的子宮中。相反來看，如果人只是盡其可能發展黑暗種子的威力，必定會陷溺於痛苦之中，看出去的世界必定是陰暗、不協調的，無法信任人性，更無法信任自己；他只信任黑色的力量，孤獨冷漠，憂愁悲淒，久而久之，也會呈現出缺少活力、不健康的狀態。

所以，光明與黑暗種子，創造了投射在外面世界的上帝與魔鬼，人們以為他們是外來的，分成兩半在外在環境影響人們；其實正好相反，是人們擁有兩種種子，而呈現隨之吸引來的生命情境。

每個人類平等的擁有相同的種子，相同的質地、分量，或是可以使用的權利，這就是佛家說的眾生平等。佛家也提到萬物一體的概念，既然種子與世界宇宙的萬事萬物都是互相聯結，都是其中一分子，分化成的肉身便有相同的資源，可以成就內在的平衡與自在。人類將會發現，**所謂的宇宙大奧祕，原來是自己內在種子與宇宙相應，而成為內在小宇宙；自己是上帝也是魔鬼的製造者，人類若拋下所有對外的投射，深入內心，這世界就會產生大蛻變**。

許多人因為內心的黑暗種子受到外在恐懼謠言的渲染，開始恐慌地球的未來，好比外星人攻占地球，或是地球毀滅等說法。如果更內在的黑暗種子因此萌芽茁壯，黑暗的小宇宙便會與其他人類黑暗小宇宙共振，那麼，即使並沒有外星人攻占地球的事實，也有可能因為人類的恐慌，而吸引互相攻擊，恐懼之樹將引發另一片恐懼之林。相對地，如果人類內在的小宇宙得到揚升，而淨化光明種子的信任力量，與同伴互相呼應，漸漸的，外星毀滅之說將成為宇宙的某一隅傳說。

二〇一二的大變動所要帶給人類的祝福就是：人類終於會找到內在這兩顆種子，明白這種子的真實意義，漸漸的，地球將會進入一個美妙的、振動著人類所創建出來的美麗新世界。海洋將洋溢著太陽與月光的混合光波，此起彼落，和諧共振；山巒將扎根於雄偉的大地，倘佯在藍天白雲之中；世界的五大洲將堅守大自然的風景，躍進更偉大的科技歷史；地球開放在寬闊的宇宙中，接引無數的高頻光率，洗刷、沖淨地球的負面歷史；而人類可以不分種族與政治、宗教，將神性栽種於每人的心中，黑暗則成為支持著我們淨化的原動力。

這是可預見的地球將來，這才是地球的原貌，這才是耶穌基督、佛陀和偉大的成道者們所見的地球原貌！這些精神他們播種了千千萬萬年，如今的人們將要發揚這精神，讓這精神永遠延續，將真正的精神世界，在地球物質世界發揚光大！

越來越多光的使者與無數的通靈管道，將這些訊息帶給人們，人們自己既是佛，也是上帝，更是消滅魔鬼之說的勇士；同時，古老的力量從來沒消滅過，只是退隱在某個時空中，伺機待發，這早已平衡在光明與黑暗之中的遠古力量，在人類準備妥當之際，便會勇敢重現。

古埃及的神祕力量，比過往更純然、更完整，經過人類意識萬年的淬煉，古文明不斷接收到更精純的能量蛻變之力。再過不久，這古文明將會被大眾廣泛發掘與善用，它會合併科技發展的新技術，引導埃及古文明宇宙之效能，取代所有影響生命和諧的破壞和物質濫用；大宇宙科技效能，將在百年內取代核能，取代大地資源的掠奪。

人類的身體所需要的食物，也會越來越不同於現今。人們將不再大量食用動物，只食用較不會讓人產生暴力的食物，讓光明支持著人類的互助互信，開發更多有能量的新食物。這是宇宙的愛，旋繞在地球四周的揚升大師們，渴望地球迎接一切的蛻變。

遠古文明這麼隱退的藏匿在地球大地之內，醞釀了許久，終於要再度綻放，喚醒人類意識。

在天空中，人們有大師們的眷顧；在地球內部，人們有古文明的滋潤；在地表上，有幾億人類等待萌發的種子。

從二〇一二年開始的九年間，將會有美妙的奇蹟，讓一切正在變動的天災地動，讓已經喪生的美麗人類，成為眾神的天使，共同祝福地球！喪生的偉大人類們，在光中洋溢著幸福的微笑；在宇宙間勇敢地示範了生命的燦爛；在每個人類地球的災難中，堅守靈魂不滅的法則，瞬間湧入天使群們的帶領，順利的進入光中，正因為即將要投胎成新人類，而沐浴著光與愛。

宇宙並不是犧牲這些人，讓他們深入困境，而是為肉身的存在做一個很好的提醒。在那一刻，地球的動亂中，聚集在他們周圍的是宇宙菩薩與天使們的守候，等著他們在那瞬間離開肉身，將驚恐化為慈愛，將大自然的巨大能量瞬間爆發出來。

大自然的力量遠遠強大過地球現今的頻率，所以，這些災難影響人類的，不會多過於大自然爆發之後所存在地球的高頻能量，更別說人類在這空間的死亡所影響殘留的恐怖意識。大地盡一切力量擴展他們的內部威力，就是為了這集體意識的大躍進。

將這些訊息傳遞給還停留在地球的人類，是現階段靛藍寶寶與光行者所必須盡力做的。讓人類從中學習到真正的宇宙運行之道，跨越恐懼之心，信任災難的背後將會帶給人類無窮盡的精神意識，藉此，人類再重新連結遠古時代純真無暇敬愛大地之心……

Aventa 一下子從夢中驚醒。她在夢中，見到一位白色長鬍子的老先生坐在她身旁，陪伴她閱讀一本宇宙之書。

Aventa 在最後還問老先生：「為什麼我最近會陷入忌妒的束縛中？我覺得很難受，忌妒會使我看不見生命的美好，有時候，幾乎要抓狂去傷害人，我甚至想要編造很多無中生有的言語，去陷害那個人。

「以前的我，未曾有這麼大的忌妒心，想要贏過任何人；以前我選擇了逃避世俗、逃避人類，我讓自己過得很平凡。因為是我自己選擇平凡，所以對我來說，別人取勝也是必然的；但是這段時間，我去真心扶持他人，卻覺察到有種權威自心中升起。

「當我看到身邊有人曾經是比我更需要幫助的，現在卻好像比我更優異的時候，我感到非常的不安，我無法真實去面對這種現象正在上漲。我覺得我失去 Tom 了，以前的 Tom 只會像個大人不斷呵護她，現在 Tom 卻正以她的力量在協助其他人。Tom 不再只有我……」

Aventa 的內在非常失落，她正在失去她原本單純協助人的心。

白鬍子老先生轉頭對她，回以滿滿關愛的眼神之後，隨即消失了。

Aventa 醒來後，回想在夢裡書上所見，她試著讓自己在這兩個極端矛盾的情緒中保持中立；但是情緒的反差很大，她一下子感覺忌妒燃燒著她，一下子感覺自己是美麗的管道使者。Aventa 請求上天回應她，告訴她該如何是好，卻始終沒有收到訊息。

這時，Aventa 突然想起來，在所有療癒中，身心靈是一體的。以前的她，總是先透過靈魂感受上帝的撫愛，進而進入到心靈中，然後再回到身體的力行，往往因為她深受愛護，對外在現象能夠很快便釋懷。但是這次，靈魂似乎遠在他方。這是第一次，她感覺自己要獨自面對，決定從身體層面著手。

她回想，忌妒的能量總是從自己胃部生起一陣憤怒，接著會湧上心頭，感覺自己不安全，所看到之人或投射的對象只要有什麼舉動，便會有種種衝動想要去否定對方。這樣的能量生起、湧現的感覺，正是她困擾的地方。

Aventa 想，如何藉由運動和身體扭動去排除它？於是她急促呼吸幾次，看能量是否有反應。她用口呼吸，持續五分鐘，再停下來。她覺得這似乎有點影響，但是比較多能量還是停留在胃部，無法將這個能量代謝掉。於是她又換了一個方式，一邊用口急促呼吸，一邊將上半身往地下垂，一上一下伴隨著呼吸；這時候，她覺得自己身體無法承受這樣的擺動。

她想到試著用意念一邊做動作，一邊引導這些情緒。她還是一邊急促呼吸，但這次她躺著，想像有一把光明之火，從天上而降，降至胃部的上方，開始燃燒，而呼吸如同在加速這些情緒湧出身體之外，火瞬間燃燒情緒；這時候，Aventa 感覺降低了這些情緒，她起身，順著身體自然反應，全身不停輕輕抖動，感覺身體有股沁涼的泉水，從頭頂灌至腳底部。

她繼續抖動身體，覺得似乎藉著這些引導方式，可以將自己的情緒分散出去。抖了將近二十分鐘，她開始緩慢下來，身體漸漸平息，乃至不動。她坐下來感覺，難受的情緒少了大部分。

Aventa 覺得很新鮮，以前她認為靜坐冥想就可以平息很多念頭；現在她發現，引導那股情緒引來的身體能量亂流，是可以用在治療上的。於是 Aventa 決定深入研究這些方式幫助自己，也許，以後也可以帶給診所更多新的療癒方式。

Aventa 感覺到自己開始可以去面對每個不同層面的自己，她覺得，自己或許不需要別人的肯定來建立自己的信心；對於忌妒的感受，多半是來自於不夠信任自己的存在價值。她決定好好的從身體著手，去發掘更多治療自己的方式。

Aventa 坐下來，回想夢裡對於天災變動的訊息，她倒是真的沒想到這一層面。對於每次地震或是海嘯等，造成那麼多無辜傷亡，她都會傷痛地問老天，為何沒有好好照顧人類蒼生？這些傷亡者的家屬、活在世上的人，如何面對這大自然的災變？海嘯造成的連鎖反應，怎麼會是宇宙的祝福呢？難道，按照夢裡的訊息所說，大自然是為了要釋放大勢能，才如此行動？那不能避開人類生存的環境嗎？這些死亡的人，是早就被選擇，所以菩薩和天使們早就接到通知等候了嗎？如果是這樣，為什麼必須犧牲那些人的生命呢？他們為何被選擇死去呢？死亡後，他們去到光世界，到底對地球有多少的影響呢？

Aventa 有無數的疑惑，於是向高等存在發出詢問的念頭，是否可以對於她所疑惑的提供更多回應？她沒有被夢裡接收到的訊息說服，她需要更多的資訊。

說完，Aventa 一陣暈眩。這次她不是收到靛藍寶寶的訊息，而是看到一道白色瑩亮的光進入她的腦中。她看到夢裡的那個老先生，他自稱是白長老，來自於第九次元光合體，是宇宙的源頭境界合體之光，來到地球協助重大蛻變的主要精神體之一。他們會分化出各種不同顏色，守護正在執行的高等存在。每道顏色的光芒中，可用肉眼分辨出來的是七彩光，還有更多無法辨識的合體光源，都會在不同時間點，顯化成歷史中享譽盛名的各個精神領袖，比如佛陀、耶穌等等。

長者說：「我是白長老，想要用一種更輕鬆的方式接近人類夥伴，也想用全新的視野，將智慧傳授給你們。妳此時召喚我，也傳遞了幾個疑慮，我聽到了，是否允許我回應妳？」

Aventa 回答：「非常願意。」

老者接著說：「今早夢裡，是我傳遞給妳這些訊息的，我可以一一回應妳的疑問。

「第一，有關這些喪失性命的人類，他們為何被選擇與大自然災變同時化成光？原因是，在每一個地區，地球板塊都會有較脆弱和較堅強的地點，地表底下，還有許多人類未能認識的大自然勢能，他們不斷的蓄積許多未來將被人類使用的動能。

「比方說，在某個地點發生了大海嘯，但是地球這個地點的底下，卻是充滿著大自然動能。當地球表面已經能量耗竭、疲憊不堪了，這些脆弱的表面開始負荷不了地底下的大勢能，無法支撐內部的大變動，就像流水從高處往低處流動一樣，能量高的覆蓋能量低的，就是這樣的原理，造成那個地點的海嘯災變。

「而在地球上方的人類，他們在靈魂的意識中，早已感覺到自己處在一個表面脆弱、將被覆蓋的危機中，所以在發生海嘯前兩年的時間，靈魂早已向宇宙發出接受援助的信號，早已經準備好即將死亡的意願，也願意投身於宇宙的光世界，減少人類在地球的負擔。所以，靈魂便在事情瞬間發生的時候，馬上回到光世界裡。

「而他們待在光世界裡，有什麼幫助呢？首先，他們減少了人類的意念負荷。他們離開肉體，進到光世界，可以與其他頻率的神性，共同輔助他們的靈魂家族回到光世界。他們跟著一些神明共同祈福，可以輕易地找尋到散布在世界的靈魂家族，維持他們活在人間的自由；因為沒有肉體的牽絆，他們可以運用靈魂純淨的本質，不斷地清理自身殘留在肉身的負面情緒，也進而協助還活在地球的家族們。這些人的靈魂早明白自己居住在地球脆弱的地表，他們願意退居在深山中，專心修行，去幫助其他人，只是她們選擇了死亡。

「不過有些選擇喪生的人，可能是因為靈魂家族長期處在很沉重的業力循環，無法進化提升，他們的靈魂便會在深夜裡去尋找各種可能性，以便回到光世界中。所以妳也會看到很多朋友，在這個階段會自我毀滅，或是精神失常，甚至有更多的暴力事件、互相殺害，這都是整個宇宙大蛻變所產生的情況。他們會讓自己肉體承受過多靈魂家族業力，而自以為自己痛苦不堪，於是自我殺害；表面上，旁人認為他是因為愛情或事業的失敗而喪生，但是在靈魂上，或許他們卻可以回到光世界去服務！所以，與其說他們被選擇死亡，妳也可以說，他們自己在兩年前就已經決定死亡。

「在地球蛻變的前後，會有許多法則正用大視野在執行。許久以前，地球有自己的法則；漸漸地，演變成大宇宙法則。所以，地球人的命運運作方式，已經不再是五十年前了。妳會發現，在這近五十年來，有很多新觀念不斷進入集體意識中：創造命運，成了新口號；修行不再是苦修，大多是在鼓勵人找尋內在的喜樂與自身的自由、快樂。

「大宇宙法則，就是將常年規律運行的地球改造成更活躍的一份子，地球開始在宇宙法則的影響下，活化它長期的結構。所有舊式觀念正在受大宇宙法則更改中，人開始有自由意志的產生，也開始不再以物質成果去印證自己的能力和優勢；然後，漸漸地，會有宇宙觀導入人類命運中，他們開始變成了高等存在，善於服務和供給平衡。他們不再只是印證那個『除了神的統治之外』的自己，而開始擴大到『他們就是神本身』，接著，他們像神一樣創造和平的新世界。

「二〇一二年的蛻變就是：人開始知道自己就是神的一部分，開始開放給光子帶的能量運行，然後他們服務他人，服務外星其他存有，服務那些還是過往地球形態的外星者。

「一部分比地球勢能更低的外星生物，絕對會經歷像先前地球的神性統治權威；然而，此星球的生物意識高漲，會開始分化成像人類一樣的一個個生物，他們分開在能量團體中成為個體，開始尋找自我；接著創造科技，物質顯像世界，然後他們蛻變，進入光宇宙中。到時候，地球人便是這些星球的高等存在，會協助這些低等外星球提升，如同現在高等外星存在正在協助地球一般。」

白長老說到這裡，Aventa 完全無法有任何反應，她很震撼自己會知道這些訊息。對於這些她從未思考過的資訊，她實在太驚訝了，此刻已無法分辨是否是自己腦袋的奇異想像。

還沒來得及說聲謝謝，白長老就又消失在 Aventa 眼前。Aventa 趕緊把這些資訊記錄下來，深恐遺忘任何一個細節。她知道還有很多很多疑惑可以不斷提出，她期待白長老會再度出現！

幾天以來，Aventa 開始挑戰自己的黑暗面。她嘗試用身體動作或冥想方式轉化能量，也嘗試直接進入更黑暗的狀態：當她覺得自己不被重視，她就允許自己進入更擴大、更嚴重的感受；她開始容許自己像個叛逆的青少年，完全拋開靈性或智慧的概念，全然進入這個充滿抱怨和憤怒、忌妒的情緒中。

她開始想像最糟的狀態：所有人羞辱或忽略她。她假想安達就是那個更大反叛者，可能在某個時間點完全拋棄她；Tom將再也不信任她，甚至開始漠視她的狀況。接著，Aventa又開始想像，所有病人看到她時會產生反感和不信任，比方說，發現Aventa就是一個善忌妒的婦人，或是覺得Aventa是個傷害安達的壞女人……等。

這次，Aventa允許自己拋開所有美德的規範，獨自在完全不開燈的屋子中，變成黑暗本身，她將所有不能忍受的情境展現出來，就像在導演一齣戲劇一樣，自導自演，自我想像。接著，她突然感覺自己身體有股往外衝撞的勢能，很想自我毀滅，覺得自己承受不了這股勢能，她需要發洩！她需要用自己身體去碰撞牆壁！

這時候，有個聲音告訴Aventa：「轉化它，不需用傷害自己的方式，妳可以拿起跳繩，將這些能量轉化成動能，讓這些能量成為和諧的偉大力量！」

Aventa咆哮地說：「要怎麼做！我覺得我啟動了黑暗的力量，這力量比情緒更大更壯，我承受不住了！」

這聲音接著告訴她：「將這個龐大力量怒吼出來吧！這是一個封閉的屋子，妳可以盡情以不傷害自己的方式去宣洩。」於是Aventa拿起了一條繩子，拚命地跳著。當她跳的時候，開始忽略情緒本身，但是她一邊跳，一邊嚎啕大哭起來。

這時候，她根本無法用頭腦批判她自己，因為身體和思想都被龐大的勢能淹沒了。她接著聽到一句話：「用力大吼出來！進入黑暗本身，靠自己的力量轉化黑暗勢能，駕馭它。」

Aventa突然停止跳繩，她覺得身體負荷不了，感覺自己非常非常的悲傷，只想拿起一條柔軟的小被子，像是個剛出生的嬰兒，拚命地哭！想像自己在很小的時候，母親就因為暴風雨意外而離開她，那時候她就是在被子裡喊著要見媽媽，她當時不知道，媽媽不可能再回來了，她只是很單純的哭著。

現在她抓著被子，哭得更無助，沒有理由地為自己哭泣。

感覺在被子裡的她，需要完全的哭泣；這時候她需要的，就是全然地引動這些壓抑的情緒。

她不再批判自己，她越哭越有勁。

過了許久，當她再度恢復平靜的時候，突然很想任性地亂踹屋子裡的東西，如實當個造反的小姑娘；她不在乎任何年紀的規範，開始覺得，為什麼她要活得這麼循規蹈矩？她不想再模仿上帝的形象，不想再跟在上帝的屁股後面，不想要做個端莊賢淑的助人者，她想要回到原始本能，不再是治療師，不再是自然藝術工作者，更別說是個傳遞真理的通道，這些都不再束縛她了。

她從被子裡鑽出來，一開始，她先將屋裡的東西隨意亂丟；接著，她開始脫光衣服，扭動自己的身軀。她也感覺到體內的動能改變了，身體開始自動擺動，原先是不規律的，但是接著是有各種形象呈現在她的身體能量中。

首先，她變身為女巫，邊唱邊跳祈雨舞；Aventa 一邊舞動，一邊憶起曾經在某一世的她，就是這正在呼風喚雨的女巫師。她感覺眾人都在注視著她，她盡情的召喚著上天，稟告上蒼，這非洲土地已經許久未落甘霖，請神明祝佑。

跳著跳著，她的右腿開始僵硬：她遭受了一個意外，她不清楚來自哪裡，只感覺那個痛楚上升至她的右腰部。從那一刻起，她再也無法跳舞祈禱了，她失去了女巫的某部分能力。接著，她看到當時那個製造意外的白種人，他是個很嚴肅的士兵，Aventa 很驚訝地，看到 Tom 就是那個士兵！

他很嚴厲的對 Aventa 說：「不許在這個地區用這些迷信欺騙大眾！這裡現在是我們軍方的陣地，請妳跟妳的家族一起遷移離開！」Aventa 帶著她受傷的腿，離開了這個地區。

接著 Aventa 變成了另一個形象，她看到自己在西班牙，有白種人的肌膚，是一位男性，正在寫一本小說。她知道這次自己是個有名聲的藝術家，畫畫是他的本行，而寫作是另一個興趣，他出生在衣食不缺的家庭，可稱得上是富家子弟。

這時候，他放下手上的筆，去參加了一個大型的舞會，邀請了許多嘉賓。她正與一位很美麗的女子共舞，很陶醉地與這女郎分享著這美好感覺的時候，有個年輕女子衝到他們面前，跟他說：「請你不要再欺騙大眾了，說什麼你感覺到上帝與你同在，藉由這個製造自己的名聲。你要明白，你是靠著你的家世成功的，無須再說你有多少智慧可以幫助人，我覺得很虛偽！」

那一世的他停下舞蹈，那女子繼續說：「有一次，你跟我的父親說：他應該停止那樣的職業，應該回到正直之路……哪門子上帝渴望見到他回到正途！結果我父親當天晚上便自殺身亡！就是因為你！」女孩轉身便離開這屋子。Aventa 感到自己就是那一位畫家先生的身體，他很驚愕事情會演變至此，後悔自己並沒有顧及全面，就告訴對方這些訊息。

Aventa 因此明白，為什麼她害怕臣服在上帝的引導下，完全奉獻出去。接著，她的舞伴就是此生的安達，非常溫柔的告訴他：「你永遠不可能為其他人負責，他的自殺是選擇生命的意願，別受那個女孩影響。」Aventa 離開了舞會，感覺身體很疲倦，自責自己傷害了別人。

接著，Aventa 脫離了西班牙的那一世，開始變成另一個身體。她不知道自己變成了誰，但是卻聽到有人在對話，是那憤怒的女孩，正在跟他的男性夥伴描述剛才的情況。

那女孩正憤怒著說：「父親一輩子出不了頭，畫作不但沒被欣賞，還一生窮困。而他憑什麼有那樣的家世卻頗負盛名？我父親是自己喝醉意外死的，才不是自殺，就算他不務正業、好賭，也用不著那富家子來勸誡！」Aventa 發現自己變成了這群年輕人的夥伴之一，她原來是被忌妒陷害了。

感受到這裡，她完全回到了當下。最後一個畫面，是那西班牙畫家並沒有在下半生快樂的作畫。他似乎不知道實情，身體逐漸變差，這也導致了他無法信任上帝的原因之一。

Aventa 想，忌妒可以傷害一個人這麼深！她想起安達，就是那時候與他惺惺相惜的女伴，而如今，Aventa 把所有情緒都錯亂地一起投射到安達身上了……Aventa 恍然大悟，開始打理這些天的混亂。她必須在更高處看待這所有情緒的產生，她需要更堅定，把這些情緒與他人切割開，才能看清楚更深處的自己！

於是她穿上了衣服，走進浴室放洗澡水，放進一些乾燥花瓣。在沐浴前，她祈請了淨化之光，純白之光陪伴她一起進入這大自然的澡缸中。她覺得剛才的一陣瘋狂，給了她很多療效，感覺自己像起死回生。

原來進入黑暗可以揭露許多深藏在底層的記憶，接著，便超越頭腦思考與分析理解了。是她的身體記憶藉由舞動，釋放出埋藏的負面能量，越放空、越盡情的舞動，越拋開所有束縛，越坦率地揭示自己，就會啟動自我療癒。

Aventa 感覺，剛才發生的所有一切，都讓她瘋狂地愛上自己，他不再辨識我、你、他的故事情節，只是看著、觀察著，而這些在她身體裡的靈性智慧，正與能量交融著。

泡在浴缸中的她，感覺像個初生嬰兒般的柔軟，感覺身體如水一樣的透明、如花瓣一樣的芬芳。她靠自己穿越了一個獨特的治療，只有她自己，和她的身體、和存在本身。她感恩著一切。

14 經營身心靈中心

等你的這個念頭很飽滿的時候，就是你內心真實覺得可行的時候了。

隔天一早，她很開心的走進了診所。一進去，便看到安達在辛勤地澆花，她回頭看到Aventa，便開展笑容歡迎Aventa回來，她們互相擁抱了一下。

Aventa問：「今天有很多客人嗎？」

安達說：「嗯，還不少，最近診所有許多特別的人來拜訪，我想妳跟Tom醫生的特殊療法已經聲名遠播了喔！而且先前有不少客人又回頭來道謝，都很想見見妳，親自跟妳說聲謝謝，我跟他們說，妳最近在休養中。對了，今天有一個客人，我覺得她似乎很特別，是個女士；我今早有一個直覺，她來是有特殊意義的，她叫做張家麒。妳要不要感覺一下？」

Aventa也感覺到這個女士跟診所有特殊因緣，Aventa告訴安達，她下午會跟著大家一起進行診療，安達很開心的拍著手說：「歡迎！太好了！」

下午三點鐘，Aventa在診療室中等待那位張女士。安達和Tom正在處理上午病人的配方，準備好要寄送，這時候，這位女士出現了。Aventa抬頭，原先有些遲疑——這個人跟母親長得真像——一回神過來，這個人讓她感覺熟悉，而且有一些想哭的感受。在她身後有一個指導靈隨著她走進屋子，這位女士很直接了當地說，是她的指導靈指示來找Aventa的。

Aventa點點頭表示，她已經見到這位指導靈了：「請問有什麼事情嗎？」

女士說：「我們可以一起做些事情，我想替宇宙做點事情，既然我們都有這些天分，我想我們必然可以互補彼此所缺少的。妳知道他們要尋找幾個特殊的人類嗎？」

Aventa點頭說：「你指的是絕對純真人類嗎？」

女士回答：「喔，大致是一些比我通靈能力再更透徹些的人吧，妳叫他們絕對純真人類嗎？好吧，那以後我跟著妳叫好了。還有幾個藍色的人，妳有見過嗎？」

Aventa笑著說：「有，見過好幾次！」女士和Aventa一起大笑起來。

Tom跟安達被她們的笑聲引來，看著這兩個人，空氣瀰漫著很多開懷的相遇喜悅，他們也跟著笑了。Tom看到Aventa重新出現在診所，也更自在了，很替她感到開心。

Aventa看著身後的指導靈，跟他們示意，他們真是無所不能，用這樣的方式讓更多人聚集在一起。接著，他們進入很嚴肅的話題，討論著靛藍寶寶分化成肉身。女士說她自己就是，Aventa跟著大家一邊聽，一邊印證自己這幾個月來得到的訊息。張女士似乎不掩藏這些神奇的顯化能力，一邊說，一邊覺得這些怪事真是有意思。

大夥兒那天晚上，把現在她們各自知道萬法在地球執行的任務連貫了一下，終於有了更清晰的指引。最後，安達問大家：「那如果我就是純真人類，Aventa 也是，還有三個人，我們要怎麼找呢？」

張女士說：「這不用擔心，一直以來，我根本不太在意你們這個城市所發生的一切。但是有一天，我無意間打開報紙，看到一位先生寫了一小篇有關你們診所的文章，我邊看邊覺得，自己身體越來越熱，似乎有種親切的關聯，於是我抄下地址就來這裡了。你們放心，只要是他們想安排的，就會達成。

「他們可厲害了，我從小就跟著他們到處走，隨緣給予幫助；只要願意幫忙，他們肯定就能夠完成，但是也有些變數，這都是無可奈何的。比方說，如果你很想要生出一個小女孩，可是在更大的宇宙運作中，男孩的肉身更適合他的生命意願，那老天就不會完成你的祈禱，可是時間會讓你知道，原來這是更好的安排。

「這樣說好了，假設今天你祈禱讓你們夫妻倆感情融洽，如果你們感情融洽，可以幫助宇宙更大我的運作，那肯定不用你說，他們就會幫助你；但是如果融洽之後，可以學習的跟你此生功課不符合，那老天一定會給你更多困境磨練，讓你更深入地看破生命的學習。

「總之，他們的確有求必應，但是何謂『應』的部分，就是人的智慧了。人沒有智慧，就無法通過考試，如果還沒有明白此生功課，生命肯定拚命讓你明白。像安達，妳以前一定也吃過很多苦頭，如果沒那些苦，妳肯定不會這麼謙遜地為人服務，因為妳的靈魂中有過多次輪迴，都非常的享樂，不知人間疾苦，妳有好幾世都沉溺在自己美麗優渥的環境中，忘記服務眾生。「妳或許會想，那為什麼不在那些世就讓妳清醒呢？原因很簡單：他們有提醒，只是妳寧願活得不快樂，躲在家庭中。妳把曾有的夢想藏得遠遠的，妳雖然富裕，但是卻沒有真正快樂過；妳並沒有及時改變現狀，去感受快樂、感受愛，妳逃避躲藏，這一切他們都給過妳蛛絲馬跡。所以到這一世，妳堅決不容許自己沉溺，即使前幾輩子妳恐懼著離開安全範圍，但妳當時也算是用金錢去幫助了不少人，所以，這一生妳有了幫助人的靈力。好好珍惜吧！」

安達微笑表示，她非常珍惜這一切。

Aventa 牽著安達的手，就像是姊妹一樣。Aventa 心裡默默祈禱，趕快可以跟其他三個絕對純真人類相遇，也希望分身為人類的靛藍寶寶，如果任何人需要協助，她會傾盡一切力量。眼前的這女士就像一位母親一般，爽朗的個性，可以讓 Aventa 擅長猶豫不安的心堅定起來。

此刻，Aventa 如同經過神性的洗禮，珍惜這些優秀、無私的朋友環繞著她。她笑著說：「你們的心，讓我感覺很好。」張女士身後的指導靈，一下子出現在 Aventa 可辨識的範圍，一下又消失無蹤，Aventa 看著這些調皮的指導靈，不禁笑了出來。

她問張女士：「妳身後這位時常來去無蹤影嗎？」

張女士大聲地說：「你看，別人都發現你們沒在盡心照顧我！我抗議了好幾次，一定要無時無刻待在我身邊，常常我說話說到一半，他們就消失了，總在人面前切斷訊息，搞得大家莫名其妙，呵呵呵呵！」

Aventa 一邊開懷大笑，一邊有種感覺：其實不需要把任何事情都看得那麼嚴重。看著這位張女士這麼無所約束，看到什麼就說什麼，跟 Aventa 的小心翼翼、多愁善感相較之下，未嘗不是個很好的態度。

這時候，Aventa 看到那位指導靈緊靠在張女士身邊，用手比了張女士左腦幾下。張女士突然很嚴肅地跟 Aventa 說著她看到的畫面：「妳會從中學到的，妳有絕對純真人類的血液，發掘本質中的妳愛這世界，一切……嗯……」張女士很用力想要把訊息傳遞完，Aventa 看到指導靈又消失了，張女士於是很緊張的說：「又收不到了……」

這個晚上，大家都很開心。神與人的世界只是一線之隔，只要人的心願意奉獻互助，神的世界便會跟著我們充滿喜悅。這些可愛的朋友，讓 Aventa 又感受到另一種愛。

這位張女士也是靛藍寶寶化身的成員之一，也天生有感應力，這次他們的相遇，就是希望每個光工作者可以互相支持對方，也增加彼此的信心。

他們從那一天開始，都會相互討論所收到的訊息，也很樂意地跟大家分享。安達更是像個學生一樣，拚命地抓著這兩個前輩，問許多細節。兩位前輩還無法將很完整、全盤的宇宙計畫告訴對方，不過現在 Aventa 不再擔心，因為安達知道她自己的天命，她更信任宇宙智慧的帶領，根本不用去安排什麼樣的情景，讓安達了解自己的生命任務。一個拜訪者，就讓事情配合得很自然。

Aventa 更深刻地明白，與其我們用自己的腦子思考，什麼是最好，什麼需要避免，倒不如放手交托給老天安排。最障礙自己的，往往是最先需要克服的。

Aventa在整件事情當中，學習看到自己的恐懼，以及內心的過去創傷，也看到自己受了許多觀念的束縛，並把這些觀念投射在周圍朋友身上。她也看到自己是那麼渴望被認可、被重視，渴望被接受。她看到安達有了這個天分，反倒成了她每天快樂協助人的工具，她善用這個能力，信任這個天賦，或許就是因為安達曾經那麼無助、一無所有，所以才會更珍惜當下所擁有的能力。

Aventa也看到安達非常簡單地看待這個天分，簡單地對待病人，簡單地運用天分，簡單地看待這個世界。她從安達身上，真的見到了純真本質所能給予的真正力量。她反省著自己孤傲的權威性格，因為這女孩的率真，像是被一面鏡子映照著一般，一覽無遺。藉此事件，Aventa更深入內在了，這或許是老天在測試她「是否是絕對純真人類」的開始。

這時候，靛藍寶寶終於再度出現，這次的他們更清晰的站在Aventa面前。Aventa像個小嬰兒看到自己的母親一樣，開心笑著，很高興自己並沒有被遺棄，Aventa覺得他們安排的所有情節都太巧妙，原先慣有防禦他們的習慣就消失了。

靛藍寶寶來了，依然親切地看看他們的使者Aventa，他們讚美她這次的勇氣和沉著。靛藍寶寶說：「妳所經歷的一切，都不會白費，打開所有的防禦和恐懼，沒什麼好害怕的。妳是赤裸的，赤裸的背後往往都是智慧的到來，妳越不恐懼地敞開自己，提升速度就會越快速。如果妳覺得這個機會難得，請抓緊蛻變的好機會，我們會盡一切的可能協助妳！」

Aventa接著問他們：「下一個階段，你們需要我努力什麼？」

靛藍寶寶回答：「『努力』是人類用的詞！所有會發生的療效都在於『存在』本身，心靈從妳的身體中逐漸茁壯，神性的存在從遠方呼應妳的邀請。努力是無法達到交會心靈、交融神性的，從今以後，別說『努力』，說『覺察』，妳可以問我們，下一階段妳需要覺察哪些部分？」

Aventa 接著問：「我指的是任務這件事情，如果沒有下一步驟，我該如何更專注地投身於內呢？如果地球在二〇一二之前有大轉變，我願意付出比現在多出好幾倍。」

靛藍寶寶微笑的回應著：「美麗的 Aventa，很開心聽到妳這樣說。先閉上妳的雙眼，此刻妳感覺到什麼？」

Aventa 閉上眼睛說：「我感覺自己的心很激昂，很想要趕緊加入陣隊，投身宇宙，期待有個大事正在開展，正在實踐很多服務宇宙的任務。這時候我也感覺到，有非常多的能量奔騰竄流在身體裡面。」

靛藍寶寶再問她：「這會令妳想起來，人民曾經熱血沸騰的革命精神嗎？」

Aventa 回答：「類似，可是不同啊，這一切都為了愛，為了提升意識，但是身體的確有種很強烈的期待，想看到所有人活在喜悅和平靜中，期望每個人快樂。喔，我覺得心中的血液流得更快更急促，很想要跟所有人吶喊，跟大家說宇宙有個大計畫，我們要救地球，要愛護大自然，趕快晉升成高等存有……請你們告訴我，我該做更多嗎？我該更勇敢地把這個計畫告訴更多人嗎？讓大家可以共同努力嗎？」

靛藍寶寶請她先放輕鬆，回到緩和狀態，放掉要即刻行動的焦急，讓身體的能量流可以緩和下來。Aventa 於是躺在地上，給自己一些時間回復到平靜。Aventa 覺得身體更放鬆了，心口也不再有熱血積極的感受。

接著靛藍寶寶跟她說：「讓自己回到純真如同剛睡醒的嬰兒般，沒有任何憂愁，沒有期待，只是看看周圍環境，單純的呼吸、單純的看著。當孩子想要找個人，或是有某些欲望的時候，他就會哭喊，用全身力氣去叫喊，讓周圍知道他需要愛、需要被協助；可是當他睡醒，看著周圍那沒有期待的眼神和平靜——他本身就是愛。嬰兒的美麗，在於他的純真、無所期待。妳再感覺一下自己的身體，現在如何了？」

Aventa回應：「很平靜，我覺得自己充滿光、充滿能量，覺得自己有很多愛！我懂了，你們所說的蛻變，是我本身的存在狀態。嬰兒的存在是如此的簡單，一個眼神、一個動作就可以讓人柔軟；而我可以幫助人的，正是將這些放鬆跟無憂的品質，分享給周圍的人。如果我涉入過多努力、過多的行為或是想法，就有可能掉入革命熱血的能量狀態，這或許可以激勵某些人，但是那股激勵的力量，並非你們要導入給人類的。

「請問，你們不斷地在尋找絕對純真人類，對我或一般人來說，五個絕對純真人類，實質上可以有多大的影響呢？用人類的邏輯思考，可能就是：這五個人很拚命的去傳播這樣的精神，或是不斷的給予其他人類能量。感覺上，找到他們，就會有個大革命性的運動……等。也或許，是這些人純真的本質可以感動其他人，他們或許不會是某個運動的帶領者，他們或許只是很單純地穿梭在人群中，將已經滿盈的愛傳遞給人類了，是如此嗎？」

靛藍寶寶回答：「宇宙需要的，是你們回到最初投胎為人時所設定的存在狀態，身心靈都不斷地回到最純淨的原點，由你們的蛻變，將引動更多人的蛻變。如果用光網絡來解釋這個運作過程，五個絕對純真人類，或許彼此一生只有一面之緣，或完全不會碰面，但是當他們在特定時機點相遇後，他們會用身體的能量感應的方式，瞬間共同創造了一個地球肉體層面的網絡。

「絕對純真靈魂或許早已連結，當他們的心念同時知道對方就是其中一位絕對純真人類時，心的部分也就同時加入了網絡；而這個網絡，會隨著這五個人聚集或分散，去影響人類意識。聚集的時候，他們可以發射強大的光，與天地結合，瞬間導引進入無數倍大的光宇宙分子；當他們分散的時候，網絡在這些人之間，還是不斷地影響人。

「所以，或許妳會處在一個什麼都不動的狀態，只去細細敏銳觀察妳內心的所有蛻變，專心對身心靈做更深入的省思。然而妳的蛻變，就是人類的蛻變，當這個概念是所有地球人都感知得到的時候，地球就會自然成為更高存在體，任務就完成了。」

Aventa問：「所以，療癒者並不是要去積極地影響更多人，讓他們回到生命道路嗎？那我就待在山洞裡，不就可以做很多事情了嗎？」

靛藍寶寶回應：「請問，在山洞裡的妳，可以真切發掘到內心的所有思緒嗎？如果藉此妳可以讓包羅萬象的生命達到領悟，那當然是最好的。有些大師級的成道師父，的確是用這樣的使命去救渡眾生。不過絕對純真人類不屬於這種，他們更進入世俗中，與人碰撞，而產生智慧和內在的光。每個妳會見到的病人和人類，都同時協助你看到自己，沒有他們，妳是無法深入核心的。所以，抱持著妳是在接受這些病人的療癒，妳是在接受宇宙計畫的療癒，妳療癒自己越深，妳擴展出去的光就會越廣！」

Aventa接著又問：「一般人通常都認為，靈媒可以做的事情很多，可以幫的也很多，於是他們會很積極的練就一身功夫，就是希望自己有一天可以協助更多人。你們怎麼看這些情況呢？」

靛藍寶寶回答：「通靈是人類進化過程中必定會完成的階段，也就是說，與內在的神性交會，或是接受更高存在的指引，那是一個修行的成果之一。純淨的肉體很容易就會進化成通靈狀態，如果硬是將這個能力啟動，可能不是交會內在的你，或是高等的神性存在，而是吸引現在跟你等級相同的靈體，這並沒有好壞之分，而是共振。所以，若是要成為愛的光行者，必然還是需要經由自我修行而自然達成，這樣的人在光網絡中，必然散發著愛的光芒，當然可想而知，也就會影響人了。」

Aventa又提問：「那有些慈善家、企業家，他們很希望藉由金錢贊助成立一個身心靈中心，他們會認為自己非常渴望協助人，但是因為自身工作牽絆，無法全力奉獻。如果世界上很多人開始積極投入成立身心靈中心，是否可以產生更多的協助呢？」

靛藍寶寶回應：「宇宙的進程中，少部分人類是可以直接成為協助者，純真人類和光行者之外，大部分的人都是藉由一個步驟、一個步驟的意識提升，去影響更多人。如果在物質世界，人們開始願意將資源導向精神領域的投入，那在宇宙間也是獲益良多。

「一個身心靈中心聚集的人越多，可以協助的就會越廣。中心的領導人如果有強烈意願去幫助人類，進而觀照自己的內心，那能量的聚集，真的就會非常強大，一切可散發出去的光，會隨著人類的蛻變而產生；如果更多人參與，充滿覺察和愛，那宇宙絕對會完全地協助團隊。但是，如果這些人還在階段性的自我學習中，相同的，宇宙也會給予相等的課題，去讓這些人明白。短時間內，可能這些人不再合作，也可能是分裂的情況，可能是憤怒對方的相對競爭，這些在一個身心靈中心都有可能發生。

「妳或許會認為，這跟外面世界有什麼不同呢？其實還是不同的，因為本質中，這些人並非還停留在物質主義的意識狀態。這些具備身心靈意識的人類，還有妳剛才那樣的革命能量，當然對一些人是有幫助的。

「有些企業家用實質受益的人數成長多寡，來衡量他們要投入多少金錢去成立中心，這些都是要返回內在再去探索的，自己是否還有難割捨物質的顯像？是否還不夠信任宇宙的善意？捐贈者將這些情緒放在身心靈的夥伴中，當『績效』和『學員反應』成為目的，這時候，宇宙就會讓這個企業家明白，金錢的能量是物質的，而投入的能量和修行卻是真正的無價之寶。

「成員的起心動念，都是療癒的進程。身心靈中心的人可以堅強獨立，感受周遭的夥伴們正在面臨的狀況，只有愛可以轉化、蛻變對方。當妳每一刻都記得：我如果愛他們，會怎樣去回應？當妳隨時覺察這把愛的鑰匙，則各地萌生的心靈中心，絕對會創造豐盛！」

Aventa於是又緊接著問靛藍寶寶：「那是否需要創造一個與診所合併的中心呢？因為一直在說身心靈，如果診所是以身體層面的療癒吸引病人，或許將三者合一，可以帶進更多有緣人？」

靛藍寶寶回應：「等妳的這個念頭很飽滿的時候，就是妳內心真實覺得可行的時候了。記得，一個身心靈中心，首要就是每個人的覺察。和老天共同合作的恩典，絕對是可以達成的，但過程中每個人都有起心動念。

「Aventa，給妳一個建議，請記得，身為管道，可能會有許多的夥伴在無意中依賴，妳首要就是讓自己常常裸露在大眾前，敞開、接受所有考驗，永遠將自己的每一天都歸零，甚至忘記妳的天命，把自己當作一個正在熱情學習的學生；但是同時，妳可以輔助身邊的夥伴回到自己，融化每個人膠著、固執的性格。

「中心需要大家以右腦的理性來管理，也需要以靈性的直覺開發為理想。在靈性部分，每個人可以不畏懼每個夥伴性格的衝撞，大家用各自的敏銳度去協助提升夥伴，每個夥伴不過多進入情緒本身。中心是一個敞開的空間，勇敢地去暴露所有潛藏在內心的念頭或慣性，藉由這些過程，智慧將無止盡的到來；躲藏或是受挫，都會增加團體的滯留。

「如果中心裡面有個性擅長防衛跟強勢的人，這樣的人的習性就是先入為主，完全封鎖自己性格的缺失。他會散發一種訊息告訴周圍人：『我說的都對，不是嗎？』但是他們的內心和真實靈魂訊息通常都是：『不要再反對我了，我受夠了，再多一些我會崩潰。』這類人其實都有很敏感的內在，有過度敞開而無法回復平靜的恐懼感，多半跟靈魂創傷有連結，但是這類人卻往往會出現在身心靈的領域中，他們需要很大的安全感。

「所以，如果妳遇到這類朋友，記得給他們安全感跟信心，但是也要覺察妳內心是否有過多的包容，而阻礙他們的柔軟；對這些人，不是要說『我完全贊同你』，而是要把整個對話和能量拉回到群體中，隨時讓整個環境保持在獨立與不投射的對話中，這樣不但可以協助創造愛的空間，也可以深入療癒彼此。

「如果在團體中，有人常常隱忍受委屈，他這生扮演的是拚命地勞心付出，卻可能引來的都是諸位的不滿意。妳覺得該如何在身心靈中心中與這類人共處呢？」

Aventa想了一下，回答：「多鼓勵他，讓他盡力的部分被讚賞。」

靛藍寶寶說：「可是，如果他這生的設定就是常疏忽重要事情的執行，或是他雖然接受了鼓勵，卻走向性格另一個極端，以為自己可以替團體決定，甚至認為自己說的話就代表團體，而引來無端的紛爭呢？這樣的人，在蛻變中會出現一個狀態，就是：他會把自己放在靈性中心代言人的角色，那是一種為了彌補缺乏自信的表現，他誤以為自信就是替大家決定，就是站在學員面前。他是可以有權利決定的，雖然他可能不會有過多的思考而去傷害別人，但是當團體的決定並非如他所想的時候，他又會成為受害者的狀態。妳會如何幫助這樣的人呢？」

Aventa回答：「愛與耐心吧！但是真的不容易，因為要照顧學員和團體創造出來的環境和決策，需要一致、不分歧，否則會使學員缺乏安全感，不是嗎？」

靛藍寶寶回答：「我可以直接跟妳說：面對這樣的人，需要輔助他去執行決定。他此生的任務可能不是對外做決定，所以我們可以在討論後很感恩的請他去完成，至少從這個方向，他會減少原本可能發生的疏忽；這時候，他的自信心會被一再的關注，他的人生課題便會超越，就會找到他自身安處於世的獨立感。」

頓了一頓，靛藍寶寶繼續說：「還有另一種人，這類人很聰明，只要他願意做的事情，通常都會很完善、精準的處理好。可是這類人，就是因為靈魂在地球的經驗不是很充足，他忽略人類是需要有行動力，也就是需要有肉體中限制的時間和空間。這些人可能在靈性啟發上很有靈感，也很有親和力，外型上來看就是一個很舒服、很可人、很溫和的人，不過這些人缺乏地球人類的肉體執行力，他們會耽於思考和理想化，過度鑽研在每個枝端末節上。

「我們可以感覺到，這些人來到地球，可能也是以輔助人類提升為志業，會長期以輔助者的角色去幫助其他人。為什麼呢？因為此生就是要學習身體力行，將理想和靈感灌注到這肉身中，讓靈感帶領肉身，讓肉身實現靈感。我想問 Aventa，這樣的人，妳會怎麼協助他們呢？」

Aventa 想了想前幾天的學習，她回答：「可能要讓他們的能量可以進入身體中。靜心冥想或許可以幫助他們。」

靛藍寶寶又問：「那如果他的身體未曾有像你們這一類敏感度，靜心對他們來說，是沒有效果跟感受的，那妳如何讓他們靜心？是否還有其他方式呢？」

Aventa 又想了一下，說：「我的確是很喜愛靜心，靜心會帶給我穩定感和能量，我無法理解身體不敏感的人不喜愛靜心的感受，這點真的考倒我了！」

靛藍寶寶又笑了一下，說：「那我可以告訴妳，對這些人，妳可以展示的就是行動力，因為靈性覺察力天生就灌注在他們的松果體中。所以，如果有一天，他們發現自己因為靜心而使身體和靈感接應，某天感覺到肉身很美妙的時候，他們便會去實踐。但是在此之前，妳無法用任何直接方式告訴他，他該怎麼做，因為他們完全知道怎麼做，只是很容易忽略時間和空間在身體裡的感覺。

「身體敏感的妳，可以感覺『緊張』和『必須行動』，但這類人往往會落後那些行動派的人，所以他們此生還是退居在輔佐，要他們站在人前領導，可能就要他們看到自己身體的樂趣。老天會給這些人一個功課，就是要學會將分開後的身體和腦子進而合一。

「他們在運作身體的時候，比方與人水乳交融，對性愛的渴望，可能腦子中早已達成所有的滿足感，這時候身體無法跟進，一切便不了了之了。宇宙會派一個功課，讓她的身體不得不啟動，比方被局勢逼迫，必須去配合其他人，身體必須在公共場合中接受注視，好比演講、表達、帶領等等。老天也會給他很多事情，需要起身完成。他們多半右腦很發達，以致於非常細微地知道別人對他們的要求；他們樂天知命，但最大弱點是不希望別人失望。所以協助這類人，妳就只能盡己之責影響他們了。」

Aventa接著問：「那最後再請問，我想知道，像我這樣的人，可以藉由別人學習到的功課是什麼呢？其他人如何適應或協助我呢？」

靛藍寶寶開玩笑地說：「對應妳這樣的人，既令人開心，也令人不知所措！如果妳想更釐清妳的人生課題，我會幫妳。首先，妳身上有著許多妳自己或許都不清楚的能量和魅力，通常大家看到妳，都會感覺溫暖和信任；但是很有趣的，妳卻要不斷的感受其他人的能量變化，同時又要接受我們給妳的考驗。所以大部分時間，妳無法看清自己的本質，除了一生往外感受他人的訓練以外，更要不斷尋找內在真實的自己。

「如何找尋自己？通靈者天生就有『開放性』和『不完全包覆』的能量場。培養自己看透每個情緒背後的真實意義，也真實看到自己的每個過程，你們會藉由不斷在現實世界中創造具體的成就，讓自己在開放性能量場中，建立起真實理性的意志力。

「也就是說，因為邏輯和理性不是你們出生的強項，你們很容易因為外在的改變，而以為是自己的改變。這些過程從出生就會不斷發生，你們無法輕易在一個壓力極大的環境成長，更無法不受外界影響而動搖決定；除非你們透視到，人類原來是在最初的一體中分化出來的二元對立，那時你們就會找尋到一體本源，才能不受外界影響，你們的真實自我才有可能與天生的敏感共存。

「妳的伙伴需要更大的包容和耐心，去明白你們天生不同的狀況。善變或許是在他們眼裡常出現的字眼，你們可以開心地接受自己天生的多變，因為夥伴會從中學習到生命無常。可變性的對應力量，在多變的外殼下，卻是一種在整合二元對立的智慧。如果妳可以讓自己常回到與自身相處，比如靜心或是藝術表達，都可以使妳常常跟真我接觸，那麼，每一次妳再度回到世俗與人接觸，就會是寧靜、喜悅的。

「所以，夥伴們在跟妳這類人相處時，就要有一個篤定的狀態：『我們是更獨立的個體，這個人（通靈者）有時候出現、有時候消失，他們每次出現，總是更輕盈、更進步，他們消失的時候，便是在接受考驗。』有這樣的想法，基本上就可以達到很大的和諧。」

Aventa 聽得很開心，笑著說：「我總認為自己的多變是最大缺點，總覺得大家因此不會信任我。那你們說的『創造具體事情、建立理性』，指的是……？」

靛藍寶寶回答：「開放性能量場可能因為功課，會與對應的人產生不同的思考方式。比如妳現在在一個計畫中，可能要跟不同計畫的人相處，卻受了影響，想要做另一件事情，這通常就是你們要釐清『真實自己內在聲音是什麼』的時候了。

「當下妳會誤以為，自己應該放棄原先的計畫而投入另一個，或是繼續停留在原本的而錯失另一個更適合妳的計畫。在選擇中，通靈者很難清晰明白地抉擇自己要的，這是因為開放性的緣故，每件事情對他們來說，都是可行、有趣的，也因為開放性，他們很敏銳地融入每個計畫的核心。他們聰明過人，卻無法真實找到自己。」

Aventa急忙問：「對，我一直有這樣的情況。現在已經比較好了，可是一旦有了壓力，我便需要很多自由，環境一變化，我的思路也會緊接著與之產生融合。我該怎麼釐清真實的聲音呢？」

靛藍寶寶回答：「拋開自己的欲望和衝動，交給神性，讓妳的靈魂告訴妳。跟他們禱告，請他們讓妳清楚知道，靈魂功課在此時要學習什麼，請他們帶領妳走。這就是每個人都在祈禱的原因。開放性能量場的人，很多時候是在感受他人，並且奉獻自身的能量，所以，『隨時和自己靈魂意願連結』和『對於高靈的教導敞開』是重點。我們希望見到妳無時無刻與靈魂連結，而不是衝動地受欲望挑動，或是受情緒掌控，而去決定某些事情。

「很有天分的通靈者，在還沒開啟之前，可能有他生命的熱情，比方說對藝術成就的渴望，他們會使盡全身的願力，希望自己可以在藝術或夢想中有所成就。但是在他們生命安排的那一刻，開啟了這個天分以後，可能會被一股很大的推力，推向一般人所稱的『天命』，會完全在無法抵抗的狀態下，進行訓練。

「表面上，他們剛開始時都會相當恐懼，但是當通靈者所接應的天命是提升人的意識的時候，他們會被動式的接受抽高意識過程的挑戰，宇宙會將他們從小我拉高到大我，會將他們原本認為的世界不斷的擴大和改變。

「妳的恐懼多半是累世或世俗價值觀的影響，這時候不管妳多強力抵抗，宇宙還是會採用極速升高意識的方式，讓妳快速體驗生命的每個提升過程。當妳開始信任、放手於這一切變化的時候，妳將會進入生命無盡的美妙經驗，開始會產生平靜感的活在當下，會體驗生命的道；妳也可能因為神的恩典而進入光體中，瀕臨開悟到永恆開悟，這些都是有可能產生的恩典。

「妳會開始明白，此生的任務不是自我實現，而是在幫助別人自我實現；妳會開始鬆脫妳要追求的，開始創造具體事務，為了成就別人、社會與世界；妳會忘掉曾經來到世間的過去種種，只記起愛的本質，然後妳會接受眾人的祈禱與祝福。妳會進入光與愛，活出光的本質，因為妳就是光。

「所以，如果說，當你們可以聽到宇宙神性的叮嚀，敞開來迎接我們，放掉所有自己的投射與恐懼，與神共存，每個人就會蛻變成所謂的通靈者；妳越放手去接受挑戰，弱小的身軀便會越來越茁壯，這世界便會有越來越多與宇宙共存的通靈者，四處皆是光，這世界就達成了蛻變的境界。」

Aventa 聽得很入迷，也很感動，她自覺很幸運。靛藍寶寶微笑地說：「今天跟妳談這麼多，很開心，我們應該要回去繼續宇宙計畫了。」

Aventa 收穫良多，感激他們的給予。或許對 Aventa 來說，用不同角度去看通靈者這件事情，用放鬆的心態去接應這獨特的天分，善盡其能，就是當下的體悟！

Aventa 在這小小的診所中，越來越多有特別能力的朋友，也有不少植入靛藍寶寶身分的朋友出現在診所中。他們都有不同的天分，可以互相補足每個人還在超越的功課。

今天，Aventa 決定把這些已經出現的人聚集在一起，跟大家討論，是否可以成立一個身心靈中心，共同為更多人服務。這個聚會一發起，聚集了二十多個人，大家都很樂意一起共創一個團隊，Tom 跟安達負責把這些人的專業做一個整理，Aventa 負責歸納他們各自的通靈天分。

Aventa 知道這件事情可以完成，可是她心裡有種擔憂，覺得在整合這些人的過程中，可能會有很大的挑戰。她知道這是上面給她的感應。

自從上次安達的事情以後，Aventa 不斷覺察自己，是否還停留在與人競爭的狀態？她已超越這個難題，但是她知道，她即將協助這些人去面對這個功課，她知道這不是一件容易的事情。

每個人帶著自己原始的創傷和神性的使命進入團隊，原本就是件不容易的事情，更何況要這些人急速轉變自己小我的傷口，這也不是一天就能改變，或是因為一句話可以蒸發的，需要很多耐心和引導。包括 Aventa 自己也知道，掉落黑暗是一瞬間的事情，她自己也有可能發生其他問題。

當她跟 Tom 說這些擔憂的時候，Tom 總可以讓她穩下心。Tom 跟 Aventa 說，成事在天，當成大家來玩場宇宙遊戲，有人扮演壞人，有人扮演好人，有人很穩當，有些人停滯不前，把我們自己當成遊戲的主角。操作遊戲的是宇宙力量，而我們就是執行者。這樣想，自己就不會這麼有負擔，擔心無法勝任了。

Aventa 很認同的點頭：「這樣的想法真的很好，就不會給自己這麼大的壓力了。」

Tom 說：「本來很多事情就像遊戲一樣，現在我們看到的，大多是不真實的。死後的我們才是真實的，留下來的，是我們創造這一切的精神。妳只要時常回到自己的心念，配合自己該有的行動，那事情就會簡單很多的。」

下午大家都很準時的到來。有些人是第一次見面，於是 Aventa 讓大家簡短的自我介紹，並將每個人的專長跟大家分享。接著，Aventa 提出，自己有個理念，是希望把所有人聚集在一起，規畫一個中心，讓每個人可以善用中心場地去經營課程；每個人都有自己的能力，可以分享出他們的經歷跟有熱情的事務，而這個中心將充滿療癒跟靈性啟發。

「我們總共有二十四個人，有些人會靈氣和能量治療，有些人是心理諮商師，有少數幾個有天生的通靈能力，有些是藝術工作者，還有一些人從事教職。我們很幸運，能聚集這麼多各有專長的夥伴，中心將會是大家共同經營的。我收到老天的指示，也考量了許多自己的意願，我把訊息中對於經營中心的建議跟大家說明，以下我會放空讓神性訊息進入我。」Aventa 說。

接著，Aventa 開始讓訊息能量進入她的意識中，慢慢地開始了以下的對話：

「這個中心是以療癒大家為主的，但是療癒的前提是：藉由協助大眾，而提升我們這群人的自我療癒。這個中心需要的是每個獨立與自動自發的靈魂共同創造。

「首先，在團隊的每個人，都有累世和個人課題要穿越，沒有任何人是遠高過於其他人的。有些人還無法在此刻確切擁有自信和清晰的定位點，或許需要較多的時間學習，這些都是團隊中需要被鼓勵的，並允許他們用自己的速度成長。有些人天生具有帶領團隊的能力，但也需要時刻覺察，是否保持在一個更大的宇宙意識中，因為所有事情的成功與否，除了人類的全力執行以外，真正在運作的是你們的靈魂，與更高宇宙神性。

「所有人都在扮演整個計畫的一小部分。這個中心創造出你們真正可以修練自己的場域，因為藉由每個人格的碰撞，療癒就會產生。記得，回到自己每天的靜心是非常重要的，沒有任何一件事情，比回到自己和保持中庸來得重要。

「如果中心有人過去累積的情緒被其他人碰撞出來，請首先感恩這一切，然後不依賴任何人的安慰和勸導，不隨意放縱情緒；因為，請記住，在啟動療癒的過程中，這一切發生的情緒都是跟自己有關。若你們選擇針對某個人產生情緒，千萬記住，這都是人類自己的投射。

「另外，有很多方式可以發洩情緒，將來我們會藉由 Aventa 傳遞一些方式協助你們。大家若是已經有決心共同創造出這個身心靈中心，請務必切記，你是在療癒自己，不是在療癒他人。」

Aventa 逐漸恢復意識，接著看到當中的有些人開始坐立不安，有些人似乎無法全然明白，有些人則保持著信心。Aventa 看到天上散下來各種顏色的光，療癒正在啟動，而她在此刻，也在療癒自己，是否因為看到這些有可能產生的不和諧而感到恐懼，是否又像以前一樣退縮？她也看到自己，對這些人性衝突的習慣性逃避。看到自己閃過這些念頭，她知道慣有的習性又在作祟了。

宇宙散發下來的七彩光，對應著人體散發出去的惶恐、焦慮和自我否定，呈現出很大的對比。或許在這個場域出現的人們，從事非物質世界的任務，所該經歷的就是這些。

Aventa 想到 Tom 說：「這不過都是一場遊戲罷了！可以看到、摸到、感覺到的都是幻象，而真實世界是在死後才開始的。」Aventa 同時看著安達，這個純真的小女孩，她孩子般的本質，總會給人很多力量，讓人忘記恐懼，因為他們隨時都在遊戲，隨時都在行動中去適應環境。

Aventa 心裡祈願著，如果自己可以無時無刻的覺察、透視這一切，她一定會把這份偉大的力量帶給更多人。神這時候也給了她一個訊息：「我與妳同在。」

Aventa 似乎還是無法很清楚地知道，這個中心可以在現今世界裡的影響。她既不是慈善機構或宗教團體，也不是醫療體制下的團隊，而是一個以身心靈為主軸的合作，每個人所專長的，若要放在世俗慣有的思維模式中，可能需要很多工夫才足以擴充影響及大眾。

或許，一個佛寺廟宇會有相當多的民眾願意朝奉，一個診所可以讓大眾信服的是高明的醫術，一個藝術家可以宣揚自己的精神理念；但是，一個以靈魂為主軸的場域，該如何讓一般人放心接觸和深入呢？

在宗教中產生的靈魂概念的確久遠，使我們將自身的靈魂交托給某個宗教領袖，等待救贖，超脫痛苦。但現在，Aventa 跟高等存在學習到的精神是：人可以認清楚，自己其實就是神的一部分，原來我們是整體，未曾分離過，自己是自己的所有命運主宰。

由個人出發至團體的力量，是這個身心靈中心一開始確立的宗旨。這裡面沒有任何人是大師，或是精神標榜，供大家膜拜，裡頭只有人和神共同營造出來的愛和光。

至於這樣的出發點，如何深入更多民眾的心呢？一般人總習慣尋找一個精神模範、一個導師，追尋其腳步，以利自己可以快速在修行中步步高升。如果這個中心有幾位靈媒管道，以靈訊去提供大眾宇宙的真理，這會不會也是一種相同的循環？人們對這些具有使命的管道們，是否因為投射出權威以及完美的形象，而失去了身心靈中心的最終宗旨呢？

神回答：「一切都以自己為基準出發，不控制他人的思緒與看法。權威建立在一個基準之上，便是想改造他人的想法。而這中心只有一個目標：把愛帶給更多人。愛可以療癒一切，愛可以回饋一切痛苦。」

Aventa 和 Tom 這幾天不停地思考，試著找出巧妙的方式，不但讓大眾放開心去嘗試這些摸不著邊的靈魂療癒，也可以協助大家更回到自身，承擔起自己生命跨出的每一步，看到藉由某些自我努力，身心靈可以和諧的存在著。

這是他們內心設想的中心，是大家的力量所創造出來的愛，由愛而產生療癒。當他們絞盡腦汁的思索如何創造這個團隊、讓更多人受益的時候，光群天使和靛藍寶寶們，不定時地悄悄出現在他們周圍，但不直接給任何訊息。光群天使最擅長的，就是揮著他們的天使棒賜予光，而靛藍寶寶則發射一種寶藍色的光進入他們的腦中。

神影響人的方式就是：全然信任人類，沉默地祝福。

人類因為習慣性的思索，產生很多念頭，然後常常會形成一堆腦能量的毛線球；越愛思索的人，越容易陷入胡同中而不自知。「熱愛思考」讓自己感覺細膩與周到，但是很有趣的是，神性的世界，不用思考穿梭於意念中，只是單純地接受與發送。對於中心的新概念，他們是藉由人很擅長分析思考的腦袋，做一個很好的設定。

通靈小語

整體的能量

之後很久Aventa才明白，神當初不直接告訴大家如何經營中心，主要是因為，神已將所有計畫變成單一的整體性，這樣該如何告訴大家呢？人的二元性與矛盾、要與不要，都是非常分化且多層面的，「整體的能量」這種意念要導入人的自身，實在非常的困難。所有想法，其實都是神的靈感，只是我們需要更多時間去整合，需要更淨化自己的思緒，靜心冥想，去回到更簡單的腦波意識。

但是這些，都是在一段時間後，大家共同領悟而來的。偶爾，神還會以文字訊息的方式傳遞，是為了在某些關鍵點，讓我們的表意識受到支持；更多時候，神只是傳送出能量，很少告訴我們該怎麼做，但是卻讓我們的腦波分泌出一種酵素，讓這個酵素催化靈感，把我們慣有的理性思維帶到一旁，滯留在腦中的一個小區塊。而神賜予我們的光（或者稱為能量），便會開始運作。

每一次很深入的療癒和蛻變，大致需要三到六個月去發酵，時間長短就要看此人是否很習慣讓自己回歸零，敞開而保持中立。隨著這個人不間斷的靜心冥想，能量導入的速度會相當快速，這些人便可很快地將上天所帶來的靈感整合，而產生行動。

在修行的場域中，常會看到有些人很擅長冥想，也很敞開地學習很多靈性資訊；他們也信任能量，但是可能缺乏行動，擅長在自己的世界中去咀嚼他們所實習到的靈性。他們在等待更好的時機，也就是等到他們覺得已經整合而大可以行動的時候，這類人在修行的世界很常見。也可以說他們非常超脫世俗，對世事毫無追求的欲望，他們只要看到自己每個思緒的提升與淨化，便會得到很多的滿足；他們很願意服務他人，將自己放在輔佐的位子，非常的溫和，不與人爭鬥，很喜歡給予，看著其他人發光發熱，他們會感到欣慰。

這類人通常是極古老的靈魂，他們在累世裡，應該已經在靈魂上下非常大的工夫。而有趣的是，在現在的社會中，這類人如果要脫離修行的環境而進入社會，會遇到的便是金錢的課題。因為這個時代，並非遠古的能量狀態，投身於此生中，他們被賦予一種任務，就是傳遞精神給現在社會；他們要在此生中找到絕對自發的行動力，要超越恐懼帶給他們的壓迫感及牽絆，因此他們會在現今社會中，學習保持行動，進入真實社會中，適應他們在遠古從未碰撞過的新價值觀。

現今人們被教育成要不斷的進步、不斷地找尋成就、成為有用的人，他們如何自處於此，而保有本質呢？金錢的困難讓他們不得不去進入此價值觀。在過去世中，他們可以選擇與世無爭的生活；現在，卻似乎要被推到一個不同的精神狀態——宇宙的合一狀態。

他們首先會因為金錢的短缺，或是家人的因素，必須捨棄自己歸隱山林的渴望，宇宙會安排他們無法依賴某個安全狀態；當這些人全神貫注於靈性學習，而不參與生活本身的時候，上天和他的靈魂便會創造出阻礙，他們只能學習承擔起生活的責任。宇宙力量會鞭策他們產生行動力，並在行動中明白，所有的行動原來都是在允許靈魂更接近宇宙合一。

他們藉著行動本身，去穿越黑暗與光明，不能躲藏在一個安全地方思索靈性，而選擇進入社會中，以服務的理想為目標，衝破自己的各種難關。更重要的是，他們會在行動中明白，宇宙中有種力量，表面上是對抗的，（黑暗總會讓人看不清、摸不透，因此在表層呈現的混亂、陰暗或痛苦，是所有人面對挑戰會升起的情緒，但殊不知黑暗到底會是如何？）但是激發出勇敢，探索黑暗的力量以後，他們便會如魚得水。

痛到底處的人，便會見到光明的美麗；迷失在黑暗中許久的人，便會珍惜光明的到來；擁抱過黑暗的人，見到需要被協助的同胞，便會升起無限的慈悲心。這就是宇宙的更高意識在這世紀要帶領人類的：別抗拒黑暗的到來，別躲藏在你認為光明的標準中。如果你是個古老靈魂，敞開地接受這些試煉吧！神就是光明與黑暗的合一。

在此生，容許自己進入世俗，去挑戰痛苦本身，容許自己被挑起情緒，然後藉著靜心去回歸中立；這時候，光明便是療癒之光，來融化你，神便會融入你的身心靈。

Aventa 讚賞整個宇宙計畫的縝密度，繼續說著中心的整個過程：

中心成立後，還是無法很清楚的知道這個中心的方向，只有粗淺的理念和概念。雖然會盡可能的支持大家走向獨立的路，但是一開始並沒能那麼如願。獨立對中心的成員也並非容易，這些人都是靛藍寶寶分身出來的人類，他們某部分有極高的宇宙意識，在帶領或協助人的時候，會常有靈感到來，但是他們面對身旁的夥伴們，卻有做不完的功課。

一開始，中心沒有權威的領袖，所以會開放給所有人參與每個階段的方向，大家都有很棒的靈感可以共享，但是卻無法整合出一個確切的結論，共同前進。這時候，人性就會是整個中心的挑戰。開放合作的團隊面臨了緩慢停滯，每個人的不同理念、不同進度，要整合起來，確實是一件難事。當然，看到別人的缺點，總會比整合自己來得容易，所以很多不愉快便會產生，很多批判也會因此萌發。

為了要對所有人敞開、公平，Tom 對於其他夥伴的相互質疑和各執己見，必須用更淡然的態度，耐心地面對所發生的事件。Aventa 看到整個狀況可能停滯不前，她祈禱著靛藍寶寶給大家一些啟示，好讓大家能明白宇宙計畫的流程。

靛藍寶寶終於出現給予協助了：「現在即將有一個很重要的朋友，會來你們的地方協助，需要你們團結地共同實行這個計畫。我知道你們都還在自我整合中摸索，這些在你們的靈魂中是好的安排。我們這次選擇 Aventa 當執行的帶領者，請所有人共同配合，完成這個活動。」靛藍寶寶簡短地交代，大部分人覺得，終於有個可以馬上執行的事情了。

可是有些人卻覺得，這也是一種權威，跟中心宗旨不符合。Aventa 對這樣的聲音沒有任何回應，因為她心裡相信，他們如此決定，一定是有意義的。

過了一段時間，有個國外享譽盛名的靈性大師，因緣際會被邀請來此，所有人覺得這是個很好的機會，可以將中心的名聲宣揚出去。這個大師本身已經是世界知名，中心大部分的人都非常期待這次精采的活動，Aventa 於是扮演起這次活動的帶領人。

活動一開始，Aventa 見到中心的夥伴們並沒有即刻將專注力放在活動上，大家還在各自尋找與對方的磨合點，也看到大夥似乎對這樣的大型活動感到不知所措。Aventa 發現，這樣懶散下去，可能半年後的活動將會停滯不前，畢竟這是一個療癒中心，每個人都擅長將自身的感覺和情緒看成生命最重要的事情。Aventa 覺得，如果她不強硬起來，可能無法讓心思飄飛的夥伴們努力在行動計畫上。

於是 Aventa 進入劇本的角色，她開始用領導大家的方式，決定所有方向，她不再跟人寬鬆討論，夥伴們開始必須成為協助者，去協助 Aventa 完成計畫。這與中心一開始的宗旨是相違背的，可是對上天來說，這個遊戲劇本也是大夥與高等存在共同策畫的，亦即有人開始進入遊戲規則，扮演起領導者。

一開始，Aventa 可以非常無私地去面對所有夥伴，但是有一些帶著傷口的朋友，不夠有自信、害怕自己被否定，面對強硬的權威，總無法施展自己的能力，累累出錯，引來更多的紛爭。而 Aventa 因為看到夥伴們強烈的情緒反應，或是無法跟她一起同心去完成計畫，也開始害怕場面失控；但是，她必須把這個任務完整地呈現出來。

她開始忘記，當初請這位大師來中心，是為了協助更多學員，Aventa 面對自己焦躁不安的起伏情緒，開始無法顧及初衷。Aventa 每天來到中心，就是要咬緊牙根，給予每位夥伴壓力，開始失控地責備夥伴，希望阻止這些人猶豫不決或是情緒波動。而另一部分人，因為也希望得到這樣的領導位子，希望自己也可以掌握全盤，基於忌妒而開始攻擊 Aventa，用不在乎、輕視的態度去對待這個案子，讓 Aventa 感覺自己無法融入團隊。雖然處在一個進退兩難的局面，但這個案子卻意外的有相當多的學員紛紛報名。

內部中心的混亂，每個人開始因為壓力而展現出自己最不滿的情緒，外在的成功與內部的失衡，對每個追求靈性提升的人都是一種新的創傷。

然而，靛藍寶寶與光群天使們早已明白劇碼的後續。在宇宙的意識裡，這場戲安排的非常恰當而且緊湊，讓所有人都相當入戲，每個人似乎在那個時間點，都在療癒自己的內在問題。

這時候，安達因為年紀最輕，不太涉入活動的發展，因此她很純真的去對待每個人；Aventa 看到安達總是可以與大家談笑風生，就無法平心氣和的對待安達，Aventa 認為安達應該是與她同在的。這些夥伴有許多情緒的問題，安達卻跟他們連結的比往常還深，這讓 Aventa 越加感到孤立，於是她請安達盡量在這段時間少來中心，甚至還把一些罪名強加在安達身上。她認為安達可能會受這些人的能量影響而情緒不穩定；而她也認為，許多人會把不滿情緒跟安達說，安達並不會真正支持著她。

那場活動讓 Aventa 扮演了一個她內心深處一直以來壓抑的角色，或者是她長期對待自己的方式。她不信任自己，強迫自己用理性思考生命，害怕失控，更害怕別人起身反抗她，她覺得自己已經承受了相當多；在她內心裡有個像魔鬼一樣的大男人，喜歡掌握全局，否定脆弱、不安和焦慮。

她不要像母親一樣，她的母親總會為了父親而痛哭失聲，甚至吵得全家一整夜無法睡覺，於是她從青春期就壓抑自己的情緒；她只能強硬地面對所有人，當別人挑戰他，她便反擊，這個角色其實很少被允許展露，這次的活動卻讓她真實的成為自己。

活動非常成功，中心因此受到很大的肯定，但接著，上天並沒有讓大家鬆手一些。有一位夥伴極度希望自己成為焦點，主要是因為，他的內心有個「無法承擔重責大任」的恐懼一直困擾著他。他是位男士，也是位傑出的演說家，很喜愛掌聲和注目，他看到 Aventa 將活動帶領得如此成功，也希望自己就是下一位領導人，他於是開始跟一部分夥伴表示，自己願意出資，籌畫另一個中心。

這些夥伴在活動中，都將累世自身的創傷完全翻露出來，他們需要更確定自己的價值，於是那位男士就帶領著其他夥伴經營另一家公司。Aventa 眼見自己創造出來的成功，卻無法讓夥伴真的感覺到快樂，反而使整個中心呈現停擺的狀態；另創中心的夥伴們，卻因為參與過這個大師活動，而藉此名聲繼續經營。

於是 Aventa 完全封閉在自己的世界，也有一段時間未曾感應到靛藍寶寶。她心想，她已經被神放棄了吧！當脫離了整個能量場域，大家又像是卸下角色，回到自己；這段時間，大家都在深入自己，同時療癒自己的傷口，也因此獲得了許多靈性的成長。對 Tom 和 Aventa 來說，那段時間來得非常匆促，在能量的影響下，每個人都很投入，也很真實地呈現自己。

說到這裡，Aventa 也有種快感。自從她內心那頭權威母獅子暴露在所有人面前之後，她突然覺得自己被融化了，有股從自身湧現出來的愛。她再也不責備母親的情緒化，而是明白了，當那股憤怒暴露出來之後，她更加允許自己的失敗，以及適度地需要被照顧。她不再只依賴 Tom 一個人，她開始會柔軟地向身邊親近的人展露自己的不足，接受自己的不完美。

對她往後傳訊的任務來說，她卸下了許多責任，開始學習角色扮演，開始將力量交托在更偉大的計畫中，更坦然的將所接收到的訊息傳達給他人，不過度引以為咎，更開懷地接受每個人的批評與教導，因為她接受自己所有不完美的地方；她也會把訊息視為一種生命的過程，並不需要嚴肅地看待。

Aventa 體驗到，過去的嚴肅，是因為她將自己框在一個完美的理想中，而偏頗了訊息的意義，如果她不投射「自己應該要完美」，中心自然不會被投射出完美權威的形象。明白之後，她找回了純真的本質，安於孩子般的天真，擁抱愛，也擁抱自己。這是宇宙存在送給她最真實、最大的禮物！

而對於其他夥伴來說，安達更堅強獨立了，她更聽從自己內在的聲音，而不再缺乏主見地依賴他人的指導；在她更成熟的同時，接應的生命訊息就越高越廣。

至於成立另一個中心的夥伴，一開始顯得非常順暢，他很享受那種被全然注目的感覺，也開始安撫著內心那優柔寡斷的內在小孩；他也確信，自己原來可以這麼的受重視，慢慢地，也趨向於信任自己，並開始明白，服務並不是為了滿足榮耀。他開始自責當初沒有好好協助 Aventa，沒有體會處在領導人位子的壓力。他當時只在意的是自己的不如意，無法接受自己被忽視的感受，現在，他付出相當的代價，期待大家再度合作。

成立另一個中心以後，他也接受了很多下屬的挑戰。之前他並不是主導活動成功的主角，所以他面臨其他人的質疑和嘲弄，沒人認為他有這樣的魄力可以成就大事，而是只憑著相當的運氣，讓這些願意幫助人的人，可以在一個受鼓勵的場域中，繼續進行修正和提升。

接受挑戰，是每個中心和宇宙合作中所必經的過程。只要有心意去接受挑戰，短時間看起來，似乎比一般企業更令人疑惑的經歷，其實都是為了讓每個人更好。

在數年之後，當靛藍寶寶不再藉由 Aventa 傳訊，完成階段性任務後，Aventa 跟夥伴們時常談及這段有趣的過程。他們都認為，沒有那些階段，就沒有現在的大家，一切只有感恩！

15 地球覺者＋外星高頻

一個人若只追求光明，便會顯得脆弱不堪，因為此人抗拒了另一個力量的存在。而人類正是這兩種力量的綜合體。

靛藍寶寶在宇宙上方，繼續不斷地為人類做光網絡的連結。

化身為人的靛藍寶寶們，都正在各處經歷很大的蛻變。他們藉著這些人類頭頂上的光訊息所設定成的光網絡，在深夜為大家傳導宇宙的高頻祝福。每天夜晚十點以後，靛藍寶寶的人類化身和管道們，以及某些服務人群的光行者，導引將能量光網絡傳播出去；當人的意識達到他們所預期的蛻變後，地球將會進入更大的和諧，而光網絡則由身心靈一點一滴傳播出去。

藉由每個個案或學員來參與課程，靛藍寶寶便會在夜晚，與這些學員的靈魂做溝通，詢問是否願意成為光的一部分；如果這個人類坦然接受靛藍寶寶，便會將他們的光網絡與其他光的工作者做連結。如果有三萬人開始運作這個光網絡，地球每一分鐘便有可能多一個人受影響，願意為地球服務。

這個活動是在整個地球展開的，而Aventa的這個團隊就是其中一分子。靛藍寶寶跟Aventa和Tom透露：「每個團隊在不同層面負責地球的蛻變：有些人負責整個氣候的轉變；有些負責科技的改造；有些影響人類去追溯遠古失去的力量；有些人是負責研發出更高醫療技術，去治療世紀疾病；更有些是療癒情緒產生的疾病；有些人發掘大自然的奧祕，取代慣有的飲食習慣……這些都涵蓋在身心靈當中。

「行為的改變，和現今物質社會是相關的。有些人是藉由遊戲設計，去導入療癒能量，幫助更多人治癒憂鬱症。憂鬱症堪稱是現今最普及的精神疾病，這些症狀會令人躲避在一個不上不下的能量場。幸運的人，可能身邊有光網絡夥伴，可以經由時間慢慢成長；但是有更多人是迷失在這個世界，尋找不到生命的出口。

「我們這個靛藍寶寶團隊，專門負責精神層面的意識提升，也可以說，我們專門照顧、解決人們累世的負累，與此生的創傷。而要完成這個任務，得藉由各行各業的人，當他們開始接受光的連結後，會不斷的思考自己內在的精神提升。

「靈魂層級比較年輕的，可能會開始接受考驗，去接觸生命觀較悲觀的病人，有兩到三年時間與這些人共振，而進入他們慣有的模式中；這時候，光網絡會讓他們在受保護的狀況中，去瀕臨生命的絕境，會加深或倍增他們對苦難的記憶。但是，這樣的迷失是短暫的，因為光網絡會強大而有威力地洗淨這些負面情緒，只要這些人明白後，光便會導入更深的提升淨化，接著就是進入光的沐浴中，這些過程都是循序漸進的。

「進入二〇一二年之後，原本經歷許多痛苦的朋友，會因為收到神的神聖禮物而恍然大悟，進入更深的寧靜中。但地球在二〇一二年左右，確實是最不穩定的一年，集結三萬人的目標，的確在我們這個團隊會完成，接下來就是這些人的無數行動。所以這一年，人類朋友們會非常的忙碌。」

Aventa記得一開始，靛藍寶寶便跟他們說，要去協助曾經遭受過災難的地區，幫助那些失去親人的朋友們，把這些宇宙意識帶給他們。這個身心靈中心也真的順利連結到這些人，正在協助地球某一處災區的朋友。

靛藍寶寶之外的另一批宇宙團隊，也在宇宙上空，合併更精密的環保科技和宇宙意識。在宇宙上方，有各個高頻星球的外星人，在十二年來，已經參與地球科技的高度發展，所有綠化能源的靈感，都是和外星人共同合作完成的，這批科學家因為早已接受宇宙任務的洗禮，靈魂與思維頻率已接近到可以與外星人交談。

靛藍寶寶告訴Aventa和Tom，因為外星人的交代，這些任務是無法對地球人宣傳的，因為外星人希望不在地球人意念擾亂下協助科技發展。地球的能量頻率極不穩定，而外星人因為長期停留在一個高頻狀態，這些擾亂的人類言論和投射，會讓他們無法集中腦力全盤協助地球。

Aventa和Tom繼續問靛藍寶寶：「他們都是高頻的存在，為什麼會受影響呢？他們難道跟神不同嗎？我們認知的高頻存在，就像神一樣無所不能，這是怎麼回事呢？」

靛藍寶寶回答：「因為他們都是接近同一種意識的存在體，當接觸比他們更低頻率的星球，必須耗損原本的能量資源，把頻率再調整至低頻率；過高或過低都有可能引發人腦意識的混亂，所以他們只能非常謹慎的調整在一個適當範圍。但人的波動相當大，如果這個科學家受了什麼外界的影響或批判，可能會有一段時間無法再接應到外星頻率，而中斷了應有的進度。

「你內心想像的神是不同於外星體系族群的，這些妳稱之為菩薩、佛陀的存在，他們都有累世的人類經驗，所以他們在脫離肉體後，還是可以調整至肉身頻率，隨人類意識而變化。的確，這些神佛或是你所接應到的光群天使，比外星人更能適應人類，他們變化萬千；而協助地球進化的外星族群，他們就是某些固定的族群。

「更深入地說，這些科學家也都是外星族群的靈魂投身至地球的，他們或許沒有菩薩來的溫柔慈悲，奮力於你們的精神解脫；但是他們有外星族群的能力，可能透過腦波共振，可能運用靈視能力，也可能直接對話溝通，或者用科技數表波長的呈現方式。

「靛藍寶寶也是外星人的一種，透過妳，告訴你們宇宙進化的行程，但也因為我們身為人類的經驗相當不足，所以這些分化成人類的靛藍寶寶，也都必須經歷身體的不舒適，並適應人類的各種情緒。相對的，光群天使就比較能理解地球人的各種七情六慾，也較能調整頻率，去親近你們。

「還有一種外星族群，曾經短暫當過人類，他們在進化過程中，因為地球的磁變紛擾而退回宇宙星際，我們稱他們為鎩羽而歸的外星族群。這些外星人還是在繼續他們的任務，協助地球，將來你們就能明白。身為人類，會去區分外星人和神的分別性，但總歸一句話，他們其實都是來協助地球的。

「當然，相對的，的確有一些阻礙與影響地球淨化的靈體也同時存在，他們也想晉升為更高統領宇宙的力量。他們比人類地球頻率還低等，喜愛暴力和憤怒，不過他們也深深地在影響著地球本身。」

Aventa和Tom問：「就是那些準備毀滅地球的力量嗎？」

靛藍寶寶回應：「你們別恐懼這些言論，只要你們有心讓地球變得更好，隨時以愛為一切出發，通常這些頻率不會跟你們共振。他們畢竟是低於地球頻率的，所以在宇宙最高法則中，他們的力量與宇宙計畫力量相比，是少之又少，能左右的非常有限；並且，他們其實也在扮演一個角色，讓我們看到憤怒可以帶來的摧毀，暴力可以影響生靈的殺傷力。這些借鏡對我們而言，是很好的提醒。

「著力於地球蛻變揚升的地球人類，是不會眼睜睜地允許這些暴力持續發生的。宇宙萬法絕對會創造更多顯像，去喚醒人類意識的純善與寬廣；至於那些比地球人更暴力的外星族群，他們也都會在萬法的平衡中進行提升。當他們與外界星球聯繫，用本質的暴力去影響外在族群，這也都在萬法的安排之中。

「萬法中有『黑暗』與『光明』兩種力量在平衡著我們。光明指的就是人類的所有真善美，到了頂端就是一種空無境界；空無的另一側則是黑暗，黑暗在最低等的狀況下便是暴力與殘酷，或是無止盡地吞食平衡的果實，就像是大自然高頻能量的最深處（在地球周邊未進化的海或是山林），必定有未進化的黑暗力量，不斷的啃食著大自然。

「在這樣的能量影響之下，同時又面對地球本身混亂的夾攻，大自然必定會尋找平衡的出口，所以，在這幾年會持續產生天災，並非是上蒼的罪罰，有時是基於平衡法則的驅使。就如一個很純善的人類，如果長期面對的是負面否定，或是處在一個暴力家庭中，無論如何隱忍，都總有一天會爆發。有人因為受不了如此的壓力，可能也會用相同的暴力去對待周圍的人，或選擇放棄自己。

「但是，如果這時候，有位能量極高的智者協助他、帶領他，他或許就可以平安的找到生命出口，為自己的人生重新訂下新的未來。這時候，他的黑暗與光明兩面就會同時揚升，地球現在就處在這個轉變的周期。

「為什麼會有如此眾多的神佛、友善的外星人共同參與？就是因為他們希望及時伸出援手，讓你們有更好的出口，去接受光的保護，並信任黑暗的穩定力量。這兩種勢能缺一不可。

「終其一生只追求光明、相信光明的人，無法深度地去協助其他人類。因為在宇宙整個計畫中，將更低頻率的星球一起提升，也是非常重要的行動。一個人若只追求光明，便會顯得脆弱不堪，因為此人抗拒了另一個力量的存在，而人類正是這兩種力量的綜合體。我們不可能丟掉我們的恐懼，而保持絕對信心，正是因為有恐懼的體驗，才知道絕對勇氣信心的影響力。

「神界其實非常鼓勵你們去經驗恐懼，當你們迷失在這疾病叢生與殘酷戰爭的地球中時，我們扮演的角色就是要喚醒你們、提醒你們，還有一種和平的愛也正在發揚。親臨過黑暗與光明的人類，便會正視戰爭的無意義性，而最終便會明白跟體悟它只是個遊戲。接著，你們便會在不久的將來，看著這段歷史，攤著雙手，嘲笑自己當初為何如此入戲。

「正在面臨戰爭的人類們，我們也理解他們處在意識蛻變的過程中，看清暴力的實相，認清光明的力量。每個屠殺的背後，都有愛正在萌生；每個死亡的背後，都有靈魂的明瞭。

「祝福那些戰爭的地區，他們正在認識黑暗本身，不過卻誤解了『黑暗的高深意涵，就是究竟的光明』，那黑暗剔透溫和的穩定度，從未與光明的璀璨分離過。

「戰爭的夥伴們，神的愛、神的耐心正等待著你們明白；而深受外星低等存在影響的人類們，感謝你們為地球創造出歷史的見證，因為這一切終將過去。你們會明白，地球正與這紛擾的數百年說再見。

「恭喜長期奮鬥的地球人類，我們可預見二十年後的你們，有個充滿著光的世界。歡迎加入宇宙光的團隊，更久以後，人類便會是其他星球的守護者，而我們靛藍寶寶，便會是你們過往的記憶。祝福大家！」

Aventa與Tom對於靛藍寶寶的教導非常感謝，這是另一種他們從未明白過的道理，他們開始去平等看待正在發生的所有人性分裂。對於災區居民的悲憫，他們感覺自己不再是用悲傷跟痛苦去看待這些事件，更多的是，明瞭一切的安排是宇宙更大的慈悲。

當他們再度接觸這些需要被安撫的受害家屬，他們的心念已經完全與先前不同了。他們有更多的愛，帶領受害家屬接受這悲痛，明白有更美好的光明同時在體現，試圖將心胸放在更美好的宇宙進程裡，看到自己的親人在光的世界中頻頻揮手，與更高頻的存在、與地球的朋友互相聯結，從未分開過。

當然，有些災區的朋友未必能即刻明白神的語言，但是Aventa和Tom卻謹記著靛藍寶寶的教導，能更深地明瞭這些人類的進化過程，親近、明瞭黑暗，去陪伴著這些朋友。

唯有Tom和Aventa認清楚黑暗的意義，才能祝福這些正在尋找黑暗與光明這兩股勢能的朋友們。這些愛包含了無數智慧，無量的宇宙觀，與各種聖靈一起充斥著地球。

天災、戰爭、暴力、恐慌、疾病、死亡，有哪一個不是在神的祝福之下呢？活在世間的人類，處在和平國家的人們，純化自己、整合自己，是如此的重要！人沒有一刻是單獨的，沒有一刻不扮演宇宙計畫的一分子，即使是小小的分子，可以釋放的宇宙觀，也是不容忽視的。

就在這一刻，Aventa和Tom祈願著，每一個人如果盡一己之心力，能發揮更多的愛心與包容，這世界就會是在軌道中，有如置入宇宙鐵軌的火車，疾速前進！

16 五位絕對純真人類合一

五位絕對純真人類奮力地為地球人類散發七彩光。他們用最深靈魂的意圖，在每個晚上退離自身的小我意識，用肉身承載七彩光的到來，希望用最純淨無私的光，籠罩著他們所處的每個區域。等這個區域足夠了，再連結另一個更需要的區域。

在Aventa的周圍中，越來越多天生有靈力的朋友聚集在一起了。有些是靛藍寶寶化身的人類，有些是天生靈能者，有些是後天培育出來的，他們就像是受了宇宙吸引力一樣，也受了光群天使不斷的引領，紛紛來到Aventa的團隊中。

一開始，光群天使會給予大量訊息，但是，因為每個靈能者所開啟的頻寬都不同，有些人可以接到的是片斷不完整的訊息，也有些人各自的狀態會時好時壞。這都依每個人身心狀況和天生的敏感度而定，光群天使試著用許多的光與愛，去滲透進他們的身心領域，藉由這樣的方式，讓他們可以不斷提升。

這些人也擔任一個重責大任，就是連結光網絡三萬人的成員。依照著自己的頻寬，在夜間不斷持續的給予光網絡夥伴互相支持。光群天使透過這網絡時常運作，讓這些人類可以淨化自身，達到互助，同時擴大去協助他人。

這些人類從靈魂深處開始追求愛的本質，在追求中，他們會在光網絡族群中找到志同道合的夥伴。他們感覺，愛情在他們之間不同於以往的模式，他們也同時享受著神的愛，更柔軟、更信任愛情本身，同時更可以享受水乳交融的喜悅。

在這三萬的網絡成員中，他們開始尋找所謂理想的靈魂伴侶。在這段時間，光群天使看見這些人類因相遇產生愛慕，分泌出許多紅色的喜悅能量，即使在天使們脫離肉體後，仍活在一種愛的氛圍中。天使們雖然明白肉體的對立性，但是他們深信，為了宇宙的進化，他們可以隨時保護著這群人類；如果這些人類可以擁有美好伴侶，也可以同時將這份力量送出去影響更多人。不過天使們並未察覺，這會是一個轉變。

人類肉身的愛情，是最讓世人嚮往的。對於這些狀況，天使們並沒有直接向靛藍寶寶報告，天使的愛足以維持更多他們正在萌生的喜悅，如果越來越多靈能者能享受愛情的美好，他們必定會充滿信任地將能力分享出去。當他們互相愛慕對方的時候，光網絡的能量流動會比往常更流暢。

但是，現今地球有四十五度的傾斜，是因好幾百年間人類的汙染所產生的；而在二〇一二年，地球磁場的磁度會越傾斜，更會產生一個五度角的大斷裂，所有宇宙的活動，就是為了這可能突然斷裂的五度角，而策畫進行中。這群靈能者目前唯一發生的問題便是：當他們越淨化，身體就顯得越來越敏銳，而無法負荷過多的磁場擾亂。他們只要在不適應的場域中，便會有許多身體反應，比如噁心、嘔吐、情緒起伏，更嚴重者就是進入憂鬱和精神分裂的情形。

光群天使看到這些問題，趕緊跟靛藍寶寶描述：靈能者可以在光網絡中協助宇宙計畫，但是他們個人卻必須常常面臨，因為地球磁場的不穩定，而直接侵害到靈能者的穩定性。靛藍寶寶明白了這些狀況，即刻回去宇宙，向萬法稟奏這些情形。

萬法給了一個指示：讓光群天使退離所有保護，這些人必須是從內在找到力量！對於磁場干擾的問題，靛藍寶寶必須同時回到宇宙星空中，使用萬法眾神當初誕生的日月精華，再加上水星內部的水精華，去培育出靛藍種子；受孕一段時間以後，再經過保護的過程，要靛藍寶寶與過去拯救過地球但失敗的外星人，用四十九天完全放下「過去痛苦的記憶」的純化意念，集中精神地用白色光束照耀。當中會有些受害外星夥伴的過去痛苦意念，如果參雜進去，就得全部重新來過。

這些光的成品，我們稱為「能量寶流」。為了讓這些靈能者能受到能量寶流的保護，靛藍寶寶立即準備這能量寶流。在四十九天之內，靛藍寶寶要維持在純化狀態中，萬法會分派一些守護者，擔任執行與保護地球的任務；除此之外，請光群天使有距離的保護這些靈能者，協助他們找到自身的強壯力量！

光群天使在接到這個指令後，便開始慢慢跟這群靈能者保持適當距離。一開始，這些靈能者因為有愛情的力量，還有光網絡的淨化，大都可以維持在平穩情況，尚可抵擋磁場的紛擾；可是，一天一天過去，能量寶流的時間即將達四十九天時，由於光群天使無法接近保護這些人，讓這些人開始感覺缺少了神的保護，能量越來越流失。

光群天使看到這樣的情況，卻無法跟靛藍寶寶報告，因為他們不可能違反萬法的指示。但這些靈能者已經開始無法抵擋地球的磁變了，原本支撐著他們的愛情，好像逐漸因為人性的擾亂，而漸漸被破壞了，開始產生情感糾葛，開始感覺對方並不是當初設想得如此美好的靈魂伴侶。

他們在沒有了神的保護之下，開始感到憤怒，在每次使用靈能天分療癒其他人之後，幾乎筋疲力盡，感受到愈來愈多人的負面能量，一步步的侵蝕著他們。忌妒與憤怒對這些靈能者有最大的殺傷力，他們開始忌妒他們的愛人與夥伴，愛情的甜美瞬間轉為糾結、評斷與攻擊。光群天使看到這些原本是紅色的能量，已經漸漸演變成黑色而渾濁的負面情緒。

放眼過去，整個光網絡的兩萬多人中，已有接近三分之一脫離了光網絡，無法連結了。此時，光群天使因為無法得到靛藍寶寶或更上層的指示，也開始慌亂得不知如何是好；漸漸地，這些靈能者進入了魔鬼的陣隊，吸引來黑色的低頻能量，成為黑暗世界的靈能者。

剩下三分之二，也漸漸褪去了光芒，這一切都讓光群天使束手無策；但是，沒有上方的指示，他們是不可能貿然決斷並行動的。光群天使於是去找絕對純真人類，請他們與靛藍寶寶接線，把這個大問題告訴靛藍寶寶。

光群天使長出現在 Aventa 身邊，想把這個災難告訴 Aventa，也試圖把這個意圖傳送給靛藍寶寶。可是 Aventa 卻也無法連結到靛藍寶寶，她只收到「靛藍寶寶全體進入絕對純化意念、不能有任何意念傳導和接收」的訊息，需要再等一段時間。光群天使趕緊想辦法將這件事回報給萬法。

Aventa發現自己跟安達並沒有上述的問題，反而越來越穩定、清澈。她們討論，或許應該直接感應萬法的存在，所以她們當下立即連結萬法，將光群天使們的問題回報上去。沒想到，她們真的同時收到萬法的回應：「接受到了，請Aventa跟安達去尋找其他三個絕對純真人類，你們五個必須相見，相見後，萬法會教導你們，如何穩定這些光網絡的夥伴們！」

Aventa和安達依著自己的直覺，覺得他們必須在這緊急時刻先閉關，用靈魂去尋找其他三個絕對純真人類，然後連結萬法的指示。於是Aventa和安達選擇了一個深山中的小屋，將閉關的食糧全部準備妥當後，開始與絕對純真靈魂意識連結。而光群天使們，因為靈能者漸漸脫隊，讓許多天使在天空盤旋，萬法似乎刻意這樣安排著，且不改善這個狀況。

天使們失業了。這時候光群天使長麥可，緊急聚集了所有天使，交代所有天使稍安勿躁：「天使們先回到天使世界中，繼續修練，先擴大穩固天使能量團，等萬法的指示後，再全力協助這群靈能者。」

有位天使很焦急的說：「可是靈能者幾乎已消失在光網絡，也就是說，他們可能完全被魔鬼接手，會開始接應黑色力量去傳播給地球，我們如果不隨時勘查地球，可能會有突然的災變！」

麥可鼓勵眾天使們：「別慌亂，萬法不可能任由這些狀況持續產生，我們可以完全信任，請大家回到天使世界吧！」於是，眾天使們撤回光群天使世界。

剩下少部分還可以自持的靈能者，光群天使還是可以緊密的與他們聯結。這些少數靈能者，讓自己更歸於中心，告訴其他靈能者夥伴：「只有靜心和回歸內在，是唯一解除外在干擾和情緒挑動的方式。」他們保持更大的臨在，等待著靛藍寶寶在完成能量寶流後，重新協助地球。

這時候 Aventa 與安達在山裡小屋中，一開始無法順利接應到絕對純真人類；她們各自感覺，有些能量線在傳遞中一直有被干擾的情況，似乎黑暗世界的力量可以干涉他們的交流信號，所以整個接通過程非常困難。

Aventa 跟安達於是再度試著連結萬法，但還是行不通，還是感覺有個部分是被切斷的，他們內心開始感覺很不安，也非常惶恐。Aventa 試著去連結其他更高存在，看是否可以給些指引，讓他們明白這些切斷的真實情形，與如何改善。

Aventa 默唸著她的上帝，希望上帝及時出現，就像孩童時候，當她緊急危難時，上帝總會出現說幾句話。但是怎麼試都無法如願，Aventa 於是跟安達說：「這是不尋常的情況，或許我們就先不急著連結絕對純真夥伴，也不接引訊息的協助，我們就安靜的回到自己。」

安達和 Aventa 完全靜默地待在小屋中，就這樣過了十七天。這中間沒有任何訊息指引，沒有任何改善，但是她們卻感覺自己內心越來越踏實平安。除了三餐飲食之外，她們互不對談。

二十天過去了，食物越來越少，而且已過了當初閉關前天使們跟她們預言的時間。

在第二十五天的時候，Aventa 心裡突然明白，天使們當初預言的時間，或許也是萬法安排的狀況，而這幾天毫無動靜與收穫，也是安排好的。Aventa 決定放下所有的思考跟疑慮，繼續保持在這樣的靜默中，而食物的問題就交給上天吧！她們唯一聽到的內在聲音便是：繼續留在這屋子中，並「信任」。於是，兩個人繼續在這小屋子中靜坐。

她們感覺一天過了一天，身體比往常更純淨，心思比平常更清晰，所有原本不斷冒出的念頭愈來愈少；一貫喜愛思考的她們，感覺自己腦子越來越緩慢，並且與周圍、身邊夥伴漸漸融合為一，呼吸越來越一致。已經五天沒有吃進任何食物的她們，不但不覺得疲累飢餓，反而感覺自己的意識就是這個身體，有一種充滿的感覺，身體逐漸消失，所有任務的緊急感逐漸消失，似乎已經成為「在」的本身。她們可以清晰地感覺對方的所有狀態，感覺到屋外的一切情況。

這時候，她們同時感覺到，屋外前方有五個大天使，正往她們的屋內走近。她們未曾見過的五位天使，身穿白長袍，進入屋內，邀請這兩位女士伸出手，而這兩位女士真的就隨著這五位天使消失在屋內。

她們經過了很長的一個隧道，隧道周圍是白色和金色的光；接著從隧道的另一頭走出來，然後進入了一個山洞，看到一位男士也正在冥想。Aventa 跟安達馬上知道，他就是其中一位絕對純真人類夥伴，原來他也收到指示，在尋找其他人。他們不用言語溝通，開始了意念的傳達。他們知道，對方也是在同一天、同一時間進入閉關中，也知道光群天使所帶領的靈能者所發生的危機，甚至，他也已經五天沒有進食了。

這位絕對純真人類說他是美國人，住在西部的一個小城市中。他說，整個閉關中，他遭受了許多魔鬼黑暗力量的挑戰，身體感覺極度不適，如萬虎般撕裂著他全身，讓他一度想放棄一切任務，只想結束生命。

說到這裡，Aventa 和安達一瞬間被帶回到原本的空間。五位天使消失了，接下來，整個屋子一瞬間漆黑，又回到她們兩個獨處在屋子中。

Aventa 開始無法承受安達坐在身旁，她覺得整個空間多了一個安達，讓她無法呼吸跟繼續臨在。Aventa 眷戀起這二十多天的美好與寧靜，她知道那是上帝的狀態，完全的寂靜，完全回到原始的「無」與「零」。她現在開始貪婪眷戀過往的美好，無法與安達處在同一空間，覺得身心開始無法自我控制。

而安達也開始面臨魔鬼的考驗，她想超越 Aventa，她知道她已經跟 Aventa 同時達到空無狀態，她還年輕，卻可以達到如此境界。安達也開始希望 Aventa 離開她的生活周遭，她看到自己可以成為最優秀的絕對純真人類，可以成為唯一的絕對純真人類，而此刻，她想獨自成為宇宙的任務執行者。安達切斷與 Aventa 連結的意念，她們都各自想要自己成為「唯一」。

這樣的折磨持續了好幾天，Aventa 和安達同時面對著自己的思緒，不斷的祈求天使、耶穌或是佛陀的守護。她們覺察到自己就快像其他靈能者一樣，被魔鬼帶領，也看到自己的貪念；唯一還讓她們持續待在這屋子靜坐的原因，是為了連結到其他純真人類。

她們同時也在跟自己的善念拉扯著，她們非常竭盡心力地想回到原本的清明，但是這股黑色的引誘太龐大，大到他們的身心同時被折磨著。

Aventa 偶爾會看到一些畫面：那位絕對純真人類也是魔鬼的化身。他現身，一直嘲笑 Aventa 的愚痴，對 Aventa 說：「就讓地球毀滅，別癡心妄想自己是救世主，因為地球早已經被魔鬼完全占據，多一個妳或是少一個妳是沒有任何改變的。絕對純真人類其實是受魔鬼的操控，所做的一切都是為了毀滅地球！」

Aventa 被這樣的影像不斷控制著，她甚至可以感覺到，原來靛藍寶寶和光群天使是自己的權力欲望所呈現的幻覺，根本就沒有覺醒的人類，沒有這些療癒力量，有的只是妖言惑眾和傷害人類的身心。這些影像畫面讓 Aventa 感覺十分暈眩，她已經沒有任何力量去請求神佛的協助，耶穌、聖母在此刻對她來說，似乎遠在某個國度，她抓不著邊，也吸不了光明的一口氣，加上安達的存在也擾亂了她的清淨心。

她跟安達不時在意念上互相交戰，兩個人不起身放棄這一切亂局，都只是為了想要得到各自想要的，整個屋子被漆黑的力量籠罩住。

這時候，安達開始全身顫抖、嘔吐，不斷的咳嗽。安達的身體已經受到很大的壓迫，全身布滿毒蠍子，蠍子每爬一步，安達身體就顫抖不已，蠍子每咬一口，安達便會全身發冷至嘔吐。

這些天，兩個人在小屋中，各自堅持不願脫離困境。安達極力忍耐繼續前進，Aventa 也盡力地支撐著最後一口氣，她們既疲倦又飢餓，身心受到很多的痛苦。或許上天要讓她們在這樣的環境下，還是堅忍地憑著毅力去掙脫。絕對純真人類本質中，有極強大的隱忍力去度過難關，這兩個人的確有沉住氣、不輕易半途放棄的特質。

又過了十天，這一天安達已經昏厥在地，身體已經被毒蠍子爬滿，從痛楚到麻痺，從意識到病痛，到失去意識，她就像一個活死人。Aventa 也因為千千萬萬精神折磨而失去知覺，身體的挨餓讓她進入幾乎脫離肉體的意識狀態。她們經歷了相當多魔鬼的考驗，這些考驗是從哪裡來？

突然，一尊巨大淺綠色的神像，在她們兩個人之前出現。她們兩個同時看到這個綠色神像，神像將整個屋子的黑色力量一掃而空；接著，金色、白色、銀色的光紛紛落下，這屋子瞬間恢復原本的溫暖、清淨與光亮。

安達身上的蠍子瞬間變成了一叢叢的光團，她起身坐起，除了身體感覺飢餓以外，其餘的不適全都消失了，這十幾天的考驗一掃而空。Aventa 也終於可以呼吸到光明的力量了，她轉身看著安達微笑著，她們重新連結意識，達到一個默契，於是繼續靜心。她們已經明白，這是考驗的過程，接著便是她們要達成這次任務的另一個開始。

她們一同閉上雙眼，同時接受神光的協助，脫離肉體，遨遊於世界，開始尋找其他人。她們在天空上方遨遊著，用意念去尋找她們的夥伴。

在天空上方，有一個小點發射著粉紅光，安達和 Aventa 突然就定住在這粉紅光的正上方；瞬間，粉紅光布滿著她們的全身，她們隨著這粉紅光降落至地球，與在地球的另一個夥伴合一了。他們三個成為了一體，不分彼此，靈魂交疊在肉體中，這個交疊處產生了七彩光，瑩瑩發光。

接著，前一位美國絕對純真人類也進入了這個交疊處，他們已經發現了彼此。只剩下最後一個，他們於是讓七彩光的光芒更廣大地放射出去，他們非常渴望，歡迎第五個夥伴加入。

這樣與人的合一狀態，是他們從未體驗過的。七彩光滋養著他們全身，滋養著他們各自的靈魂，他們覺得自己便是神的化身，從未脫離過神性的連結。於是他們激動地召喚著第五個夥伴。

突然間，第五個夥伴出現在他們的周圍，是個小男生，他很害羞，不知道如何加入合體。剛才出現在小屋的神靈，一把將小男孩推入團隊中，小男孩於是也跟大家共同合體了。

五位絕對純真人類終於相聚了！從今天起，他們的靈魂意識再也不分離，他們即將為整個宇宙行動做準備。他們稱這個計畫叫做光合運動，光合一，宇宙合一。

他們在地球的各處，靈魂緊密不分離的保護地球；他們藉由身體發出宇宙的七彩光、合一的白淨之光，散發到每個地方。七彩光會儲藏原本的智慧記憶，提供人們所需要的色彩；在一種身體和諧定律的影響下，如果你信任、敞開地迎接這新世紀宇宙的恩典，七彩光便會很自動的以智慧尋找每個人的需求，進而融入你的內在，融入你的心。

每天晚上，這五個絕對純真人類奮力地為地球人類散發七彩光。他們用最深靈魂的意圖，在每個晚上退離自身的小我意識，用肉身承載七彩光的到來，希望用最純淨無私的光，壟罩著他們所處的每個區域；等這個區域足夠了，再連結另一個更需要的區域。

這五個人類接受了相當多的考驗，頻率不斷的提升。在每個訓練過程中，他們墜入罪的深淵，遭受許多的誤解和傷痛的考驗；然後，完整的協助當時奉獻的人類之後，他們就又前進了一步。

每個宇宙給他們的試驗，就是要讓他們清楚：「你就是一切，你未曾與黑暗分開過，也未曾背棄過光明。當你敞開自身所有能量場，去感受萬事萬物、萬種生靈，你會臣服在宇宙的奧妙中，將自己放在最小、最無重量的位子上；你會越來越透明，透明到可以感知所有一切的分裂感，也感知到所有一切的合一。分裂與合一，能帶給你的經驗是如此罕有，當你完成任務回到星空中，你會對自己的經驗引以為傲，覺得不虛此行。你會再度洋溢著宇宙存在的光榮，然後儲備更多好的能量資源，再度投胎到下一個未完成進化的星球。」

這生生不息的輪迴，對這幾位絕對純真人類來說，是生命中最大的榮耀。他們在地球棲息的時間，與地球的生命相較之下，是如此微小，卻給予了最精緻的宇宙力量。

絕對純真人類在合體之前，有許多的不安，也承受許多負面與正面的能量影響；但是，當他們認清自己的使命與天職以後，將經歷磨練之後的飽滿。

這五個人今天終於相見了，他們再也不會分離，他們知道，下一個階段便是找回那些靈能者，讓靈能者再被喚醒原本的光明。他們合體後，所有即將發生、運作的事情，就像是他們的皮膚包裹著他們，如此貼近，渾然天成。

接著，他們準備與那些靛藍寶寶分身的人類見面了。

17 黑暗勢力的交戰

在宇宙的觀念中，我們視野可見的浩瀚星河裡，黑暗的整體面積遠大過於那遙遠閃耀的星辰；在更高整體的宇宙中，黑暗並非人類所感受到的那樣令人痛苦跟悲傷，更多的是，如同我們沉入睡夢中，將雙眼緊閉後的放鬆。在沉睡中，黑暗便在緊閉的雙眼之間，安撫著我們的身心靈。

萬法在五位絕對純真人類合體以後指示，靛藍寶寶的分身人類會進入黑暗，尋找墜落的靈能者。靛藍寶寶在宇宙製造能量寶流的時間也即將到來，在靛藍寶寶一到來，他們會將能量寶流注入這些要進入地獄的靛藍寶寶分身的腹部，而這些靛藍寶寶會完全脫離他們原本的水晶杓，完全分化成純粹黑暗力量，切斷光明的聯繫。

這一趟是福是禍，對這些協助者來說都是未知；可是他們知道，能量寶流是很深很深的愛醞製而成，會喚醒靈能者的光明。而任務中，因為靛藍寶寶也會失去原本意識，進入黑暗遊戲規則中，所以有極大的可能會完全忘記任務而滯留。

絕對純真人類知道，他們的角色是完全護持整個狀況的運作，一切交由萬法的安排。絕對純真人類的合體，可以直接連結到萬法所傳導出的力量，他們深信，這道白淨的光，可以喚醒更多人的良知與愛。

靛藍寶寶製造出來的神祇能量寶流，也可以讓人類尋找到所謂靈魂的真愛；當人尋找到生命中的另一半，他們也可以經歷合體的喜悅，將這能量寶流注入在靛藍寶寶化身的人類腹中。這光稱為雙生光，是從能量寶流分化出來，一種從內在力量喚醒的愛，去召喚累世或許久以前從同一個靈魂分化出來的光，他們分散到各處各地，許久未曾碰面。這次在地球中有將近五百多對的雙生靈魂，會在這次揚升新世紀中相遇，他們的相遇會共同協助地球的轉變。

靛藍寶寶分身即將進入黑暗的地獄，靛藍寶寶已經將這雙生光注入每個分身中。這個晚上，五個絕對純真人類也脫離了他們的肉體，來到宇宙中，看著在地球的靛藍寶寶分身們，共同祝福他們。每個靛藍寶寶分身，把他們後腦勺中的水晶杓歸還給外星的這群朋友，也截斷光網絡的聯繫，直到他們整個消失在光明的保護中，進入了另一個世界！

在他們前方，有一座很大的黑色建築，靛藍寶寶全部墜落在此，他們躺在那個荒地，足足有二十四小時，接著才一個個清醒過來，但是他們不記得在身旁的是誰。

他們開始起身，身體就有如蜥蜴的身體皮膚一般，乾枯不平整。他們有著最邪惡的意識，看到眼前的一些動物，便順手毀滅他們；看到原本的同伴，卻充滿憎恨，他們起身的每一步都沾著霸氣，不可一世。他們往那建築物走去，去拜見魔王，魔王會把最大的殘酷劣行交付給他們，那麼他們必會滿足自己的欲望。

殺害是一件甜美的行動，而他們這時候記得，在上方有個地方叫做地球，那邊有很多很甜美的人類可以餵足他們的狂欲；如果他們不常常殺害人類生靈，吸吮他們的死亡之氣，這些魔類會感覺乾枯的皮膚正淹沒他們，這比打入十八層地獄更令他們惶恐。

走進建築物，在門口掛著好幾個人類地球戰爭的犧牲品。魔王盛宴邀請這群黑暗武士到來，他們大步大步往前走，見了魔王，大聲咆哮！這是一種榮耀，因為他們可以去毀滅地球的生靈，這是魔鬼層的最高任務。而在建築物中有以往的靈能者，他們也有著不同形象，有如鴨嘴獸的，也有如恐龍的，也有貌似人類，但是卻無法發出人聲。

過往一些靈能者墜入魔鬼道，多半是忌妒心所引發的，所以當他們來到這裡，不會容許有更多外來的隊伍。他們看到這群黑暗武士有很多的憎恨，魔鬼希望他們前去影響地球人類，好讓大家有更多食物；但是他們內心卻希望，利用這群黑暗武士攻占地球後，再完全的毀滅他們。

靈能者可以使用更高層魔鬼的毀滅力量，去引動另一個黑洞，來驅逐黑暗武士。靈能者深知自己的威力，當然也知道這群黑暗武士不是省油的燈，他們希望私吞所有生靈，壯大自己。所以這次的出征，大家都是各有私利的。

魔鬼計畫黑暗武士與靈能者可以合作，幫助毀滅地球的計畫，魔鬼的恐怖力量，可以藉由靈能者，將能量傳播出去擾亂人類的心智，可以讓人類主動摧毀大自然的正面療癒力量，也可以使人類因為一些二元對立的心性，而製造彼此間的衝突與對立。一些可以傳導更高邪惡力量的靈能者，也引誘正在從事軍事行動或政治行動的地球人，為了鞏固他們自身對於權力與名聲的恐懼，徒增強大的暴力。

這一切，為的就是將光明壓制到最微弱。只要是有光明善心的領導者，黑暗力量必會引誘那些還無法自我滿足的失落地球人，在這些善心人士身邊擾亂。

他們也可能在地球的某些黑暗處孳生病毒，比如說將一些黑暗力量種在被破壞的大自然土地中，讓這些土地養殖出來的食物無法健康成長。這可能導致生產的障礙，而人類便會想出很多方式去滅除這些毒害，可能使用對人體缺乏保護的化學藥劑，長期使用這些藥劑，加上環境早已被人類破壞，人類有可能因身體缺乏活力，而導致無法根治的疾病。他們也製造這世紀無法治癒的愛滋病禍源，引誘欲望，使人類昏沉，降低身體抵禦能力，將病毒灌注在動物身體中。

這一步步的行動，都是黑暗魔鬼在近百年前早已種下的病因。他們知道，身體殘害使人類無法隨時與太陽共舞，必定會因為病痛而進入地獄，因為身體的病痛將殘害著健康的心智；只要讓地球人感覺到，他們賴以生存的肉體無法根治，無法回到大自然陽光的朝氣中，魔鬼便輕而易舉可以毀滅他們。

還有一種最嚴重的邪惡力量，便是引發人類意識的思想突變。他們會誘導靈魂向死亡屈服，竭盡所能的將靈魂引導至死亡的途徑。比如開始使用非法的食品添加，或是毒品引誘；為了金錢，成了不法商人。其實他們大半都是受了黑暗意識的影響，不尊重生命，而當起了屠害者。只要這樣的人數夠多，魔鬼就能輕而易舉地將人類滅亡。

還有一批黑暗使者，利用大自然反撲的時機，引誘聚集更多人潮，希望每個地球的災難中，會有更多人的靈魂變得悲觀、喪失求生意志。雖然光群天使們不斷在救護這些迷失的靈魂，可是黑暗力量的到來，也令光明的力量無可介入，這就是人類對自身生命的自由意志。

當人類願意接受光明庇佑，便可以逐步提升；但是當人類喪失靈魂被提升的念頭，黑暗必會不斷的接近你，這就是人類二元分裂的特質。這兩種勢能的拉扯，足以讓人類一輩子都在尋找平衡。

對大部分的人類來說，要以強大的自由意志去取其平衡，並不是一件容易的事。如果人感覺到黑暗的勢能，這份聚集群體的黑暗效應所產生的力量，往往強過於正面光明的力量。為什麼呢？因為，在宇宙的觀念中，人們視野可見的浩瀚星河裡，黑暗的整體面積遠大過於那遙遠閃耀的星辰。

在更高整體的宇宙中，黑暗並非人類所感受到的那樣令人痛苦跟悲傷，更多的是，如同人們沉入睡夢中，將雙眼緊閉後的放鬆。

在沉睡中，黑暗便在緊閉的雙眼之間，安撫著人們的身心靈；深夜中，人們被大宇宙的雙臂滋潤環繞著，只有在深夜，人可以與心靈獨處。一整晚的睡眠，人們不但與宇宙交融著，也同時將白日過多的疲倦交付給大地。這時候的我們，如同子宮中的小寶寶，閉著雙眼，靠著臍帶供給的養分，不分日夜的在母親的愛中成長茁壯。

沒有任何人可以介入睡眠中的自己，只有自己的靈魂與宇宙的各個星辰互相呼應著。愛的魔力撫慰著受創的心，宇宙召喚大家回歸星辰的願力，總在深夜播灑在人類的周圍。所以，詩人總說，深夜是人類所有美麗靈感的匯集，藝術家們總在深夜切斷所有外在連結，回到寧靜接通宇宙智慧的靈感中，創造出無數美麗的經典。莎士比亞的劇作中，有多少美麗的深夜場景，精靈與神靈在深夜悄悄地接近慈善的你，支持你、淨化你，把宇宙的精靈智慧送達人間，等待隔日醒來的你，更加加油的面對地球試煉。

在遙遠的宇宙中，黑暗是美麗慈悲的化身，它與地球人間創造出來的黑暗並非同一回事。宇宙黑暗是提升版的地球黑暗，當人們在最低頻率的黑暗中接受試煉，便會理解身處在肉身中的局限。他們渴望提升，回歸到宇宙的寧靜裡；只有人類明白，肉體的局限後，愛的能力才能取代肉體的痛苦，打破人類長期分處的對立。

在地球光明白日中的人們，不斷接受陽光的照射，這補充的太陽勢能，維持人類在白日一整天的戰鬥力，讓人們保持活動力，去探索生命的奧祕。黑夜的智慧顯化在白日的行動中，人類在最清醒的烈日中，以太陽的威力，去與人類同伴激進競爭時，其實都是為了回到宇宙的子宮，而接受許多宇宙創造出來的故事情節。

當人們過度競爭，而忘記友愛時，大地與宇宙便會提醒正在故事中遊戲的人：「別忘了宇宙深夜對你們的叮嚀。」於是，人類的肉體便會產生一種催情素，讓人產生情緒。競爭的情緒與同胞的分離，讓人們產生更大欲望去找回宇宙的合一；有人便在愛情的傷痛中不停尋找，在商場競爭中不斷憤怒，在家庭的暴力中無法自主。這各種情境，都是宇宙的智慧在催化肉體以便提醒人類。

如果你在這小小的軀體中認輸了，放棄了自己的角色，宇宙會讓你再進入另一個時空，去體驗另一種試煉。在那個沒有肉體的時空中，你更難去藉由物質存在，與地球同胞共同扮演角色；你處在一種非物質的狀態中，卻有更多的情緒包圍你；隨著情緒改變，這樣非物質的形式更難以接近完美的宇宙。

在那個時空中，放棄肉體的人類是以氣體去影響氣體，藉由氣體間的互相作用，去學會在世間尚未完成的功課，那比以肉體間互相作用還難上加難。所以，無故放棄肉身來到這個氣態空間的人，要停留比在地球多好幾十倍的光陰，才能再度回到地球。

除非你在死亡的那一片刻中，決定重新投身於另一個肉體，去再度體驗，否則當你死亡後四十九天中，如果你眷戀氣態的自由，不聽神靈勸戒，這將會是漫長的試煉：亡者會滯留在與地球重疊的另一個空間。為了要重生，甚至有可能以氣態的意念去影響物質界的同胞們。

氣態世界的靈魂，往往是需要人類協助的，如果人類協助了那個空間的亡者生靈，就有可能共同協助宇宙淨化。人類因為幫了氣態生靈的提升，也增進了自己愛的本質，只要愈來愈擴大愛的本質，宇宙必會加倍回應到每個人身上，去體驗本質的寧靜與回歸的幸福。人的一生，便是在尋找這種深沉的寧靜與幸福。

幸福的愛就像是一尊下凡的活菩薩，閃耀著光明的美麗，在每一處都蘊藏著最多的神奇磁力。一個人如果知道靜定地看待生命情節，以愛去寬容自處，高頻率的黑暗、高品質的光明，便會在各人身體中開始萌生；擴大到一個程度後，此人便會體驗到宇宙合一的高潮。他必會運用宇宙的奧祕，會運用最恰當的競爭力量去創造自己的豐盛，用最高端的聰明感應力去展露各人長才，在每個角色中都不忘記愛同胞，攜手共同昇華。

人類間的競爭力，是宇宙創造來叮嚀人類回家的渴望。比方說，在與另一個人競爭生存的位置時，如果可以同時意識到宇宙合一的覺醒，用健康的愛去平衡競爭力，便能在最誠實、公正的立場中，全力施展個人才智，以愛的出發為宗旨，讓自己的個人豐盛帶動整體豐盛。

個人也是宇宙的一部分，一味地促進旁人的豐盛、而忽略自己豐盛的人，他們的內在力量必定缺少了像白日太陽般的行動創造力。

而不斷犧牲他人、只在意自己個人滿足的人，他們在深夜一定缺少「相信宇宙愛的圍繞」的信念，只相信自己真實擁有的物質需求；這樣的人在日子久了後，必定無法體驗生命豐盛的喜悅，無法在寧靜中享受競爭得來的豐盛。他們不懂得宇宙共享原則的奧祕，無法感知無條件愛人類、愛大地的情懷，無法鬆綁蜷伏的肉體；他們在睜開的雙眼中，透露一種悲傷和孤單，在緊閉的雙眼中恐懼死亡；他們恐懼某一刻如果被靈魂完全放棄後無法回歸的慌張，恐懼真實擁有的財富在一瞬間化為烏有……這令過度競爭的人無法體驗愛，無法品嘗這短短數十年的的地球生活。

而另一些缺乏行動力的人們，他們過度眷戀深夜的寧靜和安全感，在白日躲在沒人接近的地方，認為他們不可能創造豐盛，必須等下一個時機；他們在深夜跟宇宙說，他們什麼都不需要，只想要回家，在地球並沒有想實現的，無所求無所欲，請求宇宙告訴他們，在白日該做什麼？他們因為太害怕遠離母親的子宮，而自囚在黑暗的小範圍，感到被世人遺漏。

他們也可以感覺到，如果不願意離開子宮，可能必須要有一些冠冕堂皇的藉口，去滿足人類的眼光。所以他們忘記自己需要的愛與力量，有可能成為苦修者，去為眾人祈福；也可能成為社會邊緣人，去打亂地球的秩序。他們有可能成為過度成就他人的悲苦行者，也可能成為社會造亂者，這些人忘記白日太陽的勇氣，他們太過害怕，無法與人對話。

對這些人來說，或許在靈魂中，他們因為存有那最柔軟、脆弱的慈悲，而將自己捲曲在肉體中，將痛苦歸為自己獨有，將別人視為創造者。

他們無法擁有競爭力，創造自己的獨特性。他們像深夜的乞兒，總希望宇宙給他們擁有黑暗的奇蹟。他們白日醒來，軟弱地遵循著社會集體的規範，一步步的往生命尾端走去，放手讓最低頻率的黑暗一步步的吞噬著他們光明的靈魂意識。他們既犧牲在宇宙的劇本中，也放棄了白日光明的行動力。他們負面詮釋競爭力的真實本意，無法在白日中專注地望著自己內心的遠大目標，而讓自己的靈魂承載頹喪的肉體。

靈魂為了提醒這肉體，藉由生病、痛苦情緒，或是旁人，提醒他們記得開放給白日，綻放光明。

黑暗是人類需要的一部分，白日則給予機會創造不同的生命觀。

擁抱黑暗，可以明瞭更高的宇宙奧祕。

宇宙藉由 Aventa，將「如何去擁抱黑暗、綻放光明」的訊息帶給地球人類。在天使、靛藍寶寶這幾個月的教導中，Aventa 已經逐漸擴展自己曾經分開的兩股意識。

從前的她，不斷地在白日中有意識的追逐光明，痛斥自己的所有負面情緒。在她過去的認知中，負面情緒就是生命的黑暗面，卻不知道，夜晚的黑暗卻往往是撫平生命創傷、療癒自己的源頭。

當白日的我們接受陽光、支持著光明信念的同時，總不願意接受黑暗的呈現；我們害怕那種煎熬跟情緒，不斷在生活中與其他人產生碰撞。這些最好是在夜晚夜深人靜的時候，才能獨自透露給自己那顆心，因為深夜可以撩起人最空虛、最脆弱的心靈。

太陽下山後，人們總會找那紙醉金迷的夢幻美麗，去縱容自己的欲望氾濫，無論透過性愛、犯罪，或是透過吃喝嫖賭。的確，這樣的放逐可以讓自己忘記身為人的種種限制，忘記隔日清晨必須重新面對種種壓力與恐懼的那一個你。

在父親死後的這些年，Aventa 選擇逃避人群。如今，這神祕的經驗的確讓她放鬆了身為人的恐懼和罪惡感。她用更高的視野去品味自己的人生，她終於學會坦然地在白日中擁抱黑暗，在深夜中期待天亮，將自己困擾的課題拿出來真實去感受。她無時無刻把宇宙帶給她的訊息，不斷地實踐在生活本身。

Aventa 曾認識一個女人，剛嫁給一個離婚沒多久的先生，先生是個很富裕的商人，擁有好幾億資產。他在前段婚姻中，與前妻相處得不是很親近融洽。

前妻是位比較在意個人情緒、不太願意對他人付出的人。在十八年的婚姻中，她無法開懷的對身旁這位先生和先生的親人付出，只在意自己擁有的東西，把所有心力投注在她認為有價值的事情上；她無意識的封閉習性，讓她在十八年後，面臨先生想與她離婚的事實。

一開始，她非常恐懼，覺得無法脫離這十八年的習性。她回憶過去，的確，在婚姻中，自己未曾主動去關心身旁的人，包括這位先生。

她在離婚的時候，很幸運地得到很大一筆資產；而這位新婚的女人，對這段過去有很大的憤怒，因為她認為這些金錢並不屬於前妻的，她認為只有付出的人才可以擁有這些收穫。

新婚女人開始忌妒、憤怒，痛恨這個前妻。她開始扮演起沒有受到公平待遇的女人，她認為自己才配擁有這些家產，且知道自己的條件是勝過於前妻的；可是這個女孩無法勇敢看到自己，在認為別人不配得到的當下，其實是不相信自己也可以擁有。她開始懷疑自己深愛的丈夫，也只不過是個不被在意、卻要將自己辛苦努力的資產拱手給強勢前妻的男人；新婚女孩開始疑惑，自己當初幸福的愛上這個先生，但現在是否有勇氣與他重新開始一段新生活？

負面的情緒不斷地打擾他們。人總是會忘記當下擁有的幸福，而將競爭的心態投射在自己還未擁有的，甚至貶低他人的存在。

幸而這女人是個對自己生命不斷有覺察能力的人，但對於這種情緒，她不理解為何會跑進來打擾她的寧靜。每次，當她回到自己內在，感覺到自己的美好時，這黑暗的忌妒心又不定時地冒出來；她認為自己應該不是想擁有那些金錢，因為她也有個心願，想要靠自己的成就，去滿足自己。

這時候，她認識了 Aventa。Aventa 透過訊息，請新婚女人跟宇宙說出她最覺得不可能而醜陋的情緒。Aventa 說：「或許妳的腦中不這樣認為，但是我們一起試試看，來探詢這真正的黑暗是什麼？」Aventa 告訴女孩，放下所有好人、壞人或是貪心的人之類的字眼，只是允許自己進入真正黑暗的源頭。

Aventa 問：「妳覺得他的前妻哪裡不配得到這些待遇呢？」

女人回答：「因為她一點都不漂亮、不耀眼，也沒有任何特別的能力，她只是一個封閉自私的人。」

Aventa 於是又問：「那誰配得到這些呢？」

女人防禦的回答：「那是我先生的！」

Aventa 隨即問：「那妳先生是妳的？」

女孩回答：「是的！」

Aventa 繼續追問：「所以妳覺得那些錢是妳的？」

女人很抗拒：「我可以靠自己，我才不要！我不覺得我跟一些女人一樣計較家產，我是有能力的人！」

Aventa 又問：「但是躲在安全中、不勞累地得到金錢，應該也是很好的，不是嗎？」

女人說：「對，感覺那樣很舒適，也很被人羨慕！」

Aventa 接到訊息，要女孩大聲的說出：「那些錢應該是我的！」

女人無法回應的很大聲，但是她覺得，或許在這個當下，她豁出去找尋黑暗是很重要的。她大聲的說：「我才是真實值得擁有那些金錢的人，妳不配，我才是最值得的人！」她越來越大聲的說：「我先生最想給予的人是我！不是妳！我值得擁有這份資產和自己的成就，我先生將會創造更多的金錢給予這個家、給予我。我可以接受這金錢再度被創造，我也認為那些錢最終會回來我的家，因為我值得！」

Aventa 聽到宇宙跟女孩回應說：「妳要相信自己才是最值得擁有的人，妳便會如願的擁有，妳會從四面八方得到這個禮物。最令我們驕傲的是，妳擁有這些負面情緒，但妳不去傷害當事人，保有覺察。現在，妳承認自己才是應得的，宇宙必會回應妳！

「這種忌妒或是感覺不被愛的情緒，在人類的心理是很普遍的。妳不用當完美的人，不用逃避黑暗，只需要承認自己的脆弱。回家後，妳可以跟先生分享這一切，跟他說，妳才是最值得擁有的，如果創造更大豐盛，請記得跟妳分享，因為在你們之間緊繫著愛，讓愛榮耀物質的豐盛。妳付出了愛與關懷，妳先生用一部分金錢回應了妳，這是宇宙能量的對流。

「而妳在意的前妻，她未必可以真實享受先生給她的資產，因為那是在一段疲憊的關係中，先生用自己的覺察力去回應給不喜悅的前妻。他給了前妻一個功課，或許他們的婚姻早已沒有愛的流動，但是先生把他的辛勞收穫，用條件的方式回饋了前妻，前妻如果不覺察，可能會帶著這受傷的狀態去扣住虛榮心，滿足他人的眼光。但是，真正的贏家是你們，你們可以再度擁有豐盛，真正值得驕傲。只要妳擁抱了自己的黑暗、自己的價值，宇宙必會回應妳！」

女孩問：「那為什麼她可以擁有那麼多？她並不敞開去付出給予啊！」

宇宙回答：「因為她看不到自己，但是她有一天會明白，她真正的快樂是來自於愛的流動，那些金錢便會在愛的流動中有它真正的平衡。」

新婚女孩又問：「可是我還是有憤怒，因為我覺得那些錢不應該在她手裡，如果是在別處，我會感覺舒服很多。」

Aventa的宇宙訊息回答：「是的，妳的憤怒是因為，這世界有太多奇怪的不平衡，讓妳覺得不公正。妳覺得妳先生應該更有力量去明辨是非，應該再更為自己的付出，得到所應該得到的，妳潛在的意念，是在責備妳先生的過度付出。妳覺得妳先生並不是一座強而有力的山，但是這也跟妳自身有關，妳不也正是在學相同的功課嗎？自己值得擁有的力量。只要妳知道，自己跟妳的先生都值得擁有一切付出的回饋，這樣的情形就不會發生在你們未來美好的生活中了！」

女孩聽完這些建議後，決定完全坦承的去告訴先生她的忌妒跟憤怒。他們是宇宙本體的一個小整體，從今以後，她想跟先生一起努力，成為一座真正堅強的山。

這個女人也讓Aventa明白，自己應該更深入內在，去擁抱黑暗。她開始對宇宙發問：「我對父親的死亡，有很深的憤怒和自責，在這些情緒的背後，是不是有個更深遠、更高的黑暗力量，可以協助我去看到嗎？」

宇宙回應了：「是的，我們先去看這股別人造成事件的憤怒，妳先去感受這股憤怒在妳身體引發的狀態。」

Aventa 回答：「在我的胸口感覺到很大的悲傷，它就在我心臟不遠處，有個冰冷的硬塊，心很痛；我也感覺到肚子周圍有種尖銳的刺痛感。現在想到那位殺害我父親的人，我想要用全身力氣去痛打他，我想要他感受那相同的痛苦，我恨他！」

宇宙又再度指引她：「讓這股憤怒像個正在被壓縮的物體，用妳全身的力量，緊繃著自己的身體，把力氣放在正在收縮的身體，試著在自己的肢體中將這個痛苦呈現出來。十秒鐘後放鬆，然後躺下。」

Aventa 照著這方式做，接著躺下，她慢慢放鬆，去感覺那個原本在胸口和腹部的堵塞。她突然大哭了起來，開始怒吼：「我痛恨自己，我痛恨自己的懦弱和理想主義，我本來就該失去我心愛的父親，我罪有應得……」

Aventa 蜷起了自己的身體，宇宙又再度跟她說：「妳在對自己憤怒，妳看到了在更深的憤怒情緒中，妳根本是在憤怒自己身為人的無能！在對他人憤怒的同時，放手去承認自己的無能，妳就明白了，在宇宙中的妳受了更大的集體制約。去認同自己的懦弱渺小，妳贊同這樣的說法嗎？」

Aventa 緩緩的靜止剛才的情緒，娓娓地一字一字的說：「我覺得自己就像個不相信自己可以長大成人的小嬰兒，可是我卻一天天的長大。我從嘴中吃進了食物，在還沒搞清楚人是怎麼回事的時候，我就長大了；我開始感覺自己的無能，我承認我就是宇宙的小孩，我在地球這個對人類集體的強大約束中，被迫長成需要的樣子。

「如果用宇宙的大愛去看自己，我就是一個很小很小的生命，是被愛、被包容的；我父親也是一個獨立的個體，我不是她的女兒，我們的父母親是宇宙，我們都是很小很小的嬰兒，以最緩慢、最靈性的方式在學習。現在我感覺到，我找到真正的父母親，而女兒的身分消失了。

「我的自責正在消失中，我就是一個跟所有人一樣脆弱的小肉體，不需要背負這些地球的制約；我完全按照宇宙給我這獨特的生命藍圖，慢慢長大成為我自己。

「宇宙，我感受到祢寬大無限的愛，我再也不是那個女兒，我是宇宙的小孩，我不是那個需要每天戴著面具的我了，我感覺很舒暢，感覺很好！」

宇宙對 Aventa 說：「這樣妳能理解『擁抱黑暗』的意義了嗎？在情緒的背後，一定有個更整體的制約，在囚困著每一個地球人。如果釋放了這個集體制約，便能真正療癒人格，便能用整體的宇宙力量，療癒自己和妳身邊的親朋好友，或是同一個國家的民族，進而共同療癒世界的每一個人。」

Aventa 說：「對，我只要用宇宙的整體觀看待自己，認清了自己的幼小無知與身邊所有人一樣的時候，我突然發現，對自己無法忍受、無法面對的情緒，變成了一種對人類生命的明白；接著我不再憤怒，這個現狀、這個經歷、這個背景的我，與世界共同生存著，如果可以這樣時刻提醒自己，與自己的黑暗同在，我也會釋放了最親愛的人與我連結的痛苦。這樣，世界真的會有一天呈現出最純淨最平衡的原貌！」

宇宙又再度回應：「我們不是來拯救地球的，我們是來喚醒地球的『在』，讓地球人明白黑暗，重回光與愛。」

Aventa重新體驗自己被宇宙託付的任務。從一開始的各種質疑，到現在靜靜觀看著肉身去完成這個任務，她開始能用不同層面去感受真實的無為，允許自己的靈魂駕馭整個身體的行動。她運用對世界的愛去完成，過程如流水般的順暢。

她最大的收穫是：放手讓事情成就，保持內心「並沒有任何完成」的目的性，每一步都順著內心的無為去完成。她照著生命藍圖的步驟，面對挫折時，再也不輕易掉入制約中；她邊看著如孩童般的自己去成就更多人，同時也伴隨著無窮盡的宇宙奇蹟。

她開始學會玩樂，玩樂也是生命中的修行。修行不再是一個離群索居的行動，她也不再是一個自我否定、受過重創的女兒了。她是Aventa，是宇宙的小孩，宇宙的一切一切都透過她來傳遞。她這次真的覺得玩得很盡興。

她知道，現在靈能者掉入的黑暗，應該也是大宇宙的安排！黑暗的大家，已在宇宙萬法的策畫中，彼此不斷的衝突著，運用競爭力去摧毀。魔鬼的勢力是如此狂放，一批批黑暗武士見到黑暗的群隊，先是合力殺害了更多無辜的地球人，再彼此銷滅對方。

這時光群天使與眾神們束手無策地待在光明裡，他們只能觀看著；靛藍寶寶群帶著雙生光進入黑暗中，沒有任何神知道該怎麼做。就如同白日與黑夜，誰也管不著誰，誰也無法支配誰。

眼見著黑暗的勢力愈來越猛烈，為了爭取最大獨裁的權力，這低頻的黑暗勢力越來越濃稠，光群天使與地球光行者，感知到那狠毒的黑暗力量，竟然比先前更勝出幾倍。即使是有著很深信任的 Aventa，都不免深受狠毒勢力的迫害，身體簡直快承受不住這可怕的黑暗力量，幾乎無法正常呼吸；她只要離開自己的屋子，接觸到外面的混亂，便不斷嘔吐、全身發抖，甚至幾次休克。

為了要保持傳導訊息的穩定性，光群天使幾乎是二十四小時護持在她周圍。Aventa 太敏感了，她的敏感度超出一般人可以想像，她接通高頻的黑暗與高頻的光明，也接通宇宙的合一，所以也讓自己涵蓋了一切低頻的變化，這些變化、這些黑暗的戰爭吞噬著她的身心。

靛藍寶寶進入魔鬼的領域，就是為了讓黑暗力量可以一瞬間提升更高；他們運用了愛的本質，讓靈能者尋找到雙生靈魂伴侶，回到愛的力量中，共同整合黑暗與光明。

但是，眼看靛藍寶寶化身為黑暗後，也完全墜入相同的遊戲規則，互相戮殺；在另一個時空的天使們也開始慌張地，請求萬法給予指令，告訴天使們該如何保護 Aventa 和其他靈能者，他們也快支撐不住這些恐怖的勢力了。但萬法如如不動。

Aventa 和其他靈能者為了要抵禦這混亂的勢能，大家聚集在一個屋子中，將彼此的能量與天使們的光暫時穩住；有些靈能者因為無法長時間接受光的導入，處在身體與心靈分離狀態。這樣無法和諧的情況，讓靈能者幾乎無法平靜地處在當下。

有些靈能者開始發高燒，開始燃燒自己身體物質的敏感；天使們告訴這些靈能者繼續堅持，讓肉身可以完全燃燒，之後就將會有更不同的體驗。Aventa 先是完全控制不住身體，體溫在四十度上下，她覺得完全沒有情緒存在，唯獨身體似乎感覺已快爆炸了一般。

過了幾天，光的能量已將身體所有雜質完全燃燒，Aventa 進入一種與宇宙合一的狀態。她擺脫了肉體，也接近了高頻的黑暗，她的黑暗部分已從低頻邁向高頻，身體不再被低頻黑暗牽制住，完全解脫人世間的一切，進入了宇宙存有的高品質狀態；接著，她透過自己的肉身，將宇宙光不斷輸送給其他靈能者。這批受光群天使守護的靈能者，接通了宇宙源頭的所有支持，脫離了肉體的牽制，悟到宇宙最高境界。

此時此刻，在地球的聚集處，綻放了極大的光明力，瞬間淨化了周圍黑暗的干擾，光明之力正一波坡的擴大中。在黑暗的地獄中，眾人正彼此爭奪權力的時候，他們疏忽了光明正大的淨化黑暗，黑暗的地盤瞬間縮小，靛藍寶寶與黑暗武士們被逼到僅剩的空間。

隨著一日又一日，Aventa 與靈能者不分日夜地淨化著地球。為了爭奪僅剩的黑暗空間，他們開始狂亂的砍殺自己最親近的夥伴，每殺一個，就多挪出一個空間，光明越大，黑暗武士就必須犧牲一個夥伴。每次的提升，低頻的黑色空間便逐漸減少，最後，靛藍寶寶也開始殺害另一個靛藍寶寶。

就在此刻，奇蹟在萬法的安排中，終於揭露了。靛藍寶寶腹中藏著的雙生光，竟然從腹中湧現。雙生光飛向那些在地獄的靈能者，像磁鐵般的自動讓靈能者簇擁而集，「愛」於是在這萬法的策畫中進入黑暗世界。

靈能者連結了雙生光，與自己的靈魂另一半瞬間快速結合，射放出前所未有的火焰強光；雙生光將所有併發出雙生火焰的靈能者聚集在同一區域，火焰光如同鑽石山，普照著大地，帶著所有靛藍寶寶的屍體進入火焰的中心。

靛藍寶寶進入火焰的中心，幻化成美麗的花朵，粉淡色的花朵，在火焰中顯得非常的嬌嫩，花朵越開越繁密。在光芒中，每個完成任務的靛藍寶寶，露出喜悅的微笑。

花朵中飄散出萬法在宇宙精製的水晶光，光形成了液體，流滿了整個地獄，地獄地面也開始長出各式各樣的花朵。

黑暗武士受火焰光強射，感覺像是被洪水淹沒一樣，覺得無法呼吸，身體失去重量，開始往空中升起。

花朵似乎軟化了暴戾之氣，黑暗武士們丟棄了他們手裡的武器，享受著白光與花朵的愛；而已經死亡的黑暗武士，化成更濃稠的腐屍黑濃水，流入地底。

18 宇宙初始之光明與黑暗

自我覺察是開始，協助他人共同提升則是終點。當人幫助自己發光發亮，也同時協助他人，很快的，整個團隊便會到一個更華麗的棚子中去接受掌聲，這就是自助也助人。回家是整體的，不是個人的，愛與光便是無限的奉獻給所有人。

在人間的 Aventa 和光明靈能者，同時感受到墜入地獄的朋友們對他們打招呼。靈能者透過視覺力接收雙生火焰所傳遞的信號，看到頻率呈現光明，同時背後也有一面深遠的黑色，如同城牆般圍著所有夥伴。

火焰光圍繞下的靈能者，與身後的黑色之牆呈現明顯對比，從身體的心輪往身後，延伸出一條細長的銀白線，與黑色之牆相連；靈能者看到黑色之牆正在往上延伸，隨著火焰光朝宇宙更深處走去。

畫面走得非常快速，黑色逐漸變成一整片，像是整個空間最初始是黑色的，像是一個馬戲團的棚子內部，全部以黑色系為主，而白色燈光是安裝上去的，是為了照明或襯托出所要表現的人和動物。正如同宇宙之始應該是一片黑，沒有任何生物和存在能在整片寧靜的黑中存活。

漸漸的，黑色開始出現了濃淡，就像中國山水畫，有近有遠，有深有淺，有高有低，宇宙開始有了變化。

原本一片沉靜的黑，變化出各個星球的光，這些光為了在黑中襯托出它們的豐富，開始有了色彩，然後有了液體和氣體，接著固體也開始產生。

經過幾億年的變化，各個星球成形，而地球也從黑色變淺的區域中形成了固體。黑色開始分成兩種力量，一個是白色，一個是原本的黑，白色就像是馬戲團的燈，要讓人們更能明辨豐富色彩的效果。

為了看到各式色彩的有趣，地球的能量由黑形成白。

白色占據整個地球之後，白色與黑色的交融中產生了其他顏色，各種色彩的光就像山水畫的油墨般，有濃密與稀疏，有高頻率、有低頻率。

地球越來越豐富了，漸漸地便有了生物的誕生，直到人類出現。

人類肉體產生之前，是由許多顏色的光匯集而成，肉眼可辨識的有九種色彩，紅、橙、黃、綠、藍、靛、紫，與黑色、白色，形成了各種身體，身體的顏色又分化出不同的顏色，形成了不同的個體，於是光的頻率高低交錯。

黑色與白色始終是整個個體的主要色，這也呼應了宇宙的光明與黑暗。人的個體顏色中，有人的紅色較深綠色薄，也有人紅色與黑色交融成為咖啡色。

人體由許多光的能量所組成，由顏色的組合可以看出這個人的能量品質，和他對應的宇宙呈現出個人人生藍圖。如果這個人是來體驗忌妒或是憤怒的，在他的身體色澤中，便可以辨識出類似的課題。

宇宙的黑暗支持著光明面，讓這兩種對比色與各種顏色對應出不同情緒與考驗，所見的光明便是原始的黑所對應出來的。

就如同馬戲團的棚子裡，一片漆黑的時候，人無法分別這是什麼地方，只看到一片黑，不會有任何形態上的分別，在任何一個棚子中都有相同的感受；但是如果有光線照射出，人們就會開始分辨，辨別這是漂亮的還是簡陋的馬戲團棚子。接著，人們看到顏色層次的不同，又開始更細的分別出，這個地方的顏色是否是自己喜愛的，還是色調不和諧，令人坐立不安。

每個人的身體如果各種顏色呈現鮮明和諧感，這個人便會是個受人喜愛、並且生命成功的人，可以體驗宇宙之美，也可以分享宇宙的愛；如果這個人身體每個部位的顏色雜亂無章，這個人便會有疲倦的身心，就像一個骯髒未清理的馬戲團，讓遊客無法長時間待在裡面。

如果這個馬戲團演出的動物和人都受過高度訓練的，就像人類高度進化的能量品質，讓身體呈載著高度進化的靈魂，這齣戲便會很精采，令人印象深刻。這個專業馬戲團在聲、色、光的每個細節，一定都處理的非常傑出，遊客所聽到、聞到、看到的，以及整個戲碼的節奏，絕對是在眾人事物的巧妙配合中誕生的美麗演出，可以用最和諧的色彩光芒去照耀著棚裡的黑暗。

宇宙雕琢出的人類也是如此。人類如果能敞開五感，將聽到的話，轉化成最高頻率的音符，將看到的事物用最感激的心去愛，將生命呈現出各種飽滿色彩，照耀他人，此人就是高度進化的靈魂；他不過度呈現某種色彩，不去抓取不屬於自己的東西，他純然的呈現自己，簡單而純淨，力求回到原始的自己，不抗拒早已發生的，或是過度矯正自己，也不防衛自己還在學習的。他就是打開所有他能給予的光，擁抱與生俱來的黑暗。

在整個調色盤的主導過程中，他不假外力，不托他人之手，他是生命調色盤的主人，願意以一生的真誠去創造生命。當他困於矛盾中，只要回到宇宙的初始，他便知道宇宙會回應他該如何找回原貌。

在每個學習成為高度進化靈魂的過程中，他也可能放棄自我，試著要去體驗原本宇宙的黑，而掉入地獄黑暗中；他歷經痛苦跟磨難，幸好光明形影不離地叮嚀著他。

光明是照耀黑暗的指引燈，是馬戲團的燈，指引他走出人類的劇本，演完戲後，一切便會回歸寧靜的黑暗；而在戲劇的過程中，難免他要下戲在黑暗處換上衣服，準備更好的時機點上場，而光明一直在舞台中，提醒著他的出場。

在場下，黑暗中的他是緊張的，每一刻，他都擔心自己的慌亂、疏忽將搞砸這齣戲，但這黑暗一直提醒著他回到和諧的戲碼中，專心演出；就算今晚的這齣戲，因為電線突然斷裂無法供應燈光，他也知道，這只是生命的一段小過程，明天還是會回到正常情況。

所以，當人類處在痛苦的黑暗中，請別氣餒，終究會回到色彩中，再度回歸宇宙。

有些人或許會問：「如果是為了回到宇宙的黑，為何要創造出光明和色彩呢？讓所有人都處在一片祥和美滿，不是宇宙的回家嗎？而且，宇宙的黑有了光明，就會產生學習和二元對立，為何需要這些經驗呢？如果人類在本質上就是美好的，那為什麼要投胎成人呢？」

是的，這對人類的經驗來說，是無法理解的。因為最深沉的黑，經過幾億年不斷的融合再融合，終於在某一個時間點翻過身去，顯露出另一個對比色——白色，於是黑色開始退出，宇宙開始產生能量破洞，顏色便開始醞釀。

從一片美好中，黑色開始了低頻和高頻，故事便因此而展開。它分別了層次高低，讓各種豐富的色彩成為各星球的模樣，而黑色宇宙退在很遠的地方，包容著這些美麗故事的發生。

宇宙間不只是人，還有很多我們不認識的存在，也在從事各種戲劇；黑色這一翻身，於是有了地球，也有了 Aventa 和靛藍寶寶的這一段插曲。

Aventa 的一生，從痛苦的經歷中尋找到光明的力量，她碰觸到黑色的本質，體驗到痛苦的最高點便是全然的無，她穿透痛苦，放下執著的一切去探索。當 Aventa 接受自己的所有一切，便能接受所有要回到黑色寧靜家中的同胞們，因為這就是宇宙的一切。

每個存在都會經歷提升的前奏曲，回家的過程就在這開燈、關燈之間去摸索，在恐懼與快樂之中，等待著下一齣更好的戲、更好的設備與更好的默契。所以只需要當一個覺察者，去扮演好這個角色。

如果有更多人有覺察自己的能力，就會有更多觀照者同時進到場中央，把自己的恐懼和自我放在一旁，去奮力演出，這樣就可以同時演出精湛的戲劇，讓所有人同時進到下一齣戲中。如果人只想要提升自己演出的精采度，而忽略與其他人共鳴的重要性，通常這絕不會是專業演出，而是還停留在半吊子的戲當中。

或許你可以去襯托自己的美好，卻無法再進到更高的維度中。所以，**自我覺察是開始，協助他人共同提升則是終點**，當人幫助自己發光發亮，也同時協助他人，很快的，整個團隊便會到一個更華麗的棚子中去接受掌聲，這就是自助也助人。

回家是整體的，不是個人的，愛與光便是無限的奉獻給所有人。

這時候，靈能者帶著他們在地獄相遇的雙生火焰，回到了他們原始的面貌。他們充滿了前所未有的平靜，感動流轉在每對相遇的雙生火焰之間，他們同時接應宇宙的愛，也感受到人類同胞之間的親密感；他們不需要過多的言語，只要透過彼此四目相接，便會輕易的產生同樣的默契。

在宇宙安排中，藉由不斷的給予他人，雙生火焰們會釋放自己個人的學習功課，會蛻變成更成熟、更自由的獨立個體；同時，宇宙可以藉由他們，把更多愛的精神散播出去。

他們相處的時候就是在互相釋放對方，也同時在釋放地球生靈；只要跟雙生火焰的同伴親近，人內在固有的痛苦和恐懼，便會循序漸進的釋放，成為美麗的生命存在。

或許藉由二〇一二年宇宙的大進展，在人們的一生中，每個人都會在某個美麗的時刻與雙生火焰相遇，為的就是與地球，共同在宇宙間飛越這時空的轉捩點。

愛是宇宙的任務，找尋愛是宇宙賜福給每個人的禮物。如果人類能夠明白，宇宙在這階段的任務和萬法精心策畫的劇碼，就盡情放手去經驗現在的痛苦吧！因為，很快的，黑暗的痛苦會迎接光明的到來。

Aventa 雙手敞開，迎接所有靈能者的能量回饋。

在這次萬法的任務中，五位絕對純真人類完全放手允許身體壓力；在過程中，為了讓絕對純真人類不承受過多自我生命歷程的苦難，萬法特別允許靛藍寶寶淨化這五個人的個人業力，讓宇宙之流順著他們，流溢到他們所到臨的地球每一處。靈能者們又重回到光明本身，回饋給絕對純真人類所有心想事成的念力。

療癒者接受到宇宙療癒的雙乘力量，安達與 Aventa 在這一刻，身體完全融入宇宙大體中，她們成了一道道純淨的光，接受更多人類的敬愛。

她們化成光的本身，剩下的生命中，她們知道，隨時都可以保持在一個靜定與喜悅的和平中，也知道她們所到之處，能夠把最喜悅的能量傳遞給每一個人。

她們超越生命果報的輪迴與經歷，將純粹的果實回報給地球生命，宇宙的精神也洋溢在她們生命周圍。

Tom 站在安達與 Aventa 身邊，非常感恩這兩位他深愛的人。Tom 知道，經歷了這次萬法的任務以後，他將會回到小時候那偏僻的故鄉。

他想要再度回到那條小河，與當年的那一位和尚再見一面；他知道他的任務也將告一段落，需要回到他的根源，那孕育出他生命本源的地方，然後繼續他的下一階段人生旅程。

至於 Aventa 與安達，Tom 知道，在往後的日子中，她們已經擁有了宇宙的奧祕之鑰，Tom 不必再擔心，或扮演守護者了；現在的 Tom 只想安靜地回到故鄉，尋找更多可以治療人類病痛的藥方。

在這個任務中，Tom 也獲得了宇宙的神聖禮物：他的雙腳將會漸漸治癒，將來，在故鄉中，他會發明出一種現今尚未發現的神祕藥草，對於突發性的身體病症，Tom 會得到宇宙靈感的泉源。在往後的時光裡，Tom 也會在那本源處不斷奉獻。

他們是否也已經遇到彼此的雙生火焰？

Aventa 說：「當我們遇到另一半，藉由和他人共振出來的療癒，最終還是會找到生命的獨立。或許 Tom 就是我的雙生火焰，但是因為宇宙賜予的禮物，讓我們超越時空地去祝福對方，而非愛情式的生活在一起；我們彼此間並沒有因為分離而感到悲傷，而更多是靈魂相遇後的體悟。因為宇宙讓我們擴大自己的愛，愛已經擴大到無需擁抱對方，更無需牽掛他人。

「雙生火焰相遇是一個過程，體驗愛的本質也是初始。當靈魂到了一個成熟度，所需要的會少之又少，因為每一分、每一秒，你會從容地與自己內在的神性交會；並會知道，在地球的光陰裡盡情的給予，在宇宙的愛護中敞開地接受滋養。」

通靈小語

雙生火焰

雙生火焰在此書中指的是：當個人完整經歷過黑暗與光明的淬煉，與另一個靈魂重新結合成為一體。在世間有三種呈現形式：一種是共同服務人類，在超越肉體死亡後重新結合；第二種是成為靈魂伴侶，如影隨形地共同提升對方，共同經歷黑暗與光明的提升淨化；第三種是更高的靈魂意圖，只為了奉獻大愛，此生未曾相遇，但卻在各個地方成為專業貢獻的佼佼者。

不論是哪一種雙生火焰，皆會因為個體從內而發出的獨立完整性，而接受任何一種形式。所以本書會提到雙生火焰，是要鼓勵世人，當你為愛而吃苦，或為追求等待而心力交瘁著，你的靈魂終有一天，都會明白宇宙的大愛與靈魂的安排，而穿越所有一切執著。因為二〇一二年後的力量，會盡其可能地滿足因愛欠缺的空洞，那不完整的黑暗，會敞開給更大更廣的宇宙之愛。

國家圖書館出版品預行編目資料

星宇 / Asha著. -- 初版. -- 臺北市 : 商周出版 : 家庭傳媒城邦分公司發行, 2013.01
面； 公分

ISBN 978-986-272-310-4(平裝)

1. 靈修 2. 愛

857.7 102000137

星宇：一個來自宇宙、探索內在真相的療癒故事

作　　者 / Asha
企畫選書人 / 責任編輯 / 徐藍萍
特約編輯 / 許文薰

版　　權 / 翁靜如、葉立芳
行銷業務 / 林秀津、何學文
副總編輯 / 徐藍萍
總 經 理 / 彭之琬
發 行 人 / 何飛鵬
法律顧問 / 台英國際商務法律事務所 羅明通律師
出　　版 / 商周出版
台北市104民生東路二段141號9樓
電話：(02) 25007008　傳眞：(02)25007759
blog:http://bwp25007008.pixnet.net/blog
E-mail：bwp.service@cite.com.tw
發　　行 / 英屬蓋曼群島商家庭傳媒股份有限公司 城邦分公司
台北市中山區民生東路二段141號2樓
書虫客服服務專線：02-25007718；25007719
服務時間：週一至週五上午09:30-12:00；下午13:30-17:00
24小時傳眞專線：02-25001990；25001991
劃撥帳號：19863813；戶名：書虫股份有限公司
讀者服務信箱：service@readingclub.com.tw
城邦讀書花園：www.cite.com.tw
香港發行所 / 城邦（香港）出版集團有限公司
香港灣仔駱克道193號東超商業中心1樓
E-mail: hkcite@biznetvigator.com
電話：(852)25086231　傳眞：(852)25789337
馬新發行所 / 城邦（馬新）出版集團【Cite (M) Sdn. Bhd. (458372U)】
11, Jalan 30D/146, Desa Tasik, Sungai Besi,
57000 Kuala Lumpur, Malaysia
電話：（603）90563833　傳眞：（603）90562833

封面設計 / 張燕儀
排　　版 / 極翔企業有限公司
印　　刷 / 卡樂彩色製版印刷有限公司
總 經 銷 / 聯合發行股份有限公司 電話：(02) 29178022　傳眞：(02) 29156275

■2013年 1月29日初版
■2022年10月11日初版3.8刷
定價280元

Printed in Taiwan

城邦讀書花園
www.cite.com.tw

 ISBN 978-986-272-310-4